Piccola Biblioteca Oscar

MAXIM JAKUBOWSKI

KISS ME

A cura di Berbera & Hyde

OSCAR MONDADORI

Titolo originale: *Kiss Me Sadly*

I edizione Piccola Biblioteca Oscar maggio 2003

ISBN 88-04-51832-4

Questo volume è stato stampato
presso Mondadori Printing S.p.A.
Stabilimento NSM - Cles (TN)
Stampato in Italia. Printed in Italy

www.mondadori.com/libri

Intro

<Hyde scrive>

Marco si è fidanzato con una slovacca e ci ha fatto un figlio, Paolo si è messo con una ragazza dell'ex Iugoslavia... adesso questa storia... L'Est Europa ultimamente tira da matti... dovremmo andarci.

Ad esempio in quel bagno turco mezzo bordello che c'è a Budapest

<Berbera scrive>

Ma non è un mezzo bordello! È un bagno turco serissimo dove una volta al mese fanno *rave* imperdibili. Quello che dici tu quel posto molto amato dal nostro amico Johnny Over. Ma in effetti hai ragione, l'Est è pieno di ragazze interessanti. Anche lei lo è.

<Hyde scrive>

Milduta. È un bel personaggio. Angelico, nonostante la sua abilità principale sia... vabbè, non anticipiamo.

<Berbera scrive>

Ne ha fatto un'arte. Peccato che a Jack non sia mai andata giù questa storia.

<Hyde scrive>

Anche quello è un bel personaggio. Credo che molti

lettori maschi si identificheranno. Quelli a cui riesce più facile sedurre una donna con la scrittura che di persona.

<Berbera scrive>

Sembra quasi il tuo ritratto. Nessuna lo sa meglio di me. Sai, questo libro mi ha colpita un sacco. L'ho trovato struggente, ma anche divertente. Le parti di sesso sono così realistiche. Leggendolo, ti prende. Ti fa respirare un'atmosfera strana, di innocenza morbosa.

<Hyde scrive>

Jakubowski è un grande. Non solo è uno dei migliori scrittori di erotica nel mondo, ma secondo me è un grande in senso assoluto. Poi è un signore molto gentile. A Genova ha dato consigli di lettura alle tue figlie. Gli ha rivelato anche dei gossip su Harry Potter.

<Berbera scrive>

Veramente? Non me lo avevi detto! Sì, è uno scrittore geniale, lo dimostra la fine di questo libro che mi ha lasciata a bocca aperta. Nel vero senso della parola. Imprevedibile, inaspettata, sconvolgente. Unica.

noi@berberaehyde.it
www.berberaehyde.it

Kiss me

1

Lei diceva "passera".

Io dicevo "fica".

Era solo un'insignificante diversità nella nostra confusa esplorazione del mondo del desiderio.

Una questione di semantica del sesso, un po' come gli inglesi e gli americani differiscono nel modo di pronunciare la parola *tomato*.

Per lei, dire passera era divertente, sottilmente erotico, affettuoso e al tempo stesso provocante, come un vezzeggiativo.

Per me, era solamente volgare. Una parola usata troppo spesso in porno scadenti, con un'insulsa e inappropriata colonna sonora che accompagnava l'anatomia vaginale in bella mostra, o qualunque altro orifizio la pellicola avesse scelto di rappresentare con enormi primi piani. Un termine molto americano.

Forse aveva avuto troppi amanti virtuali americani su Internet.

La passera mi faceva pensare agli uccelli. E io odiavo gli uccelli.

Per lei fica era troppo diretto, offensivo, crudo.

Per me era una parola naturale, onesta, realistica per

descrivere l'organo sessuale femminile, una parte del corpo che non finiva mai di affascinarmi e ossessionarmi. Sapevo ovviamente che esistevano altri cento e più nomi per la stessa cosa, descrizioni, eufemismi e altro. Avevo perfino un libro che li enumerava tutti, completi di fonetica, lingua o dialetto ed etimologia, e li analizzava con tono accademico e distaccato. Non mi piace che ci siano lacune nei miei studi.

Non mi piacevano i giri di parole che evitavano la questione: una fica era una fica.

E, una dopo l'altra, tutte quelle che incontravo erano meravigliosamente diverse. Ogni volta vivevo un'esperienza totalmente nuova, una fonte di meraviglia e di delizia. Forme, colori, sfumature, odori, differenze, gusto, consistenza, ognuna era degna di mille racconti. Ma per quanto mi riguardava, non avevo bisogno di parole per descrivere il sesso di una donna. Erano proprio le troppe parole che confondevano la questione.

Non fraintendetemi: certi uomini nascono uomini da tette, feticisti delle gambe o amanti del culo. E per me gli occhi e il viso erano sempre le prime caratteristiche che mi attiravano in una donna. La fica, ovviamente, veniva in un secondo tempo. O in alcuni casi mai, visto che le mie relazioni non mi portavano necessariamente a quel punto.

Era la parte del corpo che meritavi soltanto se ottenevi il diploma con lode nell'arte della seduzione. La ricompensa suprema e perciò unica. Privata. Assolutamente incomparabile.

Perciò, immaginate la mia sorpresa quando un giorno, al termine di una normale e-mail verso la fine della primavera, Milduta mi scrisse che si era appena rasata la passera.

Tre settimane prima eravamo stati insieme a Parigi, in

un piccolo hotel nei pressi di Place de l'Odeon. Avevamo trascorso lì quasi una settimana, la sua prima visita a Parigi. E, oltre a una serie di scopate febbrili, avevamo fatto chilometri a piedi, guardato i negozi, e io le avevo comprato vestiti e tanga di seta. C'eravamo abbuffati nei ristoranti giapponesi, avevamo visto molti film al cinema, visitato musei e vagato alla ricerca di bar dove servivano succo di carote fresco che lei beveva a litri. Avevamo scoperto, con grande sorpresa, di andare perfettamente d'accordo sia dentro sia fuori dal letto. Durante i nostri giochi sessuali le avevo spesso sfoltito i peli, provando un sottile piacere voyeuristico nell'accorciarli. Guardando la sua apertura carnosa in tutto il suo splendore, dietro il sipario protettivo di qualche ricciolo. Mettendola sul ridere le avevo suggerito, e non era la prima volta, di depilarsi completamente. Aveva rifiutato con un sorriso, spiegando ancora una volta il disagio della ricrescita dei peli dopo, e di come spesso la sua pelle reagiva con antipatiche irritazioni e brutti brufoli. Era successo quando aveva vissuto per un breve periodo con un banchiere svizzero a Zurigo. Una personalità dominante, che aveva preteso che si depilasse lì sotto. Inizialmente lei aveva assecondato i suoi desideri – era ancora nella fase in cui stava testando la nuova relazione, incerta se si sarebbe potuta trasformare in qualcosa di permanente.

Con una risata, mi aveva anche rivelato che il banchiere si rasava intorno al cazzo e alle palle, in modo che fossero lisci anche quelli. Un'immagine che eccitava spesso le mie fantasie erotiche.

La prima reazione, quando lessi il suo messaggio, fu pensare che avesse incontrato un altro.

Se una donna mostra la sua intimità in maniera così aperta, lo fa sicuramente per un uomo. Perché lui sì e io no? Però lei mi giurava di averlo fatto solo per un impulso improvviso. Un mattino, in bagno, mentre si depilava l'inguine, aveva sbagliato e si era rasata in modo non uniforme. A quel punto liberarsi del resto era stato solo un modo per sistemare le cose, aveva detto. E ora si sentiva incredibilmente sexy, aggiunse. Non come in Svizzera, quando era stato parte di un'imposizione sessuale. Adesso l'aveva fatto solo per se stessa e nessun altro. Si sentiva completamente nuda sotto, quando andava in bici in città a fare la spesa, ed era veramente eccitante la consapevolezza del segreto che nascondeva lì. Mi sembrava al tempo stesso divertita e meravigliata di quello che provava. Glielo avrei potuto descrivere io molto tempo prima, visto che la mia ossessione per i genitali glabri era cominciata con le illustrazioni delle signorine sulle carte da gioco porno, per poi passare ai film hard e alle foto di nudo esplicite.

Mi domandavo che cosa avrei provato nel vederle la fica liscia, non più nascosta dietro riccioli morbidi e scuri. Le sole donne che avessi mai conosciuto con il sesso depilato, lo erano fin dall'inizio della relazione. Mi chiedevo se conoscere il "prima" e il "dopo" dei genitali di una donna avrebbe avuto su di me lo stesso effetto erotico. Era un pensiero che mi avrebbe tormentato nelle settimane successive.

Le scrissi chiedendole di rimanere depilata fino a quando avessimo avuto l'opportunità di incontrarci di nuovo.

«Non ne sono sicura» rispose.

Era stata quell'esitazione che mi aveva insospettito e a quel punto ebbi paura di perdere Milduta, di non poter mai godere della meravigliosa visione di quella fica nella sua splendida e completa nudità.

Avevo sempre saputo che la nostra relazione era tutt'altro che esclusiva. In nessun modo sarebbe potuta esserlo, viste le nostre esperienze personali.

«... Oh, sai, mi sono appena rasata la passera... mi sento così sexy...»

Di sicuro aveva scelto il momento giusto...

2

La vita non è un film.

Le scelte non sono mai così nette. I cattivi si comportano secondo varie sfumature di grigio e le soluzioni ai problemi sono terribilmente complicate.

Invece nei film sembra sempre tutto facile e quella sottile arte dell'inganno ti deforma la mente, comincia rapidamente a influenzare le tue azioni nei modi più insidiosi possibili.

Non sei un personaggio nella sceneggiatura di qualcun altro, e non c'è la certezza dei tre atti e di un finale "... e vissero felici e contenti". Non hai controllo sulle situazioni, sia buone che cattive. La vita è un gran casino e non ha senso, e spesso ho l'impressione che sia solo una serie di cliché. In ogni caso è così che ti appaiono le cose se le consideri con un certo cinismo (che qualcuno potrebbe in effetti chiamare realismo). Per questo, in fondo, è naturale abbandonarsi al romanticismo ambiguo e alla tranquillità anestetica delle immagini che scorrono sullo schermo, perché ognuno di noi aspira al bene, alla felicità, e rifugiarsi volontariamente in un sogno a occhi aperti o nella fantasia è la strada più facile da intraprendere.

La vita diventa facile.

Così...

Comincia come un film. Con uno schermo e una musica grandiosa con tanti violini (o più probabilmente, in questi tempi di budget limitati, accordi da un sintetizzatore) che aumentano di intensità con un maestoso crescendo. Immagini casuali che sfumano una nell'altra, e una melodia malinconica che emerge dall'indistinto muro di suono... Magari *Porcelain* di Moby, o i toni tristi di *Nico* sulle note di John Cale, come la colonna sonora di un western inventato, la cui scena madre potrebbe essere particolarmente amara: una sparatoria, amanti separati dal destino, cuori infranti, un deserto, un canyon, una lacrima.

È un motivo che va dritto al cuore e fa capire che ci sarà altra infelicità, più in là lungo la strada. Infelicità, sì. Perché tragedia è una parola troppo forte. Il mondo in cui viviamo è pieno di persone incomplete, con poche speranze e storie tristi che impallidiscono di fronte alla vera sofferenza, che sembra sempre manifestarsi altrove, nelle vite e nei paesi di altri. Qualcuno potrebbe perfino affermare che non esistono tragedie per gente come me e te. Solo piccoli disagi.

Poi scorrono i titoli di testa, sgorgano dal cuore della musica, e forme confuse emergono dal caos indistinto che occupa lo schermo e la sua geometria rettangolare. Formato Panavision, come ai bei vecchi tempi.

Si sente la voce di una donna, un lamento, che attraversa le note della musica straziante che gradualmente si affievolisce.

Sta cantando? Piangendo? Sospirando?

Ha un accento straniero bizzarro, secco, in qualche modo esotico per le tue orecchie.

Una voce che suscita desiderio.

Alla quale tu immancabilmente reagisci d'istinto. Abbassando le difese. Rivelando inesorabilmente la tua vulnerabilità.

Stupido che non sei altro.

3

Jack aveva avuto fortuna con il boom del "punto.com".

Da incallito collezionista di libri, non era mai stato particolarmente interessato agli sviluppi della tecnologia, anche se il suo interesse per la fantascienza risaliva alla sua infanzia e conosceva alla perfezione Arthur C. Clarke, Philip K. Dick e William Gibson e sapeva riconoscere la sottile differenza tra "steampunk" e "cyberpunk", fantascienza plausibile e balle spaziali. In realtà, era quasi passato direttamente da una vecchia macchina da scrivere al computer, con un paio di anni di intermezzo con una macchina da scrivere elettrica, per via della sua innata riluttanza all'accettare i cambiamenti.

Trovava i computer alieni e difficili da usare, ma la sua collezione stava crescendo a dismisura e doveva trovare in qualche modo un sistema per catalogare l'enorme quantità di libri e vecchie riviste che possedeva. Senza contare le continue nuove pubblicazioni che gli riempivano la cassetta della posta ogni giorno, da quando aveva cominciato a recensire quella roba per un settimanale.

Aveva provato con un archivio a schede ma il sistema non funzionava e si dimostrava poco pratico quando doveva scrivere delle bibliografie di racconti per antologie e riviste.

Aveva chiesto in giro e aveva scoperto che la maggior parte degli altri collezionisti avevano problemi simili.

In mancanza di qualcosa sul mercato bibliofilo che rispondesse alle sue necessità, cercò, con svariati tentativi e notevole consumo di manuali illeggibili, di mettere a punto un software che funzionasse sul suo Apple di casa e che riuscisse in qualche modo a domare la bestia del database in modo soddisfacente.

Con sua grande sorpresa, un anno e qualcosa più tardi, durante una conversazione casuale alla festa di presentazione di un libro al Groucho, un dirigente di una neonata Internet company espresse interesse per il sistema che aveva messo insieme. Sei mesi dopo aveva in tasca un sostanzioso assegno che, per la prima volta in vita sua, gli aveva consentito una vita di discreta serenità economica. Aveva lasciato il lavoro di direttore del settore export tra Europa e Africa di ingredienti alimentari per una ditta americana di medie dimensioni, abbandonando così quella corsa sfrenata al successo che non gli era mai piaciuta.

Deciso a rimanere nell'ambito che conosceva meglio, aprì un piccolo negozio di libri.

Aveva così più tempo libero per leggere, per far crescere la sua collezione di CD, ormai diventata delle proporzioni di quella di libri, e di fare ricerca. Di andare in America più volte all'anno, di perlustrare vecchi e polverosi empori di volumi di seconda mano, alla ricerca di nuove gemme e curiosità per la sua biblioteca personale e, naturalmente, per la libreria. Una vita che dieci o quindici anni prima non avrebbe nemmeno sognato. Ma l'assenza di necessità e la stabilità economica fecero improvvisamente suonare un campanello d'allarme. Si portava dentro un'insoddisfazione sopita ma onnipresente. Aveva divorziato qualche anno prima, senza drammi. Non c'erano di mezzo figli piccoli, quindi nessuno era stato veramente ferito. Naturalmente la colpa era sua. Sempre a caccia di avventure, troppe occasioni nei bar degli hotel durante i giorni e le notti dei suoi viaggi.

Il matrimonio gli mancava.

Odiava stare da solo. Sapeva che la solitudine tirava fuori il peggio di lui.

Libidine. Pigrizia. E un eccesso di sensibilità.

Come tutti gli uomini di talento, Jack aveva molti difetti. Ne era realisticamente consapevole e spesso li elencava nevroticamente sullo schermo della sua mente, mentre cercava di rifugiarsi nel sollievo del sonno. Ma l'aspetto peggiore era il modo in cui ogni volta idealizzava le donne, senza mai imparare dalle passate esperienze. Un problema che infastidiva a morte l'efficiente uomo d'affari che era in lui. Purtroppo riconoscere i propri difetti non significava riuscire a cambiare il suo modo di agire, né quello che provava quando una donna incrociava il suo cammino e il suo sguardo gli arrivava dentro, in profondità.

Sapeva fin troppo bene come le emozioni che le donne gli suscitavano nella mente e nel corpo distorcevano immancabilmente il modo in cui le percepiva, e finivano per condizionare tutte le sue relazioni.

Il fatto di esserne cosciente e di conoscere questo fatale tallone di Achille non riusciva in ogni caso a impedirgli di commettere ogni volta gli stessi errori.

Era forse per come era cresciuto? Perché suo padre non aveva mai avuto il coraggio, o il tempo, di parlargli dei fiori e delle api? O forse era perché aveva sempre trattato questo ragazzino dai ricci scuri e i sentimenti nascosti come un marziano, duro di comprendonio, con il naso sempre ficcato nei libri o nei giornali sportivi, con zero interesse per le attività che suo padre avrebbe potuto approvare.

Un bambino che, in silenzio, furtivo come pochi, memorizzava e interpretava ogni fatto attinente al modo in cui uomini e donne coesistevano e combattevano, attraverso le storie che sentiva tra i banchi di scuola. Accettava come vangelo la visione della vita raffigurata sul grande schermo dalle commedie romantiche hollywoodiane in cinemascope, viste ogni giovedì pomeriggio al cinema del quartiere, senza mai perderne una.

Spesso cercava di risalire alle origini di questa profonda contraddizione al centro del suo essere.

Dall'educazione? Dalla famiglia? Dalle bugie dei film e dei romanzi? Da una donna in particolare? Ma quale: la prima ragazza che aveva desiderato a distanza? La prima che aveva baciato? La prima con cui era andato a letto? La prima che lo aveva lasciato?

O forse la prima ragazza che lo aveva selvaggiamente, inconsapevolmente ferito, il cui tradimento gli aveva lasciato profonde cicatrici emotive, la prima per la quale aveva provato un desiderio intenso?

Sì, questa era l'origine più probabile, lo sapeva.

Londra. Ultimo anno di liceo. Una grande stanza dai soffitti alti in un enorme appartamento di South Kensington e una dozzina di adolescenti seduti in cerchio sul parquet.

A volte Jack si chiedeva se la sua vita recente non sarebbe stata diversa se non avesse divorziato, se fosse riuscito a salvare il matrimonio da tutti i suoi errori e se sua moglie avesse avuto dei bambini. Avrebbe riempito il vuoto che sentiva o lo avrebbe reso anche peggiore? Era pura speculazione, comunque, visto che due gravidanze extrauterine consecutive avevano messo fine a quella possibilità dopo solo tre anni di matrimonio, aggiungendo altro dolore alla tristezza della sua incapacità di far funzionare il loro rapporto.

Sapeva di essere abbastanza attraente, con la sua aria trascurata da intellettuale: «Il tuo aspetto mi fa pensare ogni volta a un pianista ungherese passionale e folle» gli aveva detto una volta una cara amica, una che non faceva parte della sua cerchia di avventure. La definizione lo aveva divertito moltissimo. Meglio che essere paragonato a Mel Brooks o Charles Aznavour, come gli era pure accaduto una volta, con sua grande perplessità e irritazione.

Quando le donne con cui chattava gli chiedevano di descriversi, le informava ogni volta che non era né Brad Pitt né Frankenstein, prima di fornire i soliti dati tediosi. Nessuna gli chiese mai se si riferiva all'infelice barone o all'omonimo mostro che aveva sbadatamente creato.

L'ambiguità gli era spesso tornata utile.

4

La presenza dei maschi aveva tormentato Milduta fin dai primi anni dell'adolescenza.

Suo padre se ne era andato di casa quando lei aveva appena due anni, ricordava poco di lui. Era stata cresciuta da sua madre, con l'aiuto prezioso dei nonni. Aveva vissuto a casa loro finché non aveva compiuto nove anni, insieme al fratello che aveva cinque anni più di lei e già andava in giro con la sua cerchia di amici. Fu allora che sua madre conobbe Piëtr e si risposò. Il suo nuovo patrigno lavorava per un ministero e aveva altri due figli da un matrimonio fallito: un giorno all'alba la sua ex moglie aveva improvvisamente levato le tende per andarsene all'Ovest, abbandonando la famiglia. Per Milduta e suo fratello non c'era abbastanza spazio nell'appartamento di Piëtr, quindi fu deciso che sarebbero rimasti con i nonni, fino a quando sua madre e il patrigno si fossero potuti permettere un appartamento più grande. Non accadde mai. Dopo due anni di questo secondo matrimonio, in un inverno particolarmente rigido, la madre si ammalò e non si riprese più. Con grande sollievo dei nonni, Piëtr dopo il funerale rifiutò di prendere con sé i ragazzi, così l'anziana coppia diede inizio alla procedura ufficiale per l'adozione di Milduta e di suo fratello. In Estonia non si era mai dato troppo spazio ai sentimenti.

Nonostante tutto, la sua infanzia era stata felice. Era una bambina tranquilla, senza pretese, contenta di giocare da sola con qualche vecchio giocattolo, si divertiva sul pavimento della cucina con una batteria di coperchi e qualche cucchiaio. Suo fratello, al contrario, era un bambino problematico che aveva abbandonato presto la scuola per fare l'apprendista idraulico e che in seguito sarebbe diventato un rinomato ubriacone e adultero. Avevano molto poco in comune.

Milduta era studiosa, faceva amicizia facilmente con le altre ragazze della scuola, ma si dimostrava timida in presenza dei ragazzi. Non che la spaventassero o la trattassero male. Erano semplicemente estranei al suo piccolo mondo e fino ai dodici anni non prestò loro molta attenzione, non reputò necessario frequentarli nel cortile della scuola né unirsi ai loro giochi per strada davanti alla casa dei nonni.

Un giorno c'era stato trambusto nel quartiere. Gli adulti erano inquieti.

A Milduta era stato consentito di rimanere a dormire il sabato sera a casa di Aida, una compagna di scuola che abitava vicino.

«Sono tutti così arrabbiati» le aveva detto Aida.

«Perché?» aveva chiesto Milduta.

«Non hai sentito?» le aveva risposto l'amica.

«Che cosa?»

Aida si girò verso l'altro lato del letto che dividevano e si avvicinò a Milduta.

«Quella ragazza dell'aula 6, credo si chiami Rosa, hai presente, quella alta e magra che porta sempre le trecce?»

«Sì, la conosco di vista» rispose Milduta. Era una ragazza longilinea di una classe quattro anni davanti a loro. Milduta aveva sempre pensato che fosse molto carina.

«L'hanno trovata morta. Assassinata.»

«Cosa?»

Aida le si fece più vicino, nel buio, e abbassò la voce.

«Dicono che sia stata violentata.»

«No!»

«E strangolata.»

«Veramente?»

«È successo dalle parti del porto. Dicono che la polizia non abbia idea di chi sia stato.»

Le due ragazze rabbrividirono e si tennero per mano sotto la coperta di lana pesante e ruvida.

Col passare delle ore, la loro conversazione divenne sempre più un sussurro mentre Aida, la più esperta, si lanciava in ipotesi sfrenate sul caso della studentessa assassinata.

All'inizio Milduta aveva pensato che lo stupro fosse semplicemente un modo di ammazzare la gente, finché la sua amica non le aveva effettivamente spiegato in cosa consisteva l'atto, suscitando nella sua mente un tumulto pazzesco di confusione e terribile curiosità.

Aveva qualche volta sorpreso il nonno o il fratello nudi, quando avevano dimenticato di chiudere a chiave la porta del bagno mentre facevano la doccia. Però non aveva mai prestato troppa attenzione ai loro genitali. Erano differenti, tutto qui. La sua curiosità era stata minima.

L'omicidio di Rosa non fu mai risolto, ma il ricordo rimase accesissimo nella mente della giovane Milduta, che non riacquistò più la sua innocenza. Adesso sapeva di che cosa erano capaci gli uomini, che cosa potevano fare quei cazzi. Il vaso di Pandora della sua immaginazione era stato spalancato e non si sarebbe mai più richiuso.

Per mesi immaginò l'indecente stupro nella sua mente, in tutti i suoi dettagli più cruenti (Aida le aveva dovuto dare lezioni dettagliate di anatomia dell'amore, visto che i nonni avevano sempre evitato l'argomento). Piena di vergogna, si era scoperta non solo immensamente curiosa ma anche stranamente eccitata dall'idea di un uomo che montava una donna in quel modo, aprendola di prepotenza e lacerandola con la sua forza bruta. Poco dopo, cominciò a immaginare che succedesse a lei, nella penombra dei cantieri del porto o alla luce del tramonto in mezzo agli alberi radi che circondavano la città. Sapeva che era sbagliato, ma quando si trovava mezza addormentata di sera, e i suoni smorzati dalla televisione che i nonni guardavano nell'altra stanza filtravano attraverso le pareti sottili, questi pensieri terribili la travolgevano incessantemente. L'uomo che abusava di lei non aveva mai volto, né una particolare forma fisica. L'unica cosa che riusciva a evocare nei suoi pensieri febbrili era un pene mostruoso, di misura abominevole e di aspetto bestiale (si era da poco imbattuta, grazie a un'altra amica, nelle stampe erotiche giapponesi, un libro d'arte sfogliato nella sezione per adulti della biblioteca pubblica, e ingenuamente supponeva che il cazzo di tutti gli uomini in pieno rigoglio raggiungesse veramente proporzioni così enormi).

Da quel momento in poi, gli uomini e i loro attributi iniziarono ad affascinarla e ad attrarla. I ragazzi della scuola della sua età non avevano per lei il benché minimo interesse. In effetti, non potevano essere classificati come uomini. Erano ragazzini insignificanti che non sarebbero mai arrivati a raggiungere quell'attributo di paura che lei istintivamente ricercava nel sesso opposto.

I veri uomini erano sicuramente creature di stampo diverso, con poteri che le sfuggivano. Uomini che l'avrebbero sottomessa, presa, violentata, dominata, che avrebbero dato un senso alla sua vita. Loro erano diversi.

Questa diventò la vita segreta di Milduta.

Lentamente sbocciò. Imparò a comportarsi fra la gente, ampliò la sua cerchia di amicizie sia dentro sia fuori la scuola con ragazzi della sua età, relegò i suoi orsacchiotti negli scaffali della camera da letto e smise di giocarci.

Diventò una persona interessante, accettata come tale dai vari gruppi dai quali entrava e usciva, a scuola e fuori, unendosi anche agli amici di suo fratello, quando non poteva farne a meno. Sempre pronta a buttarsi nella mischia per una partita, una sfida, per fare a botte. La trattavano come uno di loro, un ragazzaccio a cui erano ormai abituati. A Milduta questa situazione stava bene perché nel frattempo li studiava scientificamente, questi ragazzi non ancora uomini, con divertito distacco, imparando a mettere insieme, pezzo dopo pezzo, il complesso puzzle che era il mondo dei maschi, l'altro lato.

Il seno le crebbe tardi e non fu mai opulento come quello di Aida e della maggior parte delle sue amiche. Alla fine si sarebbe fermata a malapena a una seconda. Ma dal momento in cui quelle collinette spuntarono sotto l'uniforme blu e la nonna la portò a comprare il suo primo reggiseno, notò affascinata che i ragazzi con i quali aveva giocato per strada, gli uomini più grandi sulla via o nei negozi, tutti sembravano guardarla in un modo nuovo.

Fu così che Milduta scoprì il desiderio.

5

Catherine Guinard non era la ragazza più carina nel corso di filosofia, in quel primo anno di Jack in una scuola mista. Neanche ci arrivava vicino: Rhoona DeMole, la rossa, la voluttuosa Beatrice, Elizabeth tutta curve e Jacqueline, che sarebbe poi diventata un'attricetta, erano sicuramente meglio. Ma qualcosa in lei lo aveva colpito nel profondo, in modo subdolo, lì dove fa male.

Forse era quella la fondamentale pecca di Jack: pensava con i sentimenti, e non con il cazzo.

Ovvero, mentre stava ancora riprendendosi dalla morte prematura di sua madre, non si rendeva conto di quanto la sua vulnerabilità fosse evidente.

Catherine era piccola di statura e di proporzioni, aveva capelli fini, castano chiaro, che le ricadevano miseramente a frangetta sulla fronte rotonda. Sfoggiava pure denti leggermente storti, anche se scintillanti e bianchi. Veniva dalla provincia francese e si vestiva in modo anonimo, con una preferenza per gonne dal disegno Burberry e stivali di pelle nera. Quando non era con gli amici, portava gli occhiali per leggere e studiare.

Ma si sa com'è: quello che ci colpisce delle donne non è mai solo l'apparenza. È come ridono, o il modo in cui i loro occhi brillano a tratti, è come arricciano il labbro superiore, o quella maniera particolare di sospirare o esprimere un desiderio, una tristezza. Non c'è formula magica. È qualcosa di innato, viene fuori da solo. È l'arte invisibile della seduzione, che senza il minimo sforzo, né dover scegliere la preda, può catturare nella sua rete ovattata qualunque anima persa.

Per molti mesi Jack venerò Catherine a distanza.

Non si avventurarono mai fuori insieme da soli, erano sempre in gruppo con i compagni di scuola. Ore di ripasso generale sotto le pesanti librerie di legno dell'Istituto francese, giri a ora di pranzo per le stanze del museo di Storia naturale oppure, quando la temperatura si faceva più mite, nei giardini del museo. Bevute di birra tiepida e partite a freccette nel pub vicino, passatempo che tutti gli studenti francesi che passavano l'anno scolastico a Londra adoravano incondizionatamente. Rumorose uscite di massa per andare in uno dei pochi cinema alternativi di Londra che proiettavano film con sottotitoli. Facevano semplicemente parte del gruppo.

Dopo qualche tempo lui si offrì di aiutarla con i compiti e su vari progetti.

Seduti a un tavolo nella sua abitazione dalle parti di Ladbroke Grove, Jack respirava il suo profumo delicato mentre lei annotava premurosamente tutti i suoi suggerimenti. Annegava in quella presenza silenziosa.

«Allora, la prossima settimana, se vuoi, possiamo ripassare Schopenhauer.»

«È molto carino da parte tua. Ho proprio dei problemi a raccapezzarmi con tutte queste teorie tedesche. Forse è perché sono francese e vivo in Inghilterra. Posso comprendere una sola nuova cultura alla volta. Sei molto gentile.»

«Figurati, Catherine. Ti aiuto con piacere.»

Ma quando si trattava di questioni importanti, il più delle volte Jack rimaneva senza parole.

Era un sabato sera. Quel pomeriggio, l'intero gruppo di studenti del corso di filosofia si era avventurato nel West End per vedere un film con Sophia Loren, in cui lei faceva la parte di una madre a cui avevano violentato la figlia durante il caos dell'invasione dell'Italia da parte degli americani e dei loro alleati, nella Seconda guerra mondiale. Erano in diciassette, diciotto al massimo. Alcune delle ragazze avevano versato qualche lacrima mentre i ragazzi erano rimasti eloquentemente silenziosi, alla fine del film. Stava cominciando a fare buio e qualcuno suggerì di andare tutti a Kensington a mangiare *fish and chips*. Optarono per il labirintico edificio in cui Catherine e altri tre studenti francesi avevano la stanza.

Dopo qualche bicchiere, sette di loro si sedettero in circolo sulla moquette della camera di Anita, visto che la sua era la più grande della casa.

Catherine sedeva di fronte a Jack, all'estremo opposto del cerchio di adolescenti.

In seguito, non riuscì mai a ricordare come la conversazione fosse arrivata a quel punto, o a chi fosse venuta l'idea.

«Facciamo il gioco della verità» suggerì qualcuno.

Alcuni di loro, incluso Jack, non sapevano nemmeno di cosa si trattasse.

«Non avete visto *Peccatori in blue-jeans*?»

Era stato un film di enorme successo in Francia l'anno prima, parlava di ragazzi ricchi e viziati, dei loro nascenti amori e delle loro malefatte. In quel periodo Jack era già rientrato in Inghilterra e conosceva il film solo per sentito dire.

Il gioco esisteva da generazioni, ma la fama di questo film ne aveva stimolato il ritorno in auge.

Era semplice: ogni partecipante doveva fare una domanda a una persona di sua scelta all'interno del cerchio e quella sarebbe stata obbligata a rispondere la verità.

«Se no?» aveva chiesto Jack.

«È una questione d'onore» aveva replicato una delle ragazze.

Senza pensarci troppo su, Jack accettò le regole.

Qualcuno abbassò le luci della stanza, Catherine andò a prendere un paio di candele colorate dalla sua camera e le accese con un risolino e una certa aria drammatica.

Jack conosceva abbastanza bene quasi tutti quelli seduti intorno a lui. Prima di quel giorno non aveva mai parlato alla ragazza scandinava, Greta, ma sembrava simpatica. Lei sorrise in risposta al suo sguardo, visto che era seduta di fronte a lui, proprio accanto a Catherine.

Le prime domande furono innocue. Cibi preferiti, quando si erano ubriacati l'ultima volta, cattive opinioni sui rispettivi insegnanti.

«Che noia» brontolò a bassa voce Pierre, ma lo sentirono tutti.

Non era il preferito di Jack, nel gruppo. Di certo era un bel ragazzo, cosa di cui era terribilmente consapevole: educato, sempre vestito impeccabilmente, era il tipico rampollo di una ricca famiglia francese della provincia. Le ragioni per cui frequentava la scuola a Londra erano tutt'altro che accademiche.

«E allora» disse qualcuno «rendilo più interessante quando è il tuo turno.»

Pierre sorrise.

Due domande dopo (una sul presidente De Gaulle e la sua popolarità, e un'altra sul tema scottante della tortura da parte delle truppe francesi durante la guerra in Algeria) toccò a Pierre sfidare qualcuno del cerchio.

Guardò dritto in direzione di Greta, la quale, perfino nella crescente oscurità della stanza, arrossì visibilmente. Tutti sapevano che gli piaceva.

«Greta?»

«Sì» rispose lei con un sussurro.

In modo teatrale, Pierre fece una lunga pausa. Alla fine le domandò:

«Quale dei ragazzi presenti ti piace di più?»

Qualcuno ridacchiò.

La ragazza svedese arrossì con violenza.

«Avanti, Greta» disse un'altra ragazza. «Non sono ammesse bugie.»

Greta abbassò gli occhi e finalmente farfugliò il nome di un altro ragazzo che sedeva lì in mezzo, un tizio di Montpellier molto timido che tutti consideravano del tutto inoffensivo.

Pierre protestò.

«Greta, non è vero.» Cercava di mettere in imbarazzo la ragazza che non voleva rivelare l'attrazione nei suoi confronti.

«Non è una bugia» protestò lei debolmente. «Julien è un bravo ragazzo. Certo non significa che provi qualcosa per lui» aggiunse. «È solo un buon amico.»

Lo stesso Julien era diventato scarlatto, non essendo uno a cui piaceva trovarsi al centro dell'attenzione.

Alcuni risero sommessamente. Sapevano che aveva mentito.

Così, adesso, era Greta a dover fare una domanda.

Arrabbiata per quello che le aveva fatto, affrontò Pierre.

«Chi hai baciato fra le ragazze in questa stanza?» domandò.

Tutti trattennero il fiato. La cosa si stava facendo seria. Per qualche momento Jack pensò a cosa avrebbe potuto rispondere, se la domanda fosse stata rivolta a lui. Avrebbe dovuto mentire per salvaguardare il suo orgoglio. Ovviamente non aveva baciato nessuna delle presenti, men che meno Catherine.

«Che domanda insipida, Greta. Non preferisci chiedere con chi sono andato a letto?»

Lei non disse niente.

Tutti gli occhi erano puntati su Pierre. Uno dei ragazzi si inserì. «Avanti, Pierre, adesso devi dare una risposta.»

Alla fine, dopo aver attentamente, ostentatamente pesato tutti i motivi a favore dell'onestà e della discrezione, Pierre sputò fuori il nome.

Nessuno di loro se l'era minimamente aspettato. Nessuno pensava che potesse nemmeno essere il suo tipo. Certo, la porta della sua stanza era di fronte a quella di lei. In ogni caso, a quanto sembrava, appena una settimana prima, l'aveva convinta con un po' di moine a scopare con lui.

«Catherine.»

Il cuore di Jack sprofondò un chilometro sottoterra. Non si accorse nemmeno che Catherine si era alzata velocemente, con le guance rigate di lacrime, e che era corsa nella sua stanza. Rabbia? Vergogna?

Jack rimase frastornato, si sentiva inchiodato al pavimento, incapace di muoversi.

Il gioco a poco a poco si esaurì.

In seguito, aveva perfino sentito Pierre vantarsi che Catherine non era un granché a letto, troppo passiva e roba così.

E questo aveva messo ancora più in subbuglio il suo giovane cuore.

6

Inizialmente la madre di Milduta aveva fatto finta che il marito si fosse preso solo una cotta. Più avanti si era limitata ad alzare le spalle fingendo indifferenza. Qualche anno più tardi, il fratello disse a Milduta che un giorno aveva visto il padre passare per strada sotto casa, mano nella mano con un'altra donna e un bambino, la sua nuova famiglia, destino che sembrava loro certamente più realistico.

I genitori erano stati tutt'altro che intellettuali. L'enigmatico padre di Milduta lavorava come installatore di impianti per la doccia, mentre la madre era un'impiegata al municipio e si occupava di pensioni e sussidi. Ma stranamente la sventurata coppia condivideva una grande passione per l'opera. Forse era così che era avvenuto il loro primo incontro, pensava Milduta. Era una teoria come un'altra.

Comunque la chiamarono Mimì per questo, in omaggio all'eroina malinconica della *Bohème*.

Questo nome aveva lasciato a lungo Milduta perplessa. Nessuno in Estonia pareva chiamarsi Mimì oltre lei. E non le piaceva farsi notare dagli altri. Come tutti i bambini, era profondamente conformista, per sentirsi più sicura.

«Questo è il motivo per cui sei così speciale» le aveva detto la madre. «Forse un giorno diventerai una cantante e verremo a sentirti al Teatro dell'Opera per la prima, con dei vestiti da sera elegantissimi, ovviamente. Che giorno sarà: mia figlia, la reginetta del ballo!»

Ma Mimì non dimostrò mai talento per la musica. Durante il primo anno di scuola elementare, la convinsero a imparare a suonare uno strumento.

Fra tutti quelli a disposizione, volle per forza scegliere la fisarmonica.

L'unica a disposizione della scuola era enorme, faceva sembrare la sua figurina ancora più minuta quando si esercitava, e gli spettatori non potevano fare a meno di sorridere quando la vedevano sul palco mentre suonava l'*Internazionale,* o qualche altro brano popolare obbligatorio e facile da imparare, al tradizionale concerto di fine anno a scuola. Per l'occasione, lei doveva sempre indossare uno stupido costume da contadinella, cosa che la rendeva molto irritabile. Proprio una vera signorina, le dicevano le insegnanti.

Ma con il tempo cominciò ad apprezzare il proprio nome. Dopo tutto, faceva sì che la gente si interessasse a lei. Le chiedevano l'origine, le persone più anziane sospiravano di meraviglia. Certo molto più di quanto non si potesse dire di suo fratello, un normalissimo Pavel, nome assolutamente ordinario e comune, cosa che lei non si stancava mai di ripetergli quando litigavano.

Dopo il secondo matrimonio di sua madre e il suo abbandono, i nonni, che non avevano mai veramente capito perché l'avessero chiamata Mimì, cominciarono a chiamarla Milduta, un vezzeggiativo affettuoso, e fu così che la maggior parte delle persone e degli amici la conobbe successivamente.

Solo quando guardava il passaporto, la carta d'identità o la tessera del partito, si ricordava che il suo vero nome era Mimì, come quella ragazza nell'opera italiana che andava a finire male.

I primi anni in cui fu affidata ai nonni furono per Milduta particolarmente infelici. Sebbene non fosse mai stata veramente vicina alla madre, che dedicava quasi tutto il suo tempo alla vita di società per cercare di rifarsi una vita, piuttosto che occuparsi dei bambini, Milduta si rese conto che le mancava enormemente. E i pranzi occasionali nella nuova casa della madre, durante i week-end, invece di essere un'occasione piacevole, divennero un tormento fisso, con il nuovo patrigno che lanciava a lei e a suo fratello occhiate torve di disapprovazione, e i fratellastri che le facevano le boccacce. Per quanto i nonni fossero gentili e premurosi, erano anche vecchi e odoravano di vecchio. Il fiato, i capelli, il sapone che usavano. Dentro di sé, sapeva che era sbagliato notare quelle cose. E si faceva prendere dai sensi di colpa. Ma puzzavano lo stesso.

Mentre i giorni si susseguivano infelici, Milduta si ritrovava di notte a letto ad ascoltare il silenzio che invadeva la piccola mansarda nella quale era stata confinata, a scrutare a occhi sbarrati l'oscurità che prendeva il sopravvento. E ogni volta si ripeteva: sono speciale.

«Sono speciale» diceva con un lieve sussurro che emergeva dalla coperta grigia e malconcia e dalla piccola sagoma sepolta sotto di essa.

Come un mantra.

Alla fine riusciva finalmente a prendere sonno e si addormentava con un sorriso beato stampato in faccia.

Era un'espressione che in seguito diventò una sua caratteristica peculiare.

Il suo sorriso arrivò a essere una meraviglia che tutti ammiravano.

Le sue labbra sembravano sempre atteggiate a un sorriso e gli occhi luccicavano, anche quando non era per niente felice.

Ma stava già trasformandosi in un'adolescente e quel sorriso costante, amabile e quasi infantile spesso trasmetteva un'impressione completamente errata.

All'altro sesso.

Un sorriso al tempo stesso di innocenza e di totale abbandono.

Quella diventò la caratteristica particolare di Milduta, che attirava su di sé gli uomini come mosche. Una vena di sottomissione che parlava agli uomini con parole sommesse o emozioni.

Per molti anni non se ne rese nemmeno conto.

7

Fu così che Catherine Guinard divenne la prima a incidere una profonda tacca nel suo cuore.

E ce ne sarebbero state altre.

Quella sera, dopo il gioco della verità, era tornato a casa avvolto da una densa cortina di dolore, ignaro di ciò che lo circondava: le strade buie di Ladbroke Grove, Circle Line e i suoi ubriaconi notturni, la cupa Liverpool Street e il treno pieno di fermate per la periferia est dove abitava. Si addormentò con fatica (era già mattino) e fu un sollievo. Fortunatamente era domenica e non doveva andare a scuola. Sapeva di non essere in grado di affrontare così presto la vista di Pierre o Catherine o qualsiasi altro dei suoi amici del Lycée.

Ma era impossibile evitarli e dopo una settimana, con occhi bassi ed esitanti, Catherine gli chiese aiuto per un saggio su Hegel.

Disse di sì.

«Perché lo hai fatto?» le chiese alla fine, dopo ore di tentennamenti, mentre bevevano succo d'arancia e si concentravano sul lavoro da svolgere.

Catherine rispose con calma. Si era accorta già da prima dei sentimenti di Jack per lei. Sarebbe stato impossibile non accorgersene, con quello sguardo da cagnolino sempre intorno.

«Mi spiace molto» rispose.

Rimase in silenzio.

Jack non riuscì a replicare.

«Mi spiace che tu l'abbia saputo in quel modo» aggiunse alla fine.

«È stato uno shock» mormorò Jack. E sicuramente esagerava per difetto.

«Viviamo nella stessa casa, Pierre è un bel ragazzo, io avevo nostalgia della Francia quella sera e lui si è dimostrato carino, sai come vanno queste cose. Ci siamo fatti un po' di coccole e lui mi ha convinto con un po' di paroline dolci. Era la prima volta, per me.»

Jack deglutì vistosamente.

«Dopo me ne sono pentita» continuò Catherine. «So che per lui sono stata soltanto una delle sue conquiste. Non prova niente per me...» Smise di parlare e abbassò lo sguardo sul tavolo, a fissare di nuovo il quaderno.

Jack capì che stava tralasciando qualcosa di importante. Glielo domandò.

«Ma tu provi ancora qualcosa per lui, vero?»

Sospirò. «È vero, Jack. So che non dovrei. È presuntuoso, superficiale e approfitta delle persone che gli fanno comodo. Ma non è facile comandare al cuore, giusto?»

Jack sentiva una coltre grigia che gli si posava sul cuore.

«E io?»

«Cosa?»

«Cosa provi per me?»

Lei sollevò lo sguardo.

«Mi piaci, Jack, ma come amico. Non credo che potrei avere altri sentimenti.»

Ebbe voglia di supplicarla, di spiegare le sue attenzioni

non corrisposte, ma era troppo timido e sapeva di non avere l'eloquenza necessaria.

«Ho capito» fu tutto quello che riuscì a dire.

«Mi dispiace, Jack» ripeté.

«Non ti preoccupare.»

«Saremo sempre buoni amici. Non è vero?» disse Catherine.

«Naturalmente.»

Ma sapeva che il concetto di amicizia tra ragazzo e ragazza, uomo e donna, una volta che i veri sentimenti avevano sollevato la loro brutta faccia, era difficile. Una condizione che raramente avrebbe realizzato nella sua vita futura. O era amore o era indifferenza. L'amicizia non pagava.

Ritornarono sul terreno più innocuo dei saggi di filosofia e si videro con molta minore assiduità nei mesi che seguirono.

Certe volte, in classe, Jack si metteva a fissarla mentre era intenta a seguire la lezione, ma raramente lei rispondeva al suo sguardo.

Catherine rimase apparentemente amichevole nei confronti di Pierre, ma Jack non sapeva se avessero fatto ancora sesso. Pensava di sì. Di certo non mancavano le occasioni. Stessa casa, stessa cerchia di amici.

Un anno dopo, quando entrambi erano rientrati in Francia, Jack per studiare Letteratura comparata alla Sorbona, Catherine per frequentare un master in Amministrazione a Boulogne, la sua città, lui l'aveva cercata, aveva saputo che era di passaggio a Parigi, ospite da amici o parenti vicino rue Saint Sulpice. Presero un caffè, parlarono di cose senza importanza e fu l'ultima volta che si videro e parlarono.

Dopo tutti questi anni, riusciva appena a ricordare che

aspetto avesse, solo un vago ricordo di una ragazza minuta, dall'aspetto di un passerotto, un naso sottile e il mento sfuggente. Non era nemmeno il suo tipo.

Nella litania di pene d'amore che costellò i suoi vent'anni, si dedicò sempre alle bionde, che imparò ad avvicinare con la massima cautela, dopo l'iniziale rifiuto o le espressioni di calcolata indifferenza. Ma imparò a perseverare.

Forse, pensava, lui non era abbastanza per le bionde. O loro erano troppo per lui. Che ci fosse un'incompatibilità di fondo, quasi chimica, tra il biondo e gli insicuri uomini ebrei dai capelli scuri con un pizzico di cervello? A volte, quando si trovava fra una donna e l'altra, fra un'amante e l'altra, o comunque tra un'infatuazione e l'altra, ripensava alle peregrinazioni dei suoi affetti negli anni e analizzava mentalmente i ricordi, cercando di ordinare le sue statistiche sessuali per colore di capelli. Assurda forma di catalogazione.

In realtà i risultati non avevano molto senso.

Perché a volte il capriccio delle donne non segue nessuna logica.

8

Agli uomini Milduta piaceva.

Ma mentre imparava come comportarsi con loro, arrivò presto alla conclusione che volevano da lei più di quanto non fosse disposta a dare.

I ragazzi della scuola, o gli amici di suo fratello che ci provavano, non le davano problemi. La imploravano per avere un bacio, un segno qualsiasi del suo affetto. Un bacino sulla guancia non bastava. Volevano la bocca o la lingua contro la loro, ma raramente chiedevano di più. La nozione di sesso o d'intimità fisica era ancora completamente fuori dalla loro portata, impensabile, molto al di là dell'orizzonte dei loro sogni più sfrenati. Sapeva che se quel sabato al baretto avesse lasciato che Bogdan la baciasse con la lingua, o che Ivan le toccasse il seno attraverso la stoffa del cardigan pesante, con quelle dita sporche, entrambi sarebbero andati nel panico e non avrebbero saputo quali passi fare dopo. Erano inesperti, immaturi. Ragazzi.

Gli uomini che le offrivano il caffè o la birra al bar dove lei e le sue amiche si riunivano, erano di tutt'altra razza.

La libidine nei loro occhi tradiva gli istinti più bestiali. Per loro, lei era la preda, un bersaglio da usare e depredare. E davanti alla disponibilità del sorriso di Milduta, non riuscivano proprio a capire perché lei continuasse a respingerli.

Ma era anche affascinata dalla loro insistenza, dalla profonda certezza del proprio potere che alcuni di loro dimostravano, come se sapessero che un giorno sarebbe inevitabilmente passata dall'altro lato, avrebbe accettato il suo posto nel loro mondo. Per via della puttana che giaceva assopita dentro di lei. Sapevano che c'era una puttana in ogni ragazza. Una puttana eccitata dalla curiosità e dagli ormoni.

Anche Milduta sapeva di partecipare a un gioco pericoloso, quando c'erano di mezzo uomini di una certa età e i loro desideri sfrenati.

Così frequentava i bar dopo la scuola e i club durante i week-end. La maggior parte delle volte ci andava con la sicurezza di altre amiche, come parte di un gruppo chiassoso, ma certe volte anche solo con Aida, vestendosi apposta per provocare. Gonne corte, maglie aderenti, stivali al ginocchio. L'uniforme migliore per scroccare da bere senza pagare.

Le piaceva la compagnia degli uomini, soprattutto di quelli di circa dieci anni più grandi di lei. Ballava con loro sulla pista fumosa dei club giovanili o delle riunioni dei giovani del Partito. Faceva loro compagnia mentre si scolavano un interminabile numero di bicchieri di vodka, che lei reggeva altrettanto bene.

C'erano delle regole. Aida, che erano meno schizzinosa in fatto di sfruttare gli uomini, le aveva insegnato i fondamentali. Dopo tre bicchieri insistevano sempre per qualche ulteriore forma di contatto fisico: un lento, una strusciatina, una palpatina al sedere con le loro mani sudate. Glielo lasciava fare. Non c'era pericolo. Sapeva sempre quando dire basta, quando dire no a ulteriori approcci.

Pareva strano, ma era lei stessa a volere le loro attenzioni. Per lei era una questione di orgoglio, essere capace di attirare gli uomini e poi comunque tenerli a bada prima che potessero fare seri danni.

Aveva un sorriso da schianto e ogni volta che si fermava e rifiutava di andare oltre, gli uomini solitamente accettavano la sua decisione senza troppe proteste e senza il minimo segno di violenza. Perché diceva "no" con estrema grazia. E quelli scrollavano le spalle, la ringraziavano della compagnia e andavano in cerca di un'altra ragazza, magari più ubriaca, che avrebbe concesso loro maggiori libertà. Certe volte Aida scompariva per brevi periodi con questa o quella conquista e Milduta sapeva che "lo" faceva. Ammirava il coraggio della sua amica e la sua mancanza di scrupoli, ma al tempo stesso sapeva di volere che la sua prima esperienza sessuale completa fosse diversa. Non sarebbe stata la solita ragazza estone che scopava contro il muro decrepito di un edificio o nel retro di un locale pubblico.

Forse era idealismo il suo, ma era convinta che ci dovesse essere qualcos'altro. Quanto meno un po' di dignità. Il concetto di amore le era estraneo, grazie alla triste influenza dei suoi nonni, e il suo cuore freddo era sempre rimasto di ghiaccio guardando le sdolcinate storie romantiche, di solito film francesi, che erano in gran voga nei cinema locali. Per quel che la riguardava, preferiva di gran lunga le commedie con Bourvil o Fernandel. La facevano morire dal ridere.

Ma il richiamo del desiderio era forte e inquietante.

Così Milduta lasciava che gli uomini che le offrivano da bere la toccassero con mani irrequiete sulla pista da ballo affollata, la palpeggiassero con dita maldestre attraverso la gonna. Consentiva loro questi approcci, questi preliminari al sesso, in pubblico. Ma sapeva di non essere pronta a concedersi, a essere scopata.

Non che il pensiero non la tenesse sveglia la notte. Al contrario.

Un tale, un uomo d'affari che frequentava regolarmente il bar dove lei e Aida andavano quasi tutti i sabato sera, le aveva prestato un libro. La traduzione del romanzo francese *Histoire d'O.*

Milduta lo aveva trovato avvincente.

Quella storia riusciva a farla bagnare, non le mani rozze e maldestre degli uomini. Leggendolo si masturbava regolarmente.

Immaginava di essere una schiava, come nel libro.

Usata oltre i limiti dell'immaginabile. Frustata. Torturata. Messa oscenamente in mostra davanti alle folle. I suoi buchi allargati. Incatenata.

La sola idea delle catene la lasciava senza fiato e veniva sempre con poderosi orgasmi, quando leggeva o ricordava quella parte della storia.

Amava anche l'eleganza squisita dell'ambientazione, il castello con tutta la sua raffinatezza, la classe degli uomini e delle donne nella residenza di Roissy. Era un contrasto talmente marcato con gli edifici di Tallinn, pieni di fumo, con i soffitti bassi, e il cielo sempre grigio sulla testa. L'odore costante dell'Estonia era il disinfettante chimico, la colonna sonora erano gli ubriachi che vomitavano con cronometrica regolarità per tutta la città il sabato notte. Non c'era dubbio, i piaceri del sesso appartenevano a un ambiente migliore.

Tra i sedici e i diciotto anni, gli ultimi anni di scuola, Milduta continuò a resistere sul Rubicone del sesso, mentre l'attrazione cresceva in lei più forte nella mente che nei bisogni del corpo. Per quelli usava le dita. Era come se sapesse già che, quando fosse arrivato il momento, il sesso normale si sarebbe potuto dimostrare non abbastanza per i suoi bisogni confusi. Nel frattempo, tutti quei pensieri pazzi sugli orrori e le delizie del sesso attraversavano i suoi sogni e le notti, a riprova del fatto che tutti gli sbarbatelli con i quali era uscita non facevano per lei. Il lato decisamente più oscuro degli uomini maturi la tentava molto di più.

Forse, pensava, quando sarebbe andata alla Scuola di economia e gestione aziendale, un passo che aveva concordato volentieri con i nonni, nel momento in cui avevano suggerito che doveva continuare a studiare, le cose sarebbero cambiate e il sesso avrebbe cominciato ad avere un significato.

Magari vi avrebbe potuto trovare altri tipi di uomini, diversi da quelli in cui si era imbattuta sino ad allora nelle sue puntate forzate nei quartieri orientali di Tallinn.

Milduta ci sperava fermamente.

9

Certo, Jack faceva dei sogni.

Alcuni erano abbastanza assurdi. Trame sconclusionate e sconnesse di eventi illogici e casuali con i quali un qualsiasi psichiatra sarebbe andato a nozze. Altri erano semplicemente confusi. Alcuni poi, avevano tristemente senso.

In tutti, Pierre era vestito in modo impeccabile: il taglio dell'abito esemplare e non una piega che fosse più di un millimetro fuori posto, di stoffa elegante e alla moda, un motivo Principe di Galles o un color tabacco. I suoi maglioni erano sempre arancioni. Le camicie, bianche o azzurrine, erano meticolosamente stirate (a differenza delle camicie di Jack sempre del tipo non-si-stira). Le scarpe lucidate alla perfezione. Soprabito Burberry. La perfetta immagine che le province francesi avevano di un gentleman inglese, se questi avesse avuto abbastanza soldi, cioè. Nei sogni di Jack, Pierre era in piedi, gli occhi scuri.

E poi, grazie a un assurdo taglio di scena, eccolo a scopare con Catherine mentre Jack sedeva nel loggione, rannicchiato, ipnotizzato dallo spettacolo scioccante.

Ovviamente, Jack aveva visto foto del corpo umano nudo e talvolta lanciato sguardi ravvicinati agli altri ragazzi nello spogliatoio del campo di calcio o in piscina, ma non aveva mai visto né Pierre né tanto meno Catherine nudi, quindi con l'immaginazione forniva alla scena caratteristiche dolorosamente abbondanti.

L'esile e pallida figura di lei in riposo estatico, i capezzoli di un rosso esagerato, come una dama rinascimentale nel dipinto di un museo o di un libro d'arte, proiettati verso l'alto mentre giaceva distesa sul bianco lenzuolo di un letto, le gambe oscenamente spalancate dal peso del giovane che la montava.

Immobile e muta, come una vergine sacrificale offerta agli dei (questo ricordava a Jack che durante il corso di quella loro fatale conversazione, non le aveva chiesto se fosse stata o no la sua prima volta).

Ogni volta che rivedeva quella potente scena sullo schermo sordido che celava in un angolo della sua mente, Jack se lo immaginava sempre come un film muto, sebbene il suo cuore masochista implorasse il sonoro. Per sentire come lei gemeva gridava e sospirava, di piacere o di dolore mentre Pierre se la sbatteva senza pietà, per sentire le parole dolci e senza dubbio oscene che Pierre le sussurrava all'orecchio mentre la prendeva con violenza con il suo ignobile cazzo.

Ma il film immaginario insisteva nel rimanere muto. Non che avesse bisogno di sottotitoli per tradurre le loro paroline da letto.

Le loro scopate (non riusciva a pensarle in termini di "far l'amore") gli facevano spuntare lacrime amare.

E, con sua grande vergogna, ogni volta gli causavano un'involontaria erezione mentre la telecamera, sulla quale non aveva controllo, zoomava a intervalli regolari sulla coppia che fornicava, per cogliere ogni minimo dettaglio delle azioni in un primo piano anatomico.

Preda dei suoi sogni, Jack sedeva immobile al suo posto, il cazzo duro come pietra e dolorante, sforzandosi di avvicinare lo sguardo ancora di più a quei corpi sudati e ansimanti. Osservava il movimento del grosso pene di Pierre fare breccia dentro di lei ancora e ancora, l'asta percorsa da vene che strusciava contro le labbra strette, che la apriva con rinnovato vigore a ogni colpo inferto. Da regista scrupoloso, Jack cominciò ad aggiungere dettagli alla scena. Pensando ai suoi capelli fini, immaginava che Catherine dovesse avere un pube con pochi peli. Che il cazzo di Pierre non fosse circonciso, ne vedeva il prepuzio intorno al glande quando le entrava dentro con violenza, riempiendola fino all'ultimo centimetro di carne (la cognizione che Jack aveva dell'anatomia dei genitali non era ancora del tutto formata e perciò incline a piccoli errori. Se avesse avuto una vera conoscenza della meccanica del sesso, degli umori, gli odori, le secrezioni, l'impaccio, avrebbe di sicuro convertito il suo film interiore in 3D o Sensurround e avrebbe fatto concorrenza ai migliori registi porno, aiutandosi con l'iperrealismo pacchiano degli effetti speciali, nel tentativo di dare più vita allo spaventoso evento).

Era comunque tutto nella sua febbrile immaginazione, mentre si sforzava di distinguere altri squallidi dettagli della scopata in atto, ogni singolo movimento era un pugnale puntato contro il suo stomaco, una forma di consumata autotortura.

Per conoscere la cruda volgarità degli atti hardcore, comunque, Jack avrebbe dovuto aspettare ancora qualche anno, fino al giorno del suo primo viaggio in Scandinavia, dove quei film erano legali e poteva, dopo aver terminato con gli appuntamenti di lavoro del giorno, andare a caccia per le vie secondarie di Copenaghen e Stoccolma, quando era da solo la sera, per osservare l'accoppiamento di altri dal vivo e su uno schermo.

Ben presto avrebbe cominciato a trovare quello spettacolo ripetitivo e sorprendentemente privo di arte e tenerezza, come pure della necessaria violenza che la sua immaginazione distorta bramava.

La pornografia degli altri non riusciva a competere con la sua.

Anche se in verità, per quanto ne sapesse, né Pierre né Catherine intrapresero in seguito la carriera del porno. Lei, in ogni caso, non era abbastanza formosa, concluse molto tempo dopo. Era solo un'adolescente francese che per un po' aveva catturato il suo cuore e lo aveva involontariamente ferito, riportando sulla terra i suoi sogni romantici con uno strattone diabolico.

Tre o quattro relazioni dopo, cominciò perfino a domandarsi stupito cosa in lei avesse potuto attrarlo.

Come possono essere inconsistenti le regole dell'attrazione, concludeva con un sorriso.

Ma in quel momento, nel pieno dell'angustia adolescenziale, il dolore era più che straziante.

10

Jack non si era mai considerato una persona violenta. Aveva sempre evitato accuratamente qualsiasi conflitto. A scuola, anche quando a volte veniva terribilmente provocato, o nei rapporti con i genitori, nonostante un rapporto burrascoso con suo padre.

Ma la ferita che quel maledetto Pierre gli aveva lasciato gli si era impressa nella mente. Il modo in cui aveva infangato per sempre Catherine reclamava vendetta.

Ispirato dal suo primo semestre di studi filosofici, Jack, che aveva sempre avuto un dono particolare nel raccontare le storie, aveva deciso di scrivere un romanzo. Questa opera grandiosa doveva essere piena di simbolismi e metafore e doveva trattare di reincarnazione, un tema narrativo dal quale non riusciva a distogliere la mente da quando aveva letto *She* di H Rider Haggard ed era caduto preda del fascino irresistibile di Ayesha. Il fantasma di Catherine impallidiva di fronte all'ombra dell'immortale regina africana. Da qualche parte, nella storia che aveva concepito, ci sarebbe dovuta essere una lunga lista di scrittori famosi che avevano anch'essi commesso suicidio, e Jack aveva fatto una ricerca approfondita sul soggetto alla biblioteca dell'Istituto francese dove passava spesso le sue pause pranzo.

Aveva tracciato una tabella nella quale elencava tutti i metodi di morte disponibili agli aspiranti suicidi. Dalla pallottola al pugnale al veleno alla corda al gas e oltre, il risultato derivante era un paesaggio tutt'altro che allegro di depressione maniacale portata all'estremo.

Poco prima delle vacanze di Pasqua, faccia a faccia una volta di troppo con l'onnipresente sorriso compiaciuto di Pierre, Jack si rese conto con orrore di nutrire sentimenti omicidi.

Di sicuro Pierre la doveva pagare.

Nella sua mente, era convinto che Pierre avesse preso ciò che era suo.

E la gelosia se lo stava mangiando dal di dentro.

Comunque, a diciassette anni, non possiedi né l'immaginazione né i mezzi necessari.

Jack passò in rassegna la sua megalista di suicidi per quello che al momento era il suo romanzo in stallo, e considerò con quali di quei metodi avrebbe plausibilmente potuto cavarsela senza essere scoperto. Annotando i dettagli della brutale esecuzione, stese con cura una bozza di appunti nelle pagine di un vecchio diario, mettendo insieme le informazioni tecniche necessarie traendo spunto dalle edizioni economiche di gialli e misteri letti con vorace appetito nei primi anni di adolescenza: una galleria di autori pulp come James Hadley Chase, Brett Halliday, Peter Cheyney, Claude Rank, Jean Bruce. Non erano granché istruttivi in materia di realtà quotidiana del crimine, sebbene l'ultimo della lista, lo scrittore francese, avesse un'inclinazione particolare per metodi sofisticati e piccanti di tortura sessuale quando il protagonista spia o la sua compagna di turno venivano catturati – di solito succedeva almeno una volta in ogni libro – dai cattivi provenienti dall'Est europeo o dall'Estremo Oriente. Scene che spesso procuravano a Jack un'inevitabile erezione. Ben presto tuttavia giunse alla conclusione di essere assolutamente impreparato a commettere un delitto, senza parlare del farlo senza destare sospetti. Su carta sembrava tutto molto più facile.

Il massimo su cui potesse sperare era che Pierre venisse investito da un autobus, ma Jack sapeva di non avere il coraggio o la malizia per essere colui che lo avrebbe seguito come un'ombra per ore e ore per poi dargli una forte spinta sotto le ruote assassine quando nessuno guardava.

Così Pierre rimase vivo.

Ma Jack, disgustato dalla sua mancanza di fibra morale e infastidito dalla traccia di codardia che si era scoperto nelle vene, giurò ciecamente che non avrebbe mai più accettato il tradimento del cuore così alla leggera. Se ci fosse stata un'altra occasione, anche a distanza di tanti anni, sarebbe stato più duro, più deciso, e avrebbe fatto qualcosa.

Avrebbe incontrato altre donne.

Molte avrebbero finito per ferirlo in modi diversi. Ma il tradimento o il senso di perdita non lo ferirono mai più in modo così intenso.

Avrebbe imparato a vivere con i rifiuti occasionali, o la sottile erosione di una storia d'amore, ma mai si trattò di gelosia sessuale.

Finché non arrivò a Milduta.

11

Quando compì diciotto anni Milduta si tagliò i capelli lunghi fino alle spalle. Un simbolico rito di passaggio sulla strada calcolata verso la maturità.

Il suo parrucchiere di sempre, dietro precise istruzioni, accorciò le ciocche castane fluenti fino a metà collo. Non troppo da ragazzo, pensò, ma nemmeno più una ragazzina com'era stata finora. I suoi nonni protestarono violentemente. Come aveva potuto rovinarsi in quel modo inconcepibile? Milduta rispose che questo taglio era molto più moderno, ma la loro generazione era rimasta ancorata alle donne con i capelli lunghi che ricadevano sulle spalle, e alla cura continua e alle infinite spazzolate per mantenerli docili e luminosi.

Cominciò i corsi alla Scuola di economia dall'altra parte di Tallinn.

Eltsin aveva appena preso il posto di Gorbaciov in Russia, a seguito del fallito colpo di Stato comunista, e la *Glasnost* era al suo apice.

Milduta aveva dovuto unirsi ai giovani del Partito cinque anni prima, dietro le insistenze dei nonni. Questo le aveva consentito di prendere parte a economiche gite di gruppo con altri ragazzi della sua età, in cui si era divertita moltissimo. Era stato durante uno di questi viaggi sulle spiagge sabbiose di Nidas, in Lituania, che aveva conosciuto Aida, ed era diventata la sua migliore amica. Insieme erano state promosse al grado di *Komsomol*, e insieme si erano persino allenate nelle classi militari, avevano imparato a smontare un fucile a occhi chiusi. Anzi, Milduta era stata la migliore nel suo gruppo di età. Aida aveva abbandonato la scuola durante l'ultimo anno e aveva trovato un lavoro come receptionist in un grande albergo.

In coincidenza con la fine ufficiale del comunismo, Milduta aveva cerimoniosamente strappato la sua tessera, insieme alla maggior parte delle sue compagne di scuola, alla fine della prima settimana di lezioni. Erano corsi fiumi di alcol e qualcuno aveva suggerito di farlo come concessione alla nuova economia di mercato emergente, per sottolineare la nuova direzione nei loro studi di economia. Quasi tutti i giovani e seri studenti nella scuola sognavano il capitalismo e ciò che portava, ma Milduta non si faceva illusioni sulle sue mete personali. Era completamente indifferente al mercato, alla complessità delle transazioni finanziarie e alla trasformazione della vecchia economia centralizzata in un insieme imprenditoriale di rigogliose imprese private. Il denaro esisteva per essere speso e raramente si preoccupava di che cosa avrebbe riservato il domani. Era sicura che se la sarebbe cavata. Adesso che era praticamente adulta, voleva soltanto godersi la vita, affrontare i problemi quando si presentavano e non preoccuparsene prima del tempo. Frequentava la scuola unicamente perché suo nonno, che stava invecchiando in fretta, era convinto che vi avrebbe incontrato un tipo di uomo migliore.

Ciò non si sarebbe verificato, come scoprì presto. In fin dei conti, i giovani onesti che frequentavano la scuola di business erano più raffinati rispetto agli uomini e ai ragazzi che incontrava nei locali e nei bar del quartiere in cui viveva, ma la maggior parte di loro aveva poco tempo o interesse per il gentil sesso. I soldi e la ricchezza erano il loro dio e tutto il resto rappresentava una distrazione. C'erano ovviamente delle eccezioni ma, paradossalmente, erano gli studenti più mediocri.

Almeno loro apprezzavano la compagnia di Milduta nelle rare occasioni sociali in cui ci si riuniva per un compleanno, o per festeggiare l'esito di un esame o l'avanzamento della squadra locale di calcio nella Coppa UEFA. Era vivace e allegra, aveva un sorriso assolutamente meraviglioso e non faceva caso a mani invadenti, nei limiti del lecito. Quindi la sua presenza era tollerata, anche se in realtà non faceva parte di quel ristretto gruppo.

Sentiva che la trattavano con condiscendenza, come fosse stata una delle loro sorelle minori.

Eppure non era assolutamente il modo in cui pensava a se stessa.

Era una donna, maledizione.

Così rifuggì la loro compagnia fuori dagli orari e riprese nuovamente le sue scorrerie con Aida per andare a bere e ballare nei locali della zona occidentale della città.

Avevano la loro routine consolidata e spesso riuscivano a non pagare un solo alcolico in tutta la serata, a volte tutta la notte. Era divertente.

Gli uomini erano stupidi.

Milduta adesso si era convinta che quelli che la corteggiavano si sarebbero accontentati, se per caso avesse permesso loro di farsi baciare. Baci veri, ovviamente, con la lingua. Per un poco sarebbero rimasti soddisfatti, ma sicuramente la cosa non soddisfaceva lei. Cosa c'era di così piacevole in questa goffa intimità, dopo tutto? Troppi di loro avevano sapore di alcol e tabacco e trovava l'esperienza di baciare i suoi compagni di discoteca, e i quasi fidanzati di un tempo, decisamente poco gradevole.

E con il passare delle ore sapeva che le mani, incoraggiate dalle loro labbra incollate, si sarebbero avventurate oltre, sul suo corpo, magari scivolando sotto la camicetta o la gonna, fino a che la loro frustrazione verso il comportamento passivo di lei non fosse giunta al culmine, fino a suggerire di fare sesso, o addirittura pretenderlo.

Si confidò con Aida.

«Cominciano a pensare che sia solo una che li stuzzica e poi non gliela dà» diceva. «Ma nessuno di loro mi piace abbastanza da farci il grande passo. Lo so che è stupido: io approfitto di loro ma non posso concedermi. È solo che voglio che la prima volta sia speciale.»

«Non fa poi così tanto male, sai, Mimì» Aida cercava di rassicurarla. Appena due settimane prima aveva avuto il suo primo aborto.

«Questo è quello che dici tu» rispose Milduta. «Ma non è questo il punto. In realtà...»

Erano sedute sugli sgabelli del bar, i ritmi disco intercalavano il frastuono della discoteca, sorseggiavano una doppia razione di vodka polacca mischiata con succo d'albicocca. Un enorme, gigantesco marinaio si avvicinò a loro e propose di ballare.

Entrambe rifiutarono.

«Devi dar loro la sensazione che abbiano guadagnato qualcosa con te» cercava di spiegare Aida.

«Mi palpeggiano, mi toccano il sedere, mi palpano le tette... Che altro posso consentirgli di fare?» chiese Milduta. «Proprio la settimana scorsa Milan ha perfino cercato di infilarmi un dito in mezzo alle chiappe mentre ballavamo. Meno male che indossavo quella vecchia gonna di lana. Continuava a strusciarsi contro di me. Ce l'aveva così duro che credevo fosse sul punto di esplodere nei jeans.»

«Dovresti dargli un po' di sollievo» suggerì Aida. «Sono uomini, sono esseri umani. Anche loro hanno dei bisogni.»

«Come?»

«A loro non dispiace se li aiuti con la mano. Ma quello che veramente gli piace è quando una ragazza usa la bocca.»

Milduta sbiancò nella penombra del locale rumoroso. Aveva sentito parlare di questa pratica. La sola idea le faceva venire la pelle d'oca.

Ma accettò di considerare la cosa.

Aida lo chiamava "pompino".

Si offrì perfino di farne una dimostrazione per l'amica.

«Mi serve una bottiglia di Coca-Cola o una banana» ridacchiò.

12

Quando Jack si trasferì nuovamente a Parigi, Catherine era ormai parte integrante del passato e il nuovo mondo era pieno di bionde.

Elizabeth era stata la prima a spezzargli il cuore.

Certo, da qualche parte si deve pur iniziare.

E prima del dolore c'erano stati almeno dei mesi di felicità.

Da studente aveva vissuto una vita di squallore, dividendo un piccolo appartamento vicino a Les Halles con un altro ragazzo, dove nessuno dei due faceva pulizia con molto zelo né regolarità. Fortunatamente, lui e Alphonse avevano gusti alquanto diversi in fatto di donne, cosa che rendeva la loro coabitazione più semplice.

Si era appena lasciato con una studentessa francese di medicina che si chiamava Danielle, qualche giorno prima del suo compleanno. Si erano semplicemente stancati l'uno dell'altro e il sesso non era in ogni caso mai stato un granché, ma quello che maggiormente aveva scocciato Jack era stata la scelta del momento per la rottura. Gli seccava non avere una ragazza per il suo compleanno.

Tradizionalmente, Jack e Alphonse, il cui compleanno cadeva appena due settimane prima, davano una megafesta open, invitando tutti quelli che conoscevano e consentendo agli amici di portare chiunque volessero. Era per loro un modo per ricambiare favori un po' con tutti e assicurarsi di continuare a essere invitati alle feste degli altri. L'alcol fluiva sempre in dosi massicce, visto che tutti gli invitati erano obbligati a portare almeno un paio di bottiglie. Il disordine e la sporcizia che rimanevano nell'appartamento alla fine di queste feste erano così devastanti che dovevano pulire e strofinare l'appartamento da cima a fondo per riportarlo a un livello decente di igiene. Un'altra buona ragione per fare la festa, ritenevano i due ragazzi.

La metà della gente che si era presentata, Jack non la conosceva nemmeno. Amici di amici o perfino, credeva, perfetti estranei che avevano sentito dire che c'era una festa da conversazioni in un bar o nei corridoi dell'università. Molta gente si affollava perfino sul pianerottolo, visto che entrambe le stanze dell'appartamento erano già piene. Jack navigava con il bicchiere in mano, tra la calca di ospiti, affogando la sua penosa mancanza di una donna in una evidente assenza di allegria.

A un certo punto un tizio inglese si presentò e diede a Jack il suo biglietto, ringraziandolo della generosa ospitalità. Jack, con tutto il casino della musica e le dozzine di conversazioni e risate che si incrociavano, non riuscì nemmeno a capire con chi fosse arrivato alla festa questo tizio. In ogni caso lo stava invitando a un'altra festa, il giorno dopo, da qualche parte nel 16° arrondissement.

Poco dopo quel breve incontro, qualcuno porse a Jack una bottiglia senza etichetta che lui procedette incautamente a far fuori e in breve finì KO, perdendosi beatamente le ultime ore della sua festa di compleanno.

Si svegliò tardi con l'odore ripugnante di bevande rancide, mozziconi di sigarette e aria viziata e si sentì subito male, aggiungendo il vomito alla tavolozza di odori dubbi che impregnavano l'appartamento in ogni angolo. Alphonse era scappato dalla scena dopo la battaglia e se ne era andato a dormire (e a smaltire l'alcol) a casa della sua ragazza del momento, che abitava lì vicino.

Una passeggiata lungo il viale sulla Rive Gauche servì a schiarirgli le idee e a diminuire i postumi della sbornia, a quel punto si stava facendo buio e Jack non sentiva nessuna voglia di ritrovarsi in mezzo al porcile della festa. Avrebbe ripulito lunedì, quando sarebbe ritornato Alphonse.

Si mise una camicia pulita e un nuovo paio di jeans e controllò l'indirizzo della festa sulla cartina. Era in una parte di Parigi in cui andava raramente, troppo borghese per i suoi gusti. Troppo cara, per giunta.

Aveva già visto prima molte di quelle facce. Il solito gruppo di stranieri, per la maggior parte. Inglesi in forza a filiali straniere di banche, compagnie d'assicurazioni o multinazionali locali. Un gruppo di gente abbastanza noiosa, pensava. E la sua mancanza di allegria certamente contribuiva poco a riscaldare l'atmosfera, mentre si muoveva dal buffet alla parete e di nuovo al buffet e poi ricominciava così nel tentativo di non mettere radici.

Si era già deciso a tornare a casa quando suonò il campanello e il padrone di casa aprì la porta d'ingresso dell'appartamento per far entrare due ragazze che non aveva mai visto prima a Parigi. Gli occhi gli si posarono immediatamente sulla brunetta. Luminosi capelli scuri ondulati e un notevole pallore. E due labbra strepitose. Le due nuove arrivate buttarono i cappotti su uno dei letti nella stanza adiacente e si incamminarono verso il tavolo dove erano disposti le bottiglie e i bicchieri di plastica. Jack non riusciva a distogliere lo sguardo dalla più bassina delle due.

La sua amica era bionda, snella e aveva un aspetto molto inglese, ma in quel momento non lo colpiva granché.

Qualche coppia stava ballando distrattamente al suono di melodie che filtravano dall'hi-fi, di cui si occupava la moglie dell'assistente manager della filiale parigina dei Lloyds. Per la maggior parte rock o brani Motown.

Le due donne appena arrivate erano tutte prese in una serissima conversazione con dei funzionari dell'OECD in un angolo della stanza principale.

Jack, senza pensarci su, decise che avrebbe invitato a ballare quella carina con i capelli scuri. Non era per niente un bravo ballerino, non gli piaceva nemmeno ballare. Ma era un modo per rompere il ghiaccio, pensava. Per conoscerla. Ma la musica doveva essere quella giusta. E soprattutto doveva essere un lento.

Restò appostato e attese l'occasione giusta.

Quando questa arrivò – una melensa canzone di Peggy Lee – fece qualche passo avanti verso le due donne, che adesso parlavano fra di loro annoiando Roland Thompson. Appena un paio di passi per attraversare la stanza. Ma quando le ebbe quasi raggiunte, la bruna e il dannato Thompson si fecero un cenno con la testa e a piccoli passi presero posizione nella limitata area da ballo non occupata dalla gente che beveva.

Jack si ritrovò di fronte all'amica, la bionda.

Lei alzò lo sguardo verso di lui.

Aveva gli occhi verdi.

«Ciao» fece lei.

Non poteva andarsene a quel punto, no?

«Mi chiedevo se per caso non ti andasse di ballare...» propose per mascherare l'impaccio.

«Con molto piacere» rispose la ragazza.

Gli porse il braccio così che lui potesse condurre.

«Sono Elizabeth» disse.

«Jack.»

Un'ora dopo, lasciarono insieme la festa.

Camminarono per due ore, attraversando mezza Parigi, lungo il fiume. Non ricordava più se la nottata fosse fredda o meno.

Lei alloggiava in un piccolo hotel vicino a place de la République, insieme all'amica. Erano arrivate a Parigi solo una settimana prima, per iniziare un lavoro di segreteria alla Camera di commercio britannica, e stavano ancora cercando una sistemazione definitiva.

Non arrivarono mai all'hotel e, tre ore dopo averla conosciuta, Elizabeth era nel suo letto.

13

Fino ad allora Milduta non aveva mai fatto tanto caso alla questione del cazzo degli uomini.

Esistevano, c'erano, un po' come oggetti, oscuri e pericolosi, in agguato dentro i pantaloni degli uomini. Strumenti di piacere, stando a quello che si leggeva nei libri, apparati per la procreazione secondo la scuola e i medici di famiglia che l'avevano finora curata e consigliata, e anche a sentire i pochi consigli che i nonni le avevano centellinato con riluttanza.

Aveva visto molte volte quello di suo fratello, quando erano piccoli, ma non le aveva lasciato un ricordo durevole. Solo un'escrescenza estranea e leggermente ridicola che penzolava inutilmente. L'unica cosa che si ricordava di aver pensato, al tempo, era che doveva essere una scocciatura avere il pene quando ci si doveva vestire, perché gli si doveva trovare la giusta posizione nelle mutande e roba simile. Preferiva molto di più la sua apertura femminile: più discreta e sicuramente più pratica per fare pipì.

Il suo primo pensiero, quando Aida suggerì che si familiarizzasse in modo più diretto con i genitali maschili, era se sarebbe stata in grado di trattenersi dal mettersi a ridere nel momento in cui un uomo le avesse messo davanti il suo superbo trofeo per farglielo leccare o succhiare. L'idea le sembrava assolutamente assurda.

Comunque la sua amica le assicurava che non si sentiva alcun dolore.

«Guarda, è facile. Pensa di dover succhiare un ghiacciolo, solo che i cazzi sono più caldi e praticamente non hanno gusto.»

«Davvero?»

«Insomma, si spera, se i tizi sono puliti» l'amica aveva storto la bocca in un gesto di ripugnanza. «La maggior parte lo sono.»

«Ho capito» aveva acconsentito Milduta.

«E rimani vergine fino a quando decidi che è il momento, e trovi la persona giusta» aggiunse Aida. «E in più non hai la preoccupazione di rimanere incinta.»

«Questa è una considerazione importante» osservò Milduta. Non aveva intenzione di avere un bambino così giovane. Conosceva troppe ragazze del suo quartiere ancora adolescenti già con bambini e aveva visto che effetto aveva avuto ciò sulla loro vita.

«E agli uomini sta bene?» chiese all'amica. «Dopo ti chiedono di meno di aprire le gambe?»

«Stai scherzando? Gli piace un sacco» rispose Aida. «Certo, potrebbero volerti scopare lo stesso, ma per un po' di tempo sono spompati. C'è meno pressione. Puoi sempre lasciare intendere che andrai oltre dopo che vi sarete conosciuti un po' meglio. Di solito se la bevono. Gli succhi il cazzo, e quelli non capiscono più niente.»

«E allora tu perché gli apri le gambe, Aida?» chiese Milduta.

«Mi piace, Milduta. È una bella sensazione averlo dentro. O magari sono solo una puttana. Non sono come te: non frequento la Scuola di economia. Non ho molta scelta di uomini. Un giorno ne sceglierò uno che sia ok, affettuoso, che non beva troppo, magari, e mi sistemerò. Ma non è ancora il momento. Nel frattempo, voglio godermi la vita, Milduta.»

Milduta sospirò. Nonostante i suoi modi spregiudicati, la sua amica era anche ingenua e aveva paura per lei.

«L'aborto del mese scorso, com'è successo?» domandò ad Aida. Sapeva che l'amica era stata molto male e che per molti giorni, dopo, era stata molto depressa.

Fortunatamente, il ragazzo responsabile era uno studente del vicino Politecnico, e quando Aida lo aveva informato di essere incinta, era entrato in panico totale ed era riuscito a convincere i suoi genitori medioborghesi, funzionari statali, a tirar fuori i soldi per l'interruzione quando si era ancora in tempo. Avevano perfino scelto loro stessi il dottore, per essere sicuri che non ci fossero casini che si sarebbero potuti ritorcere contro di loro e il figlio. Da allora, il ragazzo si era trasferito a Vilnius, in Lituania, per continuare gli studi.

«Quel cazzo di preservativo era bucato, credo. È stato un incidente. Quelli nazionali sono di qualità schifosa. E quelli importati dalla Svezia costano troppo. Comunque, d'ora in avanti quando vado con gli uomini non apro più le gambe.»

«Gli fai un...» Per Milduta era ancora un problema far riferimento ai pompini.

«No» Aida abbassò gli occhi «qualche volta, ma non sempre, gli lascio usare quell'altro... buco.»

Milduta arrossì violentemente e rimase zitta.

«Lì possono infilarlo» Aida cercava di giustificarsi «e non c'è nessun rischio di rimanere incinte.»

«Non fa male?» chiese Milduta, cercando ancora di afferrare il concetto di un uomo che infilava il pene dentro l'ano di una donna, una cosa che non aveva mai sentito prima, e nemmeno sognato nella più spinta delle sue fantasie. Magari si era fatto allusione a un atto simile nell'*Histoire d'O*, ma se così fosse stato, probabilmente non l'aveva capito.

«Può far male, un poco» aveva risposto l'amica. «Soprattutto se il coso dell'uomo è grosso. Ma ormai mi ci sono abituata... ed è sicuro.» Guardò Milduta. Era sabato mattina ed erano sedute in una latteria. «Pensi male di me?»

«No» rispose Milduta. «La tua vita mi stupisce. Non avevo mai pensato... Quando l'uomo ti penetra in quel modo, ti dà piacere?»

«No» rispose Aida. «Ma gli chiedo di toccarmi la passera mentre me lo mettono in culo. Un po' aiuta.»

"Credo che mi limiterò a succhiarglielo" rifletté Milduta, con la mente ancora sconvolta da queste nuove rivelazioni. Ma era determinata a conservare la sua popolarità e sapeva di dover concedere di più nelle loro uscite serali. Se era questo che gli uomini volevano da lei, allora era quanto gli avrebbe dato per il momento. Dopo tutto sembrava una cosa innocua, sebbene un poco schifosa. Era solo un pene, in fondo, e la sua bocca e la sua lingua. Sarebbe comunque rimasta la stessa persona dopo. Non è così?

Non poté uscire con la sua amica quel fine settimana perché era il compleanno della nonna, ma per tutto il tempo non fece altro che pensare ai cazzi degli uomini e al grande passo che si era decisa a fare il week-end successivo.

Una parte di lei pensava che quella roba, il prendere in bocca il pene piccolo e raggrinzito di un uomo, confinasse con il ridicolo, ma un'altra parte era tremendamente curiosa di scoprire che cosa si provava durante l'esperienza di sentirlo effettivamente gonfiarsi e crescere sotto le labbra, come sapeva che sarebbe successo. O magari la sua lingua avrebbe avuto un effetto più intenso, si chiedeva. Aida aveva parlato del gusto, ma si riferiva al sapore della pelle del cazzo, oppure parlava del gusto del liquido che sarebbe venuto fuori quando l'uomo eiaculava? E doveva inghiottirlo? Sputarlo? E il cazzo dentro la sua bocca avrebbe avuto una consistenza particolare?

Questi pensieri invadevano la sua immaginazione e aveva serie difficoltà a concentrarsi nei corsi di amministrazione d'azienda, su come tenere sotto controllo le spese e scrivere delle lettere di presentazione.

14

Elizabeth era sessualmente molto più esperta di Jack e molti anni dopo, quando finalmente il suo cuore si riprese dal dolore e dalla confusione iniziali e fu in grado di ripensare a quella relazione, si meravigliò di come diavolo fosse riuscito a rimanere con lei per tutti i sei mesi.

O come, quella prima sera, avesse potuto anche brevemente aver considerato Rose, la sua amica dai capelli scuri.

Elizabeth era di Greenwich, zona sud di Londra, e aveva capelli biondi, dritti, con una frangetta corta che le tagliava a metà la fronte, secondo lo stile di Jean Shrimpton, la modella in voga al momento. Lei e Rose avevano appena terminato un anno di Scuola per segretaria d'azienda a New Cross e avevano deciso di provare a stare a Parigi per un anno o giù di lì: una città differente, una vita diversa. Nessuna delle due parlava granché il francese ma avevano il senso dell'avventura e fantasticavano sul celebre romanticismo degli uomini francesi. Ironia della sorte, entrambe finirono con ragazzi inglesi entro un mese dal loro arrivo a Parigi.

Le donne con cui Jack era uscito prima o con cui era

andato a letto a Parigi erano quasi tutte francesi che aveva conosciuto, per la maggior parte, durante seminari o lezioni universitarie o nei corridoi. Alcune studiavano come lui Letteratura comparata, mentre altre venivano dalla vicina facoltà di Medicina. Le ragazze ebree, anche carine, che i suoi genitori avevano cercato di fargli conoscere erano sciocchine e insipide. Le battute di caccia di Alphonse avvenivano, invece, all'accademia di Belle Arti, la ribelle scuola d'arte vicino alla Senna. Quelle erano delle creature completamente diverse, matte e zingaresche e tremendamente affascinanti, ma un po' troppo pericolose per i tipi come Jack che, in fondo al cuore, era molto cauto e conservatore.

Elizabeth era perfetta per lui.

Era rilassata, senza grandi pretese, sempre allegra e non soggetta a sbalzi d'umore, con fantastici capelli biondi lucenti. La vedeva un po' come una modella che attraversava a passo spedito le strade della Londra più trendy, un po' tipo Julie Christie nel film *Billy il bugiardo*, un'icona, come poche altre.

Una settimana dopo averla incontrata e portata a letto, ancora non riusciva a credere alla fortuna che aveva avuto. Donne come lei non prendevano mai cotte per ragazzi complicati, ansiosi come lui, non era così? In un certo senso non sembrava far parte del copione giusto.

Aveva seni piccoli e pallidi che gli piaceva un sacco accarezzare con la punta delle dita. I capezzoli rosa si indurivano al contatto sfuggente. Era bello passare con delicatezza un'unghia da uno all'altro per vederla chiudere gli occhi e rabbrividire. Cristo, era bellissima, una bambola in carne e ossa per il suo divertimento e piacere. Era anche stata la prima donna a prendergli in mano di sua iniziativa il cazzo duro e a menarglielo facendogli raggiungere livelli altissimi di piacere mentre giacevano insieme. Le ragazze precedenti avevano avuto tutte uno strano rapporto con il suo pene. Ne tolleravano l'esistenza, accettando la sua penetrazione quando fornicavano, per il resto ne erano indifferenti. E soltanto una prostituta, una sera in cui era ubriaco poco dopo il suo arrivo a Parigi per frequentare l'università, glielo aveva preso in bocca.

Il modo in cui Elizabeth si occupava del suo cazzo aveva un che di innocente e naturale e mancava completamente di volgarità. Spesso giacevano uno accanto all'altra in uno stato di appagamento postcoito e lei lasciava vagare la mano sul suo fianco, facendola scivolare lentamente verso il suo organo floscio; a volte, prendeva quel penoso pezzetto di carne tra due dita, come per soppesarlo e, notando la sua mancanza di vigore, procedeva delicatamente a risvegliarlo con movimenti e cure esperte fino a che non era nuovamente pronto a scoparla o a spruzzarle un'altra scarsa razione del suo seme nel palmo della mano. Era una cosa che faceva in assoluto silenzio, c'era solo il ritmo sommesso del loro respiro a sottolineare il vuoto della stanza da letto. Veniva quasi senza una parola, a differenza della maggior parte delle ragazze francesi che l'avevano preceduta, che ci tenevano a esprimere il loro piacere con gemiti, grida, sospiri ad altissimo volume o, in un'occasione indimenticabile con Danielle, con una telecronaca minuto per minuto dell'avvicinarsi dell'orgasmo, culminata con una selezionata sequenza di oscenità e una scoreggia ancora più rumorosa nel momento in cui il suo corpo aveva perso completamente il controllo e lei si era arresa alle ondate di profonda estasi che scorrevano da ogni angolo del suo essere.

Era una cosa che preoccupava Jack, il fatto che Elizabeth raramente emettesse un suono, quando veniva.

«Sei venuta?»
«Sì...»
«Eri così silenziosa...»
«È solo che sono una persona riservata, Jack. Mi è piaciuto. Non preoccuparti.»
Aveva peli pubici corti e molto ricci; quando scoprì che poteva guardarla in mezzo alle gambe per ore senza mai stancarsi della vista, iniziò un'altra ossessione che lo avrebbe accompagnato per la vita: quella per la fica delle donne e la sua vegetazione.
«Sei un piccolo sporcaccione, Jack. Non dovresti guardarmi la passera così tanto, non va bene. Mi mette a disagio. Mi fa sentire sporca.»
«Ma che dici? È solo che è bellissima. Veramente.»
«Hmmm.»
Era anche una tonalità o due più scura del biondo dei suoi capelli lisci lunghi fino alle spalle. Questa cosa lo lasciava molto perplesso, ma lo considerava un dettaglio insignificante, ignorante com'era allora dell'acqua ossigenata e del suo uso cosmetico.
Per mesi avevano scopato come conigli.
Elizabeth non iniziava mai l'approccio, ma nemmeno mai rifiutava.
Quando aveva le mestruazioni, gli faceva delle seghe per dar sfogo alla sua frustrazione.
Jack sentiva che non si sarebbe mai stancato di lei.
Non che parlassero molto tra una scopata e l'altra. Camminavano allegramente per le vie di Parigi, guardavano le vetrine, andavano al cinema, andavano a feste in cui tutti i ragazzi lo invidiavano per via delle minigonne di Elizabeth e delle sue gambe fantastiche. Lei spettegolava del suo lavoro, lui si lanciava in piani improvvisati per la dominazione del mondo della letteratura di fantascien-

za. E poi si era fatta l'ora di fare di nuovo l'amore, nella stanza vuota di un amico a una festa qualsiasi, o all'angolo di una via, in piedi, coperti dall'oscurità quando il letto più vicino era ancora troppo lontano, o nell'appartamento di Jack, se Alphonse e la sua incasinata schiera di fidanzate non stavano già usando la stanza.

Scopavano come conigli.

Sapeva che Elizabeth lo trovava divertente, e leggermente diverso dagli altri uomini che aveva conosciuto prima di incontrarlo. Gli andava benissimo così. Nonostante tutto, Jack presto commise il gravissimo errore di confondere il suo atteggiamento senza complicazioni e la disponibilità sessuale con ciò che non era. E si innamorò di lei.

Un giorno, mentre lei dormiva, si nascose nell'altra stanza e cominciò a leggere le pagine del suo diario, che aveva in precedenza scoperto sbirciandole dentro la borsa abbandonata sul tavolo della cucina.

Qui scoprì che al loro primo incontro lo aveva trovato minacciosamente strano, chissà poi cosa significava.

Scoprì anche che si era lasciata dietro una vera sfilza di amanti a Londra. Ognuno di quegli incontri sessuali si era meritato una lunga descrizione e valutazione, e c'erano continue variazioni, sempre nuove ed estreme, che riusciva a stento a immaginare, e che men che meno aveva mai provato fra le braccia di Elizabeth. Sfogliò febbrilmente le pagine e, con sua somma delusione, vide che in realtà il suo punteggio non era molto alto in quel pantheon sessuale. «Ha buona volontà ma manca di immaginazione» era stata la sua conclusione.

Così fu lungi dall'essere sorpreso quando, un paio di settimane dopo, Elizabeth si stancò di lui.

Gli comunicò la notizia educatamente.

No, non c'era nessun altro, era solo che sentiva che la

loro relazione era giunta alla fine del suo corso. Non era alla ricerca di qualcosa di stabile e temeva che lui stesse prendendo le cose troppo seriamente. Era stato bello finché era durato, no? E decisamente non era pronta per una relazione seria o fissa.

Jack la prese male.

15

Molte fra le sue amiche d'infanzia perdevano la verginità a ripetizione (in fondo, era molto meglio convincere ogni nuovo ragazzo che era il primo, in modo che non fosse troppo rude). Succedeva sul sedile posteriore di qualche macchina scassata o nella penombra di cortili male illuminati di locali jazz o bar. Oppure, quando li mancava la necessaria privacy, lo facevano nei campi umidi a fianco delle giostre, nei terreni che separavano il parco municipale dall'industria chimica. Nel frattempo, Milduta, divenne invece la regina dei pompini di Tallinn Ovest.

Dopo tutto, pensava, è innocuo.

E non era neppure che lo succhiasse a chiunque con tanta facilità. Di solito, riusciva a farli aspettare per almeno un paio di settimane, godendosi i drink, a volte una cena al ristorante o un cinema, prima di decidere che fosse il momento di ricambiare il favore in natura. Testare il terreno in questo modo la aiutava a selezionare i buoni dai cattivi. Era facile sgamare chi beveva troppo o era incline a diventare violento dopo un paio di balli o di serate. Per la verità, li preferiva un poco timidi. Avevano più rispetto per lei come donna. E si dimostravano più facili da manipolare, almeno fino al giorno di paga.

Il primo tizio che portò nel bagno vuoto in un sabato danzante gemette di piacere mentre glielo leccava lentamente e con un po' di imbarazzo, rabbrividì leggermente dopo solo qualche secondo in tutto il corpo, e bruscamente si ritirò dalla sua bocca schizzando sul muro vicino. Ci volle solo un minuto o poco più ed era tutto finito. Non gli era nemmeno diventato completamente duro. Non aveva mai pensato che gli uomini potessero eiaculare mentre erano ancora parzialmente mosci.

Milduta era perfino un poco delusa. Non aveva avuto il tempo di giudicarne il sapore, la consistenza, e nemmeno di avere un vero controllo di quel cazzo. Solo un veloce dentro e fuori. Quasi troppo facile.

Il tipo si era perfino scusato lungamente con lei dopo essersi rialzato i pantaloni.

La settimana seguente, a un'altra serata danzante, l'aveva deliberatamente evitata. Forse si vergognava di non essere durato abbastanza.

Alla fine del secondo semestre, Milduta era riuscita a ottenere solo voti mediocri agli esami e aveva deciso di non essere veramente tagliata per una carriera nel commercio. Trovò un lavoro come contabile nell'ufficio acquisti di un'azienda locale che produceva cioccolato. Le altre ragazze erano degli zombi, donne di mezza età senza voglia di divertirsi, che durante le pause caffè sapevano solo parlare dei loro figli e del tempo, o che si lamentavano all'infinito dei loro mariti.

Non guadagnava una fortuna ma questo lavoro le consentiva almeno di avere una certa dose di indipendenza.

All'inizio aveva pensato che con un po' di soldi nel portafoglio non avrebbe più avuto bisogno di fare giochetti con gli uomini la sera, per farsi offrire da bere e per i piccoli favori che le concedevano in cambio di un sorriso carino o più tardi un servizio con la bocca. Poi, in effetti, si rese conto che le piaceva giocare con loro. E succhiargli il cazzo. Non poteva nemmeno dire che le piacesse granché la compagnia degli uomini. Quelli fra loro che ballavano meglio avevano già una fidanzata fissa, il più delle volte. E per cos'altro le serviva un uomo?

La verità era che adesso le piaceva il gioco del prendi e dai che faceva con loro, e in un certo senso non pensava di venire usata. Era uno scambio. Nella nuova economia di mercato che adesso dominava il blocco sovietico in frantumi, il commercio era ciò che faceva girare il mondo.

E all'inizio di ogni serata, ogni bar, ogni nuova avventura, provava una strana sensazione di aspettativa sfacciata, alla base dello stomaco, dentro la fica sempre più bagnata. Si chiedeva in anticipo con chi sarebbe finita quella sera, che espressione avrebbe fatto lui mentre diceva di no al sesso ma suggeriva di fargli un pompino, la possibile grandezza del suo membro, perfino il colore delle spesse, logore mutande o dove sarebbero andati a farlo.

Aveva perfezionato la tecnica, quando rimanevano duri abbastanza a lungo, ed era orgogliosa della sua delicatezza e abilità.

Ad alcuni piaceva che lei gli tenesse il cazzo in mano mentre glielo succhiava.

Altri preferivano che lei si lasciasse impalare in bocca senza toccarli.

Poi c'erano quelli che le passavano le dita fra i capelli e le massaggiavano la testa per accompagnare la sua attività orale, a volte dirigevano perfino i suoi movimenti. Un paio avevano perfino tentato di tirarle i capelli per dare maggiore vigore alle sue attenzioni, ma a lei non piaceva affatto e ogni volta li avvisava di smetterla immediatamente, se non volevano che la cosa finisse lì. La maggior parte desisteva, temendo che li avrebbe piantati in asso.

Gli uomini più rudi sembravano spesso esageratamente inclini a sbatterle dentro il cazzo più a fondo che potevano, oltre le guance e quasi in gola, facendola quasi soffocare. Ma Milduta imparò a dominare quel riflesso istintivo, respirava profondamente per evitare di avere un conato e in un modo o nell'altro riusciva a trovare spazio per il cazzo e a non interrompere i movimenti della sua bocca calda.

Un paio di uomini si complimentarono perfino per la sua abilità.

Milduta provava soddisfazione nel sapere di essere tanto brava a fare pompini.

E con profondo orgoglio sapeva di avere sempre il controllo della situazione.

A volte lo faceva persino per la compagnia che gli uomini le davano, per la pura forza del desiderio sessuale che proiettavano. Due volte aveva perfino rifiutato del denaro, una volta prima del fatto, da parte di un musicista che non le piaceva e con il quale si era rifiutata di andare, e una volta dopo il fatto, da un riconoscente uomo di mezza età, certamente sposato, che le aveva sussurrato paroline dolci all'orecchio mentre ballavano e l'aveva convinta che avrebbe dovuto fargli dono della sua bocca verso la fine della serata.

Milduta era arrabbiata che potesse aver pensato che volesse dei soldi per succhiarglielo, e gliene disse di tutti i colori per averlo fatto. Ma segretamente era anche orgogliosa che lui avesse ritenuto che lei valeva tanto da essere pagata.

Passò un anno, lentamente, scandito dal lavoro noioso negli uffici della fabbrica di cioccolato, la sempre maggiore debolezza dei vecchi nonni e la routine della vita notturna. Aida si era fidanzata con un giovane che faceva l'apprendista meccanico e si era trasferita con lui fuori città, per seguirlo al suo paese in campagna quando l'apprendistato era terminato.

A quel punto, Milduta riusciva a stento a ricordare quanti cazzi avesse già succhiato dopo la conversazione con Aida alla latteria, sebbene stranamente ricordasse di aver ordinato un frappé al lampone, quel giorno. Ma era ancora vergine, anche se in una notte burrascosa, il Natale precedente, un uomo aveva deciso che il pompino era insufficiente e l'aveva costretta a spogliarsi. Lei lo aveva pregato, con la voce rotta dal pianto, di non mettere a repentaglio la sua verginità e, di fronte a quell'erezione che stava riprendendo vita, aveva con esitazione suggerito che prendesse invece l'altro buco, ricordando quello che le aveva detto Aida. Lui ci aveva provato ma Milduta era troppo stretta, anche dopo aver bruscamente rigirato un paio di dita dentro di lei per allargarla. Per fortuna a quel punto tutto l'alcol che aveva consumato durante la serata cominciò a farsi sentire, gli era diventato di nuovo piccolo tanto che aveva rinunciato all'impresa con disgusto.

"Solo dita" pensò. Non era la stessa cosa.

Milduta aspettava che arrivasse l'uomo giusto.

E ancora, comunque, non le piaceva tanto ingoiare lo sperma.

16

Il tentato suicidio di Jack era stato tutt'altro che serio.

Troppo melodrammatico.

Era accaduto tre settimane dopo la rottura con Elizabeth. L'aveva chiamata in ufficio, quello da cui lei aspettava l'assunzione definitiva e, con il pretesto di doverle dire qualcosa di importante, le aveva chiesto di passare dal suo appartamento quella sera alle sette. Lei aveva detto di avere già un impegno, ma Jack l'aveva pregata, insistendo perché lo cancellasse e andasse a trovarlo.

Lei acconsentì controvoglia. Sperava ne valesse la pena, aggiunse.

La sera prima, domenica, lui aveva passato tutta la notte di fronte all'albergo di Rose ed Elizabeth, rannicchiato e infreddolito davanti alla porta d'ingresso, in attesa di vederle ritornare dalla festa a cui dovevano essere andate. Non rientrarono affatto, ovviamente avevano passato la notte altrove oppure, sospirò, con qualcun altro. Un paio di volte aveva chiuso gli occhi, vinto dalla stanchezza, ma le luci della loro finestra non si erano mai accese. Dovevano essere andate al lavoro direttamente da dove avevano passato la notte. La mattina dopo aveva preso la decisione. Alphonse era fuori città, a far visita ai suoi genitori al Sud, quindi non c'era pericolo di essere interrotti.

Mezz'ora prima dell'arrivo di Elizabeth, Jack si era tagliato le vene con la lametta di un rasoio. Non avendo mai studiato l'aspetto pratico dell'argomento, non aveva nemmeno pensato che si sarebbe dovuto tagliare in senso verticale rispetto al braccio, e non da un lato all'altro del polso. Non faceva neanche tanto male, ma il sangue era schizzato fuori in maniera impressionante. Aveva calcolato che sarebbe comunque stato sano e salvo fino all'arrivo di Elizabeth (non aveva chiuso la porta a chiave).

Stava per perdere i sensi quando sentì i passi sulle scale.

«Cazzone!»

Aprì a fatica gli occhi e fu sorpreso di vedere tutta quella rabbia sul suo volto, e nessun segno di dispiacere o compassione. Per non parlare di amore.

Era stata molto efficiente, aveva controllato rapidamente l'entità delle ferite, poi aveva chiamato l'ambulanza.

Oltre a procurargli conti salatissimi da pagare per il pronto soccorso e l'ospedale, il suo patetico tentativo di richiamare l'attenzione (o la pietà?) aveva fallito nello scopo di riportarla a sé.

Quando una settimana dopo tornò a casa per rimettere insieme i cocci della sua vita, Elizabeth aveva lasciato istruzioni di non passarle le sue telefonate e non viveva più nell'alberghetto economico vicino a place de la République.

Nel giro di un mese aveva tolto le tende ed era tornata in Inghilterra.

E non aveva mai risposto alle sue deliranti lettere di scuse.

Un paio d'anni dopo, durante un viaggio estivo a Londra, Jack era riuscito a trovare il suo numero di telefono di Greenwich e l'aveva chiamata. A quel punto il suo interesse per lei era puramente di curiosità, con tutta l'acqua che era passata sotto i ponti del suo cuore da quei giorni. Aveva risposto sua madre. Fece finta di essere un vecchio compagno di scuola di Elizabeth che l'aveva persa di vista. Seppe che si era sposata dopo circa sei mesi dal suo ritorno a Londra, cosa che lo sorprese molto. «Un ragazzo delizioso, un commercialista» lo aveva informato la madre, tradendo un certo orgoglio nella voce. Jack aveva messo giù il telefono in fretta e non aveva mai più chiamato.

Nonostante il tentato suicidio per Elizabeth fosse stato carente di *gravitas*, ottenne comunque il risultato di mettere Jack su un sentiero sempre più ossessivo, concentrando i suoi pensieri sul suicidio e sulla morte. Anni prima che Woody Allen avesse trattato l'argomento in modo simile, Jack aveva già messo sullo stesso piano amore e morte in un accostamento strano, ma logico. Gli tornarono in mente le paranoiche tabelle di scrittori morti suicidi che aveva compilato mentre era ancora a Londra, durante i corsi di filosofia. Aveva allargato il campo non solo ad autori che avevano commesso suicidio o che erano stati uccisi, ma anche ad attori, politici, gente famosa. Con cura li aveva incolonnati a seconda delle varie cause di dipartita: veleno, coltelli, armi da fuoco (suddividendole per fabbricante e calibro, naturalmente), incidenti di varia natura, sospetti e non...

Decisamente non poteva definirsi un tipo allegro, e il suo carattere cupo non scomparve del tutto fino ai trent'anni e solo dopo aver fatto l'amore con un certo numero di bionde in vari paesi.

Questo lavoro di catalogazione gli tornò comunque utile quando scelse di dare la tesi di Letteratura comparata su *Aspetti di disperazione nella letteratura contemporanea*, analizzando le carriere autodistruttive di F. Scott Fitzgerald in America, Pierre Drieu la Rochelle in Francia e Cesare Pavese in Italia. Roba veramente divertente!

Beretta.
Sig Sauer.
Colt.
Luger.
Smith & Wesson.
Fucile a canne mozze.
Digitalis.
Cianuro.
Veleno per topi.
Strangolamento.
Soffocamento tramite cuscino.
Pugnalata.
Sgozzamento.
Evirazione.
Scarica elettrica.
Coltello svizzero.
Asfissia.
Emissioni di ossido di carbonio.
Annegamento.

Sapeva che la lista non era per niente completa. Ma per il momento rappresentava una sintesi bella e pratica di strumenti per l'omicidio perfetto e metodi vari di vendetta. Magari qualcuno di questi gli sarebbe potuto tornare utile un giorno, pensava sarcasticamente.

17

Scoprì che il cazzo degli uomini non aveva un gusto particolare.

Mentre lo sperma sì.

All'inizio Milduta rimase sorpresa dalla profonda differenza di forma, dimensione e aspetto dei cazzi. Le si rivelavano emergendo dalle profondità nascoste di pantaloni, mutande e jeans, e ognuno era una piccola rivelazione. Alcuni erano così flaccidi da farle dubitare di riuscire a farli ingrossare, oppure erano timidamente sepolti nelle pieghe stesse della loro carne moscia. Altri emergevano perfettamente eretti, magnifici stendardi di virilità, alberi che si ergevano orgogliosi contro un vento inesistente, sull'attenti e desiderosi di dolci e tenere attenzioni.

Non c'era quasi nessuna relazione tra la lunghezza finale e le dimensioni e le caratteristiche dell'uomo. E non era nemmeno scontata la relazione tra il colore del cazzo o delle palle del tizio e la sua carnagione. Certi tipi dai capelli scuri avevano il cazzo sorprendentemente pallido e rosa, altri più chiari di incarnato mostravano tonalità più scure di marrone o perfino viola.

Ogni cazzo che succhiava era diverso, anche se Milduta non ci faceva tanto caso, dopo l'atto. Diventavano semplicemente un ricordo, un odore particolare. Una vaga traccia di urina vecchia, per lo più, un che remoto di merda, in rare occasioni, sapone, deodorante, o solo l'odore naturale del sudore, pungente, rancido, acre, o semplicemente maschile.

La maggior parte non erano circoncisi, ma certe volte lo erano, anche se erano rari visto che la locale popolazione ebrea era stata decimata durante la Seconda guerra mondiale (l'atteggiamento dell'Estonia verso gli ebrei e la sua aperta collaborazione con le forze di occupazione naziste era un capitolo di storia su cui molti preferivano glissare). C'erano pochi studenti stranieri all'università di Tallinn, un gruppo con cui Milduta si mescolava raramente. Aveva udito una voce ricorrente secondo la quale molti uomini neri non solo erano circoncisi ma ce l'avevano anche di dimensioni enormi, però per niente al mondo avrebbe potuto concepire l'idea di sollazzare un uomo di colore.

Aveva anche notato che gli uomini a cui era stato asportato il prepuzio alla nascita, per ragioni mediche o religiose, o più tardi, si dimostravano leggermente meno sensibili alle carezze della sua lingua, rispondevano in maniera più lenta al suo contatto intimo e rimanevano duri più a lungo. Per questo richiedevano un lavoro più prolungato, che le causava perfino dolore alla mascella, quando l'eiaculazione finale tardava ad arrivare.

Ma naturalmente era impossibile sapere in anticipo che tipo di cazzo avrebbe trovato nelle mutande di ogni nuovo uomo con cui accettava di andare per farlo godere.

Era una specie d'avventura. Anche se di un tipo di cui a volte si vergognava un po'. Il suo segreto sconcio, del quale nessuna delle sue amiche sapeva, da quando Aida era andata a vivere altrove.

Ma la vergogna durava solo qualche ora dopo un incontro, per quanto fosse stato scatenato, e alcuni erano decisamente sordidi, e quando nell'anima le tornava quel desiderio profondo, sapeva che, giunta la sera, dopo un paio di bicchieri, avrebbe di nuovo acconsentito a essere uno strumento di piacere e sollievo.

Sapeva di essersi fatta ormai una reputazione.

Era decisamente consapevole del fatto che gli uomini nei locali e alle serate danzanti si confidavano tra loro, si scambiavano impressioni sulla sua abilità orale, o sussurravano ubriachi tra di loro che a Milduta dai capelli castani non dispiaceva succhiare cazzi, ma non accettava mai di aprire le gambe.

Alcuni la prendevano come una sfida naturale alle loro abilità personali e al loro potere di seduzione e adulazione, e cominciò a diventarle sempre più difficile negare loro la soddisfazione finale di una vera scopata. A quel punto, troppa gente del posto sapeva cosa faceva, conosceva i suoi soliti rifiuti e le consuete proteste. In molte occasioni aveva dovuto acconsentire a essere presa per via anale, quando con la bocca non riusciva ad appagare la loro libidine. Ogni volta faceva un male bestiale, e Milduta si sentiva sporca e ferita.

Inoltre, il fatto di stare in piedi, o più spesso in ginocchio, nuda accanto a un uomo, la faceva sentire molto in imbarazzo. Per la maggior parte dei pompini che faceva, teneva su i vestiti, o magari toglieva solo la maglietta. Quando era nuda si sentiva molto più vulnerabile, esposta alla loro libidine e ai loro occhi che la esploravano.

Sapeva di avere un corpo discreto. Aveva seni piccoli ma sodi e con una forma perfetta. L'ombelico era elegantemente rientrato, aveva il ventre piatto e la vita alta, che sottolineava le sue gambe lunghe e formose. Pensava di avere il sedere un po' grande, ma non troppo. Si depilava intorno alla passera. E tutti gli uomini si stupivano della profondità dei suoi occhi azzurri. Uno aveva perfino detto che ci si poteva annegare dentro. E a tutti loro piaceva il suo sorriso. Era di buona compagnia, una di loro quando si trattava di bere qualcosa insieme, a prescindere dalle allusioni sessuali o da quello che tutti sapevano sarebbe successo dopo. Quelli che parlavano dei suoi occhi erano profondamente tristi.

In pratica, Milduta sapeva come dare piacere. La sua bocca teneva il cazzo in una morsa gentile, stringendolo, assaporandone la dimensione, mentre la lingua lavorava sul glande con applicazione e determinazione.

Non si preoccupava delle mani avventurose che la palpavano un po' dappertutto fin dove riuscivano ad arrivare, mentre lei si dava da fare sui loro cazzi. Teneva la maggior parte di loro lontano dai suoi pantaloni e, visto che i suoi capezzoli scuri si dimostravano particolarmente insensibili, non le davano troppo fastidio quelle mani rozze, spesso di ubriachi, che sfregavano, afferravano la punta delle tette o le massaggiavano i piccoli seni come fossero argilla tenera.

Apprezzavano la sua compagnia, gli piaceva farla divertire, invitarla fuori la sera e spesso farle piccoli regali: una sciarpa, un vestito, un profumo straniero.

Un cazzo era un cazzo.

Non sembrava nemmeno direttamente connesso all'uomo. Era semplicemente un mezzo attraverso il quale li ripagava per la loro gentilezza.

Era, pensava, nient'altro che una semplice transazione. E spessissimo cercava di giustificare la cosa con se stessa, nei momenti di dubbio: "Vuoi che te lo succhi? Ok, te lo succhio, ma non chiedermi di più. Non è in vendita. Il mio cuore non è a disposizione".

A causa della sua reputazione, era raro che avesse dei ragazzi fissi a lungo. E in ogni caso, quasi tutti quelli con cui ci aveva tentato, finivano per essere alquanto noiosi. Erano solo dei tizi a cui piaceva la sua bocca e tornavano regolarmente per ulteriori servizi, anche se sapevano quanto fosse generosa anche con altri. Insomma, erano realisti.

Ma non le piaceva che gli uomini vedessero troppo di lei.

La nudità era un privilegio che non intendeva concedere volentieri.

18

A meno che l'atto non si svolgesse in una relativa condizione di oscurità, Milduta mentre succhiava i cazzi teneva gli occhi chiusi.

Nella penombra c'era un che di anonimato, poteva far finta di essere un'attrice sconosciuta sul palco di qualche commedia bizzarra il cui copione veniva predeterminato da un potere misterioso. Stava solo recitando la sua parte in un episodio della grande guerra tra i sessi, un grandioso gioco pieno di rabbia, desiderio e furia profonda. Solo una fugace apparizione, una parte secondaria senza apici di vera bravura né alcuna ambizione per una vertiginosa scalata delle alture del desiderio. Semplicemente, era la piccola e coraggiosa Milduta, la giovane regina del pompino di Tallinn, Estonia. Un'anima semplice che si chiedeva solo quale fosse il suo vero posto in tutto questo tumulto interiore.

Non appena veniva definita la transazione, e se tutto andava come voleva lei (cioè non avanzavano troppe pretese, niente tette né masturbazione per il loro piacere visivo), gli slacciava la cintura e gli abbassava i jeans e poi tirava fuori il cazzo dal suo caldo rifugio. Si inginocchiava, controllava se era pulito, poi con cautela apriva la bocca e avvicinava le labbra al cazzo fremente, tormentandolo un po' con la punta della lingua prima di circondare l'asta carnosa con tutta la morbidezza vellutata della sua bocca.

Poi, quasi sempre, chiudeva gli occhi.

La cosa cominciò a diventare meccanica. Staccava la spina della mente e lasciava che la sua immaginazione corresse a briglie sciolte. La aiutava a passare il tempo. Faceva finta di essere cieca mentre la lingua si muoveva a tentoni sulla cappella del cazzo, poi evitava agilmente anche la più piccola goccia di sperma, leccando il solco con avida curiosità, immaginando le cangianti tonalità di rosa, marrone e viola del fungo eccitato che si ingrossava e vibrava all'interno della sua bocca. Dalle reazioni degli uomini aveva imparato come stuzzicare il loro orifizio, quella piccola fessura attraverso cui facevano anche pipì, frugando con la punta della lingua e notando, mentre lo faceva, il brivido di desiderio che percorreva il corpo dell'uomo, sempre attenta a ritirarsi giusto in tempo prima dell'eiaculazione, in modo che il flusso di sperma le bagnasse appena la lingua oppure, ed era preferibile, andasse a cadere fuori mentre lei ritirava la bocca. Ma se era completamente impalata da loro, era difficile evitare che la sua gola venisse inondata dalle emissioni dell'uomo.

Alcuni pretendevano di farlo con la luce accesa o in un luogo ben illuminato. In quel caso faceva il servizio in fretta, con gli occhi che andavano su e giù a ritmo con il loro inguine, l'orizzonte limitato dalla fitta foresta del pube. Se le piaceva effettivamente il tipo, variava i suoi movimenti e faceva persino vagare timidamente la lingua sulle palle. Un uomo le aveva chiesto di prendere l'intera sacca in bocca. Era una sensazione strana ma non spiacevole e le aveva dato un senso di potere più forte su di lui. C'era stato un uomo d'affari straniero, conosciuto nel bar di un hotel dove era andata a festeggiare il compleanno di un collega d'ufficio, dopo il lavoro. Aveva suggerito di salire nella sua camera. Lei gli aveva detto che non lo faceva per soldi e lui, con un sorriso, aveva accettato le sue regole. Solo rapporto orale. Una volta arrivati, mentre gli apriva i pantaloni, lui la pregò di spogliarsi. Milduta aveva un po' esitato, ma sembrava diverso dagli altri, uno strano miscuglio di aggressività e tenerezza, quindi accettò.

«Hai un corpo bellissimo, mia cara» aveva notato. Era felice di aver indossato un tanga quella mattina, a differenza di quasi tutti gli altri giorni della settimana in cui portava mutande grigie fuori moda, anche se calde e pratiche. Aveva comprato due tanga neri in uno dei suoi recenti viaggi in traghetto per un week-end a Göteborg, in Svezia. Li aveva trovati molto osé.

Lui si era sdraiato sul letto, con le gambe distese sulla coperta, mentre lei si era aspettata che si sedesse sul bordo, con lei di fronte, in ginocchio, la testa nell'abbraccio delle sue cosce.

«Allora?» chiese lui.

Milduta si avvicinò al letto matrimoniale e vi salì sopra. Qui cercò di trovare la posizione ideale, la geometria più comoda per affrontare il suo grosso pene. Finì con il mettersi a quattro zampe, china sul cazzo, appoggiando il peso sui talloni. Prese lo straniero in bocca e nel giro di pochi secondi si rese conto che da quella posizione si metteva in evidenza la sua fica aperta. Si sentiva bagnata mentre le labbra si aprivano lentamente. Lui aveva un odore insolito, un che di straniero, di sapone costoso a cui non era abituata.

Si concentrò sul compito da svolgere mentre il letto si muoveva leggermente per il loro peso combinato, con le rotelle che cigolavano sul pavimento dell'albergo.

Sentiva le sue mani che gli carezzavano il culo. Era delicato.

Le dita si spostarono più giù e presto entrarono dove era bagnata.

Voleva protestare ma con l'altra mano l'uomo d'affari le teneva la testa saldamente giù sul suo cazzo duro.

Mentre le lavorava la fica, con le dita scivolava contro il clitoride teso e gonfio, stringendolo. Milduta sentì le vene del suo cazzo pulsarle in bocca e, per la prima volta da un sacco di tempo, lasciò che l'ondata di piacere salisse in lei.

Mentre le si inondava la bocca, venne anche lei con una feroce valanga di piacere, onde concentriche che si diffondevano dal centro del suo essere, la fica. All'improvviso si sentì prosciugata, preda di una spossatezza beata che le impediva di alzarsi dal letto per sputare lo sperma nel vicino lavandino. Era troppo stanca per muoversi e ingoiò il suo abbondante succo. Sospirò.

L'uomo era ugualmente appagato.

«Tutte le vergini in Estonia sono così brave a succhiare cazzi?» le aveva chiesto in seguito, mentre si rivestiva.

«Soltanto io» aveva risposto.

Se in quel momento l'uomo d'affari straniero le avesse chiesto di scopare, sapeva che avrebbe detto di sì, pronta a versare il sangue del suo imene sulle lenzuola dell'Hotel Forum.

In seguito si rese conto che la sua determinazione cominciava a vacillare.

Ma avrebbe mai trovato l'uomo giusto a Tallinn?

19

Poi, sulla sua strada era apparsa Nicky. Erano passati sei mesi da quando Elizabeth era tornata a Londra.

Nicky era la sorella minore di uno dei suoi migliori amici di Parigi. Robert aveva una schiera di fratelli e sorelle, dieci. Ogni tanto Jack notava qualcuno per strada e si metteva in testa che fossero parenti di Robert. Avevano tutti gli stessi segni caratteristici, del resto: zigomi alti e mascelle squadrate. Poi effettivamente gli venivano presentati alcuni giorni dopo a una riunione di famiglia o a una festa.

Robert disegnava fumetti, lui e Jack si stavano baloccando con il progetto di un fumetto per adulti su cui volevano lavorare insieme, una moda che imperversava quell'anno in Francia. Al di là delle idee per un paio di pagine, però, non ne veniva fuori niente.

Nicky aveva i capelli castano chiaro, tagliati corti all'altezza della nuca e, in una donna con quei fantastici zigomi, questo dava ai suoi lineamenti un'affascinante aria da orientale. Si potevano intuire i barbari avi della famiglia provenienti dagli Urali qualche secolo prima, e il sangue misto di orde di invasori, da Gengis Khan ai Mongoli. Era bassina e con un culetto sodo che si poteva quasi tenere tutto in mano.

La conosceva già da quasi un anno. Era sempre in giro,

al seguito di suo fratello, all'apertura di una galleria o alla festa per la pubblicazione di un libro, quasi invisibile, piacevole, sempre presente, e Jack in un certo senso si era abituato alla sua presenza.

Quella volta Robert non si era fatto vedere e, mentre la festa volgeva al termine, Nicky e Jack avevano lasciato insieme il museo e deciso di prendere un caffè veloce prima di andarsene ognuno per i fatti suoi.

Stavano attraversando il viale vicino al Bourse quando improvvisamente a Jack venne in mente che non era mai veramente rimasto solo con Nicky prima. In effetti le aveva parlato raramente senza un membro della sua famiglia intorno. Fino a quel momento era stata semplicemente la sorella piccola che si trovava lì per caso. E adesso si rendeva conto che aveva superato i diciotto anni.

E notò il suo profumo. Una nota forte, aggressiva, che faceva pensare a un prato appena falciato.

Lei scese dal marciapiede, tutta presa dalla loro conversazione. Jack alzò lo sguardo e vide una moto che arrivava a gran velocità verso di loro. Rapido le afferrò la mano e la tirò indietro con forza.

«Grazie» disse Nicky. «Che cretina, non stavo guardando per niente.»

Il traffico si era diradato e attraversarono insieme. Non ritirò la mano dalla sua.

Ne sentiva il calore arrivargli fino al polso.

Trovarono un bar sulla rue Monsieur le Prince dove chiacchierarono per ore fino a che per lei non fu il momento di andare a prendere l'ultima metropolitana per tornare a casa, nella zona est di Parigi, dove abitava la famiglia di Robert.

«Mi piacerebbe rivederti» aveva detto Jack esitante, guardandola dritto negli occhi grigio-verdi.

«Sarebbe bello» aveva risposto Nicky.

«Solo noi due» aveva aggiunto. «Non con Robert o gli altri.»

Lei sorrise.

«È stato bello poter parlare. Non ti conoscevo prima, se capisci cosa voglio dire».

«Lo so» concordò Jack. «Ho provato esattamente la stessa sensazione.»

La baciò sulla guancia prima che corresse giù per le scale della metropolitana.

Mantennero segreta la loro amicizia con la famiglia e gli amici. Sarebbe stato troppo complicato da spiegare, anche se all'inizio era tutto abbastanza innocente. Si tenevano per mano, ginocchia che si sfioravano al cinema, accorate conversazioni su arte e politica fino a tarda notte.

Presto Jack si rese conto di trovarsi nuovamente su quella china familiare e sdrucciolevole. Si stava innamorando. Maledizione, lo aveva contagiato un virus? Non voleva innamorarsi di nuovo. E poi era la sorella del suo migliore amico, troppo giovane per lui, sarebbe sembrato che stesse approfittando di lei. La sua famiglia lo aveva accettato fra loro a braccia aperte. E suo fratello? Le premesse non erano buone, lo sapeva.

Ma era stata lei a dichiarare il suo amore molto prima che lui avesse il coraggio di ammettere la sua cotta. Aveva un'anima generosa, un cuore aperto e disponibile. E ci stava.

Il suo cuore, invece, o meglio il suo cervello, gli consigliavano cautela e molta pazienza.

Giocarono un po' sul letto, dove ebbe modo di ammirare la squisita bellezza del suo corpo, ma lui si tirò sempre indietro al momento di fare effettivamente sesso. Le spiegava che la rispettava troppo. Lei faceva il muso e rimaneva di cattivo umore per giorni.

A Pasqua lei partì per una lunga vacanza che aveva organizzato da tempo nel Sud. Mentre era via, Jack si scrutò l'anima per lunghissime, agonizzanti ore e concluse di essere anche lui innamorato di Nicky e che non c'era ragione di aspettare oltre.

Quando ritornò, l'ardore di Nicky per Jack si era raffreddato e, con sua quieta disperazione, si erano allontanati uno dall'altra. Arrivarono le vacanze estive e lei conobbe un altro ragazzo, della sua età, con il quale andò a vivere poco tempo dopo. La sola consolazione di Jack fu che poi lei si sposò con questo tizio ed era ancora con lui vent'anni dopo, visto che dei suoi movimenti e della sua vita veniva tenuto informato dal fratello.

Scelta di tempo sbagliata, pensò Jack, e un'altra lezione imparata: non rifiutare l'amore che ti viene offerto, perché un amore non colto troverà sempre un altro posto dove mettere radici.

Con il cuore pesante, nella sua mente aveva messo una croce definitiva su Nicky e si era concentrato sugli inizi della sua carriera di scrittore. Cominciò a pensare a brevi racconti gialli nei quali il crimine perfetto veniva sempre smascherato per mancanza di attenzione a piccoli dettagli e per difetti radicati nella psiche dei protagonisti. Aveva persino venduto un paio di storie a piccole riviste, e si era già diplomato alla Scuola dei Primi racconti pubblicati. Era la fortuna del principiante?

20

Suo nonno morì. Un violentissimo ictus. Almeno non aveva sofferto.

Nel giro di tre settimane, sua nonna fu portata in ospedale e le diagnosticarono un cancro allo stomaco in fase terminale. Per mesi aveva sopportato il dolore allo stomaco in silenzio, temendo che lamentandosi avrebbe fatto preoccupare suo marito e Milduta.

Il dottore aveva avvisato Milduta che si trattava di una questione di giorni, settimane, al massimo. Non c'era niente da fare, i farmaci per alleviarle il dolore e rendere la fine meno dura erano scarsi e dovevano essere conservati per altri pazienti con maggiori possibilità di sopravvivenza. Milduta era disposta a chiedere un prestito in banca (dando in garanzia gli stipendi futuri), ma le venne detto che sarebbe stato solo uno spreco di denaro. L'ospedale avrebbe fatto sì che sua nonna non soffrisse troppo, ma non potevano fare l'impossibile.

L'anziana donna, che lei aveva sempre considerato la sua vera mamma, aveva resistito fino alle prime piogge di primavera, e poi era peggiorata velocemente. Si era spenta in silenzio mentre Milduta stava risistemando il mazzo di fiori che le aveva portato nel vaso di ceramica incrinata che l'ospedale metteva a disposizione, sul tavolo accanto al letto di ogni paziente. Appena un momento prima, le aveva raccontato gli ultimi pettegolezzi del suo ufficio, alla fabbrica di cioccolato. Aveva gli occhi aperti. E poi non era più lì.

Vivere da sola nell'appartamento che aveva condiviso con i nonni tutta la vita si rivelò un'esperienza inquietante. Troppo pieno di ricordi e di tutte le occasioni che aveva perso quando erano entrambi vivi per far sapere loro quanto gli volesse bene. Suo fratello adesso era nell'esercito e non aveva potuto partecipare ai funerali di nessuno di loro.

Fu promossa, adesso supervisionava un certo numero di impiegati della compagnia, ma la verità era che andava alla deriva come un automa. Si sentiva vuota e spersa. A quel punto, quasi tutte le amiche erano andate avanti con le loro vite, si erano sposate, avevano perfino bambini. Sembravano pure ragionevolmente felici, anche se tutte si lamentavano di quanto bevevano i mariti. Ma in fondo quello era il vizio nazionale e pochi ne erano immuni.

Milduta non aveva messo piede al Rhapsody Club da molti anni. In giro dicevano che era stato rinnovato con grande spesa e che adesso era frequentato da gente di maggior classe.

«Ciao carina, non ti si vede da una vita. Bentornata.»

Il barista del primo turno era sempre lo stesso.

«Vediamo se mi ricordo: gin e succo d'arancia. Il drink da capitalista per eccellenza» ridacchiò.

Non era mai stata una grande amante della vodka.

«Gli stranieri preferiscono il gin tonic» lo aveva corretto Milduta.

«Sei una a cui piace fare la diversa, vero?»

Annuì con noncuranza.

Dopo appena un quarto d'ora che se ne stava seduta da sola al bar ci fu il primo approccio.

«Un altro?»

Alzò a stento lo sguardo. L'uomo aveva un debole accento della Georgia. Forse ci aveva abitato o aveva fatto lì gli studi.

«Offri tu?»

«Naturalmente.»

«Ok, prendo la stessa cosa.»

Ordinò un Jack Daniel's per sé. La scelta del drink e il suo abito di seta nero tradivano una certa ricchezza.

«Grazie» disse, mentre il barman le cambiava il bicchiere vuoto con uno pieno.

«Piacere mio» disse l'uomo. «Come ti chiami?»

«Mimì» rispose.

«Carino. Io sono Boris. Senti, sono a quel tavolo lì con alcuni amici di lavoro» indicò un separé dove sedevano altri quattro uomini. «Perché non ti siedi con noi?» chiese. «Devi sentirti molto sola qui.»

Milduta sospirò. In effetti si sentiva sola.

Le offrì il braccio e la guidò al suo tavolo.

Paragonati ai tizi del posto che conosceva, questi reggevano meglio l'alcol. Due di loro erano originari di Tallinn, ma lavoravano tutti in Georgia: qualcosa a che vedere con l'import-export. Erano stati in città due giorni per portare a termine un contratto importante e adesso si stavano godendo una tranquilla celebrazione.

Parlavano delle bellezze di Tbilisi e delle dacie di legno massiccio che alcuni di loro possedevano sul Mar Nero. Uno dei georgiani più anziani le aveva assicurato che era l'esatta copia di sua figlia e che le ragazze in Estonia non avevano il diritto di essere carine come le bellezze di casa sua. Gli altri flirtavano scherzosamente con lei mentre i bicchieri si susseguivano uno dopo l'altro. Nonostante la tristezza che ancora le si celava dentro, il sorriso di Milduta brillava come sapeva ci si aspettasse da lei. La serata passò piacevolmente mentre il locale si riempiva e il loro piccolo gruppo si assottigliava: due degli uomini, con il pretesto di essere stanchi, presero un taxi per tornare all'hotel. A quel punto Milduta capì di aver bevuto abbastanza: si sentiva un bel calore dentro, era rilassata, ma con la situazione ancora sotto controllo. O così credeva. Si chiese chi dei rimanenti tre uomini avrebbe fatto il primo passo. Sapeva che prima o poi sarebbe arrivato un invito. Dopo tutto, avevano investito una mezza fortuna in tempo e cose da bere, per il piacere della sua compagnia. Decise mentalmente che avrebbe optato per il primo che si fosse fatto avanti. Non c'era motivo di essere schizzinosa o fare favoritismi.

Diplomaticamente, due degli uomini chiesero scusa e si alzarono per andare in bagno.

«Allora, signorina estone» disse Boris. Notò che aveva la cravatta storta. «Che ne dici di divertirci un po' sul serio?»

Milduta abbassò lo sguardo con modestia.

«Non faccio tutto» sussurrò. «Né prendo soldi. Però sarò carina con te... posso usare la bocca, e se vuoi puoi toccarmi.»

«Affare fatto» assentì Boris. «È anche più sicuro, così.»

I suoi compagni ritornarono e tutti buttarono giù l'ultimo bicchiere.

Quella sera pioveva a dirotto. Tutti insieme presero lo stesso taxi) per tornare all'Intercontinental. Nessuno di loro allungò un dito su di lei mentre facevano la strada in silenzio.

Salirono in ascensore e uscirono tutti su un corridoio

infinito al sesto piano. Milduta pensò che stessero in camere differenti sullo stesso piano.

Arrivarono davanti alla porta della stanza 677 e Boris cercò la chiave nel cappotto. Gli altri due uomini stavano in piedi accanto a lei. Aprì la porta e lasciò passare Milduta mentre accendeva la luce della stanza. Gli altri due entrarono dietro di lei. Lei si girò verso di loro, realizzando solo allora cosa stesse succedendo.

«No» protestò. «Solo Boris.»

Risero. L'ultimo a entrare richiuse la porta con un calcio e girò la chiave.

«Avanti, Mimì» disse uno di loro. «Non trattarci da scemi.»

Mentre si trovava bloccata sul pavimento le era finalmente chiara tutta la sua fragilità.

«Sappiamo tutto di te» aggiunse un altro. «Il barista ci ha parlato delle tue doti...»

«Ma io non ho mai...» balbettò.

«Che cosa?» chiese Boris.

«Più di un... un uomo» confessò.

«Uno. Tre. Che differenza c'è?» le chiese infastidito. «Sei solo una puttana da due soldi. Adesso sei nostra.»

Milduta sospirò profondamente. E si arrese.

«Solo la bocca» li pregò.

«Se ti comporti bene e ci fai divertire, piccola Mimì» disse Boris.

«Altrimenti useremo gli altri buchetti, mia cara.»

Curvò le spalle.

«Spogliati» ordinarono.

21

Così Nicky era andata avanti con la sua vita.

Jack si era consolato con il fatto che probabilmente era un po' troppo giovane. Incolpò l'infatuazione. Si rammaricò per quello che sarebbe potuto essere, ma lo fece in modo calmo e discreto, a differenza di come aveva reagito dopo Elizabeth. Ci è concessa solo una data quantità di disperazione profonda nella vita, concluse, e questa volta era più saggio non attingere ulteriormente dalla propria quota. Era stato un dolore privato, quella volta.

Dopo tutto, era consapevole di non essere brutto. Poteva essere disinvolto, flessibile, adattabile quando la situazione lo richiedeva. Gli era stato riconosciuto un brillante senso dell'umorismo, quando il pessimismo non dominava la sua anima.

Sapeva che avrebbe incontrato altre ragazze. Donne.

Si sarebbe ancora imbattuto in un sorriso che lo avrebbe toccato profondamente, occhi che avrebbero scintillato incontrando il suo sorriso, il gesto disinvolto di una mano delicata che lo sfiorava appena e gli dava la pelle d'oca. O il suono di una voce sommessa al telefono, con migliaia di emozioni invisibili annidate tra le parole.

Erano tutte là fuori, nel mondo. In attesa di una coincidenza o della giusta serie di circostanze. Decise di avere pazienza. Non farti prendere dal panico, Jack. Succederà. Lascia passare un po' di tempo.

Marie-Jo divideva una stanza con Paul nella cupa villa di La Ciotat, sul Mediterraneo, dove era stato invitato a passare due settimane estive in compagnia di un gruppo assortito di amici della facoltà di Letteratura. Era piccola e drammaticamente magra, l'immagine della delicatezza, e gli occhi furtivi di Jack non potevano fare a meno di notare i capezzoli scuri che si potevano vedere attraverso la manica della larghissima maglietta con la quale si aggirava in giardino. Appena una seconda, aveva stimato Jack, guardandola prendere il sole sulla spiaggia, con i piccoli seni nascosti sotto di lei contro la sabbia calda, le spalline slacciate sulle spalle. Sfortunatamente sarebbero dovuti passare ancora molti anni prima che il Sud della Francia diventasse famoso per la moda del topless. Tra tutti loro c'era una tacito accordo: erano andati laggiù per una vacanza rilassata e il clima di amicizia e cameratismo non doveva essere rovinato da relazioni personali. Jack le chiese se le andava di uscire una sera, una volta ritornati a Parigi, e si videro un paio di volte. I baci di lei mancavano di emozione e non le rivide più il seno. Aveva i capelli biondo cenere che portava spesso legati a coda di cavallo.

Di Anne, la primavera successiva, tutti sapevano che era la ragazza del fratello minore di Pascal. Un'altra bionda, con penetranti occhi verdi e un sorriso freddo. Così Jack poté solamente sbavarle dietro a distanza, controllando furiose erezioni quando lei e il suo ragazzo si facevano prendere dalle smanie e abbandonavano gli amici per correre a scopare nella camera del piano di sopra. Faceva la modella part-time per la biancheria intima e aveva l'hobby dei fiori, così fra un lavoro e un altro lavorava anche da un fiorista, sistemando i mazzi e i bouquet. Jack le lasciò usare la stanza di Alphonse per qualche settimana, quando il suo compagno di casa dovette tornare a casa per una malattia in famiglia, visto che in quel periodo Anne aveva perso il suo appartamento. In quel momento, non stava più con il fidanzato. In realtà non parlarono mai granché. Anne si aggirava per l'appartamento tranquillamente mezza nuda, senza rendersi conto di quanto lo eccitava. Aveva gambe lunghe e i suoi capelli chiari le ricadevano sulle spalle con tutta la grazia di uno spot per lo shampoo. Una notte Jack si svegliò inquieto e, senza pensarci, scivolò nel letto in cui Anne stava dormendo. Non si mostrò molto sorpresa e fecero l'amore quella notte e di nuovo quella successiva. Poi lei andò via e quando Jack suggerì timidamente di vedersi ancora, lei gli disse decisamente di no e spiegò che un paio di episodi non significavano niente e che non aveva particolare voglia di vederlo. Jack sospirò soltanto, ancora stupito dal grado di indifferenza che a volte le donne riuscivano a mostrare. Per lui una scopata significava ancora qualcosa.

Aveva incontrato Danielle su un pullman. Doveva prendere un volo economico per tornare a Londra.

Il viaggio era iniziato con una navetta da place de la République per un piccolo aeroporto a Beauvais, seguito da un volo scricchiolante di trenta minuti sulla Manica e l'arrivo in uno squallido aeroporto del Sussex (che non era altro che un paio di hangar e una pista), e poi un altro tragitto in pullman fino alla Victoria Station. Gli ci era voluto quasi un giorno intero, ma costava poco.

Aveva passato una settimana a Londra ed era arrivato il momento di ritornare a Parigi, con una valigia piena di dischi folk (il primo Buffy St. Marie, Phil Ochs e Bert Jansch prima dei Pentagle) comprati nell'ormai scomparso

Dobell, un negozio su Charing Cross Road. Aveva fatto appena in tempo a salire sull'autobus e c'erano solo un paio di sedili liberi. Si era piazzato accanto a una ragazza che aveva uno sguardo stralunato. Aveva poca scelta. O lei o un qualche paffuto esempio di umanità, qualche fila più indietro.

Il libro che lei stava sfogliando era in francese, così iniziarono a chiacchierare. Si chiamava Danielle, della periferia di Parigi, un paio di anni più grande di lui, studentessa di qualcosa. Le aveva chiesto il motivo del suo viaggio a Londra. Ecco, aveva passato tutta la settimana a letto con un tizio indiano dall'incredibile resistenza e dalla raffinatissima tecnica sessuale e, porca miseria, adesso era esausta. Quella disarmante onestà lo colpì e passò quasi tutto il resto del viaggio in compagnia di una prepotente erezione, che ovviamente nascose come meglio poté sotto il bagaglio a mano. Non aveva mai incontrato una ragazza come quella. Odorava di sesso, parlava di sesso, respirava letteralmente sesso (e ormai conosceva a memoria ogni posizione del *Kamasutra*, senza dubbio). Proprio ciò che i suoi ormoni avevano sempre sognato.

Quando il pullman giunse a Parigi e si separarono, trovò il coraggio di chiederle il numero di telefono. Lei glielo diede senza battere ciglio.

La invitò a una festa che organizzava dopo qualche settimana. Quella sera Jack continuò a guardare nervosamente verso la porta ogni cinque minuti, sperando ansiosamente che sarebbe stata donna di parola. Arrivò tardi, e rimase anche dopo che gli altri ospiti se n'erano andati. Aveva un seno meravigliosamente pieno. I suoi peli pubici erano scuri e ricci. Ci diedero dentro come conigli.

Uscirono insieme per circa sei mesi, ma sapeva che lei vedeva anche una schiera di altri. Era decisamente poco esclusiva con i suoi favori, ritornò perfino a Londra un paio di volte per rinfrescare il discorso con il suo amichetto indiano. Lei e Jack litigavano, si lasciavano, tornavano insieme. Lei se ne andò di casa e trovò un appartamento vicino alla Bastiglia e lui andò a trovarla lì poco dopo. Lei glielo succhiò con insolito gusto. Tentarono anche di fare sesso anale. Lui era sul letto in fase di rilassamento postcoito quando suonò il campanello. Lei si alzò, distrattamente nuda, e andò ad aprire la porta in tutta la sua scioccante nudità, pelle chiara tutta curve. Era un altro fidanzato, visibilmente più grande. Lo fece entrare e, prendendo un'altra coperta, si spostò con lui nell'altra stanza, guardando Jack con un sorriso enigmatico. Lui rimase sdraiato lì per circa un'ora, furibondo, con i fuochi della gelosia che bruciavano potentemente nelle budella, a sentirli scopare rumorosamente fino a che fu troppo e si alzò, si rivestì e scappò da quell'appartamento.

Non si parlarono per più di una settimana. Quando alla fine ne discussero, lei versò acqua fredda sulla sua rabbia e lo rimproverò per non essersi unito a loro. In questo modo si era lasciato scappare la sua prima esperienza di sesso a tre.

Poco dopo questo episodio si persero di vista. Si rividero solo un'altra volta. Jack era ritornato a Londra e lei chiamò. Era sola e senza soldi. Le prese una stanza in albergo. Ultimo piano a Bloomsbury. Stava scappando, forse era ricercata dalla polizia francese per aver sedotto un uomo e avergli rubato il portafoglio. Aveva una faccia stanca. Nonostante questo, scoparono. Lei insistette per stare sopra. Lui abbandonò furtivamente la stanza all'alba per andare in ufficio, lasciandola lì addormentata con un biglietto da cinque sterline sul comodino. Adesso gli faceva paura. Jack non ne sentí più parlare.

Chissà se era evasa di prigione, se la sua storia aveva avuto un lieto fine, se si sarebbe mai ricordata di lui, dopo cento uomini e più.

Non parlò mai più con una donna su un autobus. Troppo rischioso.

In ogni caso, il ricordo di Danielle Chamaillard lo accompagnò per molto tempo. La superdonna, una da due uomini a notte. Un'altra pietra miliare nella sua educazione sessuale casuale.

Da allora un'altra ossessione gli si radicò in mente, quella di un rapporto a tre in cui due uomini si davano da fare con la stessa donna. A differenza di quanto aveva letto sulle riviste, a proposito della maggioranza degli altri uomini, lui non aveva nessun interesse nello spiare due donne insieme. O nel farlo con due donne.

22

Milduta, poco tempo dopo l'incidente con gli uomini d'affari, ancora piena di disprezzo per sé, aveva espresso ai suoi superiori il bisogno di un cambiamento di orizzonti, così venne trasferita per sei mesi in una filiale provinciale della compagnia, vicino a Kaunas, nella confinante Lituania. Il lavoro era abbastanza di routine, avrebbe potuto farlo mentre dormiva, ma i paesaggi da quelle parti erano splendidi. L'inverno baltico bianchissimo, la neve pura come vernice bianca contro il maestoso sfondo di foreste e laghi che si estendeva a perdita d'occhio fino a toccare l'immensità del cielo all'orizzonte.

Ma c'era anche ben poco da fare la sera. Gli uomini che qui frequentavano i bar erano ancora più rozzi d'aspetto e di mentalità di quelli che era abituata a vedere a Tallinn. Una cultura barbara con la quale aveva poca dimestichezza.

Ma alla fine dovette superare il disgusto e con riluttanza tornò alle sue vecchie abitudini. Non aveva bisogno degli uomini in sé, ma sentiva la mancanza dei loro modi volgari e carnali e di quegli incontri torbidi. Era ormai diventata una parte di lei di cui non poteva fare a meno, per quanto ne provasse vergogna nel profondo dell'anima.

Dopo aver fatto ritorno a Tallinn, lasciò la fabbrica e iniziò una serie di lavoretti part-time in vari uffici e negli hotel che continuavano ad aprire nel centro città per venire incontro al crescente interesse per gli affari con l'estero. Nel frattempo cercava di capire che cosa fare della propria vita.

Perlustrava le strade acciottolate della città vecchia, con il suo atteggiamento menefreghista e quell'esasperante sorriso sempre stampato sul volto giovane. L'immagine perfetta dell'indifferenza e dell'innocenza sensuale.

Non sapeva cosa fare, non era né felice né infelice, semplicemente arenata in una gamma confusa di emozioni intermedie, incapace di raggiungere una qualsiasi delle sponde contrapposte. Senza meta, senza ansie, taciturna. Era rimasta senza amici. L'unico contatto umano che aveva era quello della sua bocca con un cazzo, in un vano tentativo di sentirsi viva e desiderata. Venne a patti con la sua natura. In fin dei conti, se nessuno la disapprovava per i suoi atti di libidine, perché avrebbe dovuto farlo lei?

Una vocina dentro la testa le continuava però a sussurrare che ci doveva essere qualcosa di meglio in serbo per lei dietro l'angolo.

Scelse di ignorarla e di proposito intraprese la tortuosa strada verso il nulla, riponendo con rassegnazione il suo futuro nelle mani del destino. Tutto doveva avere uno scopo, credeva. Anche le cose brutte che facevano male.

Dopo tutto la vita poteva andare peggio. Aveva la musica sulla quale ballare e chiudere gli occhi e far finta di essere altrove, su un'altra pista da ballo, con un altro genere di partner. C'era il conforto dell'alcol, il calore della vodka che la riscaldava dentro e le faceva brillare la pelle, il gin che le bruciava la gola quando lo mandava giù troppo in fretta, o il morbido, vellutato abbraccio di altri liquori che le riscaldavano il corpo e abbassavano le sue aspettative di perfezione.

E poi c'era l'orgoglio che provava a volte per il modo in cui gli uomini l'apprezzavano per il suo aspetto, i suoi occhi, la sua bocca, la sua allegria, la sua bravura. Sapeva che li faceva stare bene anche senza bisogno di aprire le gambe. Raramente tornava con lo stesso tizio dopo la prima volta. Potevano essere giovani o maturi, ma tutti la lusingavano con le loro attenzioni e intenzioni carnali. Sapeva che, anche se in quel modo limitato, aveva il potere di renderli felici.

Poi ritornò la primavera, con il lento avvicendamento di stagioni tipico del Nord. Spesso le capitava di andare sulle spiagge dorate della penisola di Nidas, dove la sabbia era fine come seta tra le dita. Ci veniva con amici casuali, o con qualche uomo che si era rivelato tanto gentile o tenero da meritare ulteriore intimità (e possedeva una macchina). A differenza di altre donne su quelle spiagge, non si era mai messa in topless: era già abbastanza riluttante a esporsi nel succinto due pezzi comprato in un grande magazzino, per il quale aveva dovuto depilarsi ad arte per evitare di essere indecente. Molti anni dopo, quando avrebbe preso l'abitudine di rasarsi il pube completamente e non avrebbe più provato vergogna nel mostrarsi interamente nuda agli uomini, avrebbe comunque continuato a rifiutarsi di togliere il reggiseno in spiaggia o quando prendeva il sole. Una curiosa contraddizione alla radice del suo carattere, che non aveva niente a che fare con il sesso. Solo una naturale timidezza, o discrezione.

Alcune sere in spiaggia si accendeva un falò e tutti cantavano e bevevano fino a notte fonda e certe volte accettava di appartarsi fra le dune vicine per provvedere ai bisogni dell'ennesimo uomo arrapato. Con le ginocchia sulla sabbia e gli occhi fissi in alto, verso la mezzaluna là sopra che oscillava al ritmo dei suoi movimenti, dietro le spalle quadrate del suo partner, Milduta provava una strana contentezza. Il suono delle onde che si infrangevano sulla riva a pochi metri, le voci sulla spiaggia, il calore emanato dalla sabbia dorata sotto di lei, tutto si combinava in una soffice, confusa, sonnolenta sensazione di benessere. Adorava Nidas, e quando in seguito si trasferì all'estero, questo sarebbe stato il posto di cui più avrebbe sentito nostalgia.

Succhiando con voracità il cazzo pulsante di qualche uomo nella brezza illuminata dalla luce della luna, o lasciando che la toccassero con dita avide e unghie taglienti mentre giaceva indolente sulla sabbia fine, i sogni le invadevano la mente e si lasciava andare al piacere di quel momento.

Volevano che lo ingoiasse per dare un'ulteriore dimostrazione di amore? Va bene. Era meglio del modo rabbioso con cui alcuni cercavano di spingerglielo in gola facendola quasi soffocare, in un pietoso tentativo di stabilire il loro dominio o la loro virilità. Si rigirava il liquido viscido in bocca per poi sputarlo quando le davano le spalle o avevano gli occhi chiusi negli spasmi del piacere postcoito. Ne assaggiava il sapore con la punta della lingua. Spesso dal sapore dello sperma era in grado di distinguere che cosa avessero mangiato o bevuto quella sera. Una cosa che la divertiva immensamente.

Ma le giornate alla spiaggia non duravano mai abbastanza e doveva far ritorno agli uffici senza finestre e alle fabbriche senz'anima dove si guadagnava da vivere miseramente, fino al momento in cui si sarebbe potuta nuovamente permettere il lusso di un'altra gita sulla costa.

Cominciò a leggere di spiagge straniere sulle riviste:Ibiza, Thailandia, Messico, Cuba, Caraibi. Roba da sogno.

23

Jack provò con le puttane. Ma nessuna di loro aveva il potere di prendergli il cuore e i loro amplessi si rivelavano troppo meccanici e privi di emozione. Mentre le scopava, non riusciva a fare a meno di chiedersi com'era la loro vita, che cosa le aveva portate a quella sordida stanza d'albergo nella quale aprivano le gambe e lo succhiavano per soldi. Si immaginava scenari incredibilmente romantici o drammatici della loro disperata caduta ma non era in grado di trovare risposte quando le guardava dritto negli occhi. E nessuna di loro era minimamente interessata a fare conversazione.

Tutto ciò che volevano era che si abbassasse i pantaloni, dopo che il denaro era passato di mano in mano ed era scomparso nelle loro borsette, lavargli velocemente il cazzo nel lavandino prima di un pompino sbrigativo per farglielo diventare duro, dopo di che lo inguainavano nell'obbligatorio preservativo, poi lo cavalcavano o si sdraiavano a gambe aperte per guidarlo dentro.

Il più delle volte, le puttane di Parigi tenevano su il reggiseno e lo bacchettavano se tentava, in un improvviso slancio di intimità, di palpare il seno. Non c'era gioia quando veniva, e nemmeno sollievo, soltanto un vago senso di frustrazione.

Forse quello che gli piaceva di più di questi incontri

con le prostitute era salire le scale, solitamente strette, immediatamente dietro di loro, mentre si avviavano verso la camera dove si sarebbero accoppiati. Gli occhi fissavano affascinati la circonferenza di quei culi ondeggianti, immaginando le rotondità di morbida carne sotto la stoffa sottile della gonna aderente e un po' pacchiana. Dopo, raramente ricordava le loro facce o l'atto sessuale, solo il delicato movimento del culo mentre salivano le scale per compiere la loro transazione commerciale.

Sarebbe passato ancora più o meno un anno prima che Jack tentasse di fare l'amore in posizione diversa da quella del missionario, ma da un giorno all'altro il sesso assunse tutto un altro significato, il suo desiderio si scatenava guardando il sedere della donna mentre la penetrava o pompava dentro di lei. Diventò la visione alla quale aspirava di più, la ricompensa suprema che una donna potesse offrirgli, lo spettacolo del culo in bella mostra.

Non era tipo da gambe o tette, assolutamente.

Cominciò a viaggiare per il mondo. Mise in piedi un'attività commerciale di prime edizioni e libri rari, pezzi d'antiquariato: realisticamente si era reso conto che il suo hobby di scrittore non lo avrebbe portato molto lontano finanziariamente.

Ebbe successo.

E non appena trovò una giovane donna che non soltanto gli toccava il cuore ma provava lo stesso per lui, la sposò.

Jack si era sistemato.

A quel punto cercò di sacrificare tutti i fantasmi femminili del suo passato sull'altare di questa nuova forma di tranquilla felicità.

Sua moglie era amica di un'amica dei tempi degli studi di Letteratura comparata alla Sorbona anni prima. Una dottoressa. Si erano incontrati alle celebrazioni del 14 luglio, la festa della Bastiglia. Ammirarono i fuochi d'artificio sparati dalle banchine della Senna e risero dell'allegria forzata che si stava impossessando della città. Andarono a letto quella stessa notte e poi ancora un paio di volte, e poi subito dopo fecero una gita in campeggio, organizzata all'ultimo momento su un'isola greca. Jack stava bene con lei, una condizione che non aveva mai provato in nessuna delle sue precedenti relazioni, nelle quali il sospetto e la paura avevano sempre strisciato in un angolo della mente, perfino nei momenti migliori. Fare l'amore con lei non era colmo di quella rabbia, di quella furia che in passato lo aveva attanagliato. Era stata una rivelazione: la semplicità e la normalità avevano un pregio tutto loro, senza il dolore e le complicazioni della passione.

Ma la memoria è una brutta bestia. Rimane in letargo anche per decenni, prima di risollevare la sua orrida testa quando meno te lo aspetti.

Il miracolo e la bellezza dei bambini per un po' placarono il disagio di Jack per la sua nuova vita e la prevedibilità del matrimonio. All'inizio non si era nemmeno accorto dei semi che gli germogliavano dentro. Aveva concluso che le cose stavano semplicemente così, nella vita, fra uomini e donne. Non era come al cinema. Quello che ci si poteva aspettare erano, per lo più, momenti tranquilli e piccole gioie.

Così preferì nascondere le crepe. Cioè decise di ignorarle.

Per molti anni la vita andò bene, per quanto possibile.

Ma venne il giorno in cui Jack si guardò allo specchio e vide i primi capelli bianchi. Erano passati più di vent'anni da quella sera a Ladbroke Grove in cui Pierre aveva per la prima volta aperto quella ferita nel suo cuore, rivelando il tradimento di Catherine Guinard.

Un mattino, mentre si massaggiava la schiuma da barba sulle guance, si rese conto con un po' di sincera sorpresa che quella ferita era ancora lì, con il suo dolore sordo, sebbene pulsasse al ritmo del metronomo più lento del mondo.

Gli tornarono in mente tutte le strade che non aveva mai intrapreso.

Spesso di notte, quando non riusciva a prendere sonno e sua moglie gli dormiva accucciata contro per cercare il suo calore, per addormentarsi si riempiva la testa di una litania monotona che coniugava all'infinito tutti gli "e se" della sua vita fino a quel momento.

Ce n'erano tanti.

Il giorno dopo raramente ricostruiva i dubbi, le riserve, i rimorsi. Quello che ricordava vagamente era che tutti avevano il volto sfocato di una donna.

24

Milduta aveva fatto amicizia con una lontana cugina che lavorava nel laboratorio della facoltà di Scienze, all'università. Uscivano insieme ogni quindici giorni e passavano la serata in qualche bar e sulla pista da ballo del circolo degli studenti. Sembravano entrambe abbastanza giovani da essere prese per studentesse. L'atmosfera era più rilassata, i ragazzi simpatici e si sentiva meno la costante pressione sulle donne per costringerle a una qualche forma di sesso. In ogni caso, i ragazzi qui potevano raramente permettersi infiniti giri di bevute, nel tentativo di convincere le donne a indebolire la loro resistenza.

A Tallinn era estate. Le foglie sugli alberi di un magnifico verde, poche le settimane senza pioggia.

Il juke-box stava passando gli Spandau Ballet.

Stavano sorseggiando una Coca-Cola sgasata. Un'azienda di imbottigliamento locale aveva da poco acquisito la concessione e quella era l'ultima moda. A Milduta sembrava troppo dolce. Comunque era troppo presto per l'alcol.

Ekaterina si stava lamentando della mancanza di disponibilità di cosmetici decenti nei negozi di Tallinn. Come la maggior parte delle donne in città, investiva tutto nell'annuale viaggio in traghetto a Göteborg, in Svezia, dove faceva il pieno e dissipava quasi tutti i risparmi in vestiti e prodotti di bellezza.

«I prodotti per i capelli di L'Oréal sono assolutamente i migliori» aveva detto a Milduta. «Non sono tedeschi?»

«No» aveva risposto Milduta. «Credo siano francesi. A me piace la roba di Revlon. Sono fatti in America. Guarda le mie unghie.»

Ekaterina lanciò uno sguardo invidioso alle unghie rosse, lunghe e ben curate di Milduta.

«Discretamente decadente» disse con un ampio sorriso malizioso.

«Credi?»

«Certo.»

«Sai, dieci anni fa sarebbe stato impensabile. La gente mi avrebbe trattato come una puttana se avessi usato questo smalto» disse Milduta, indicando le unghie.

«Non solo per il colore, ma anche per il fatto che è americano.»

«Sì, come per i blue-jeans...» Ekaterina sospirò. Possedeva un solo paio di Levi's e ne desiderava ardentemente un altro paio. «Ci pensi mai all'America? Ad andarci?»

Alcuni amici erano emigrati là negli ultimi anni.

«Non ne sono sicura» rispose Milduta. «È che in un certo senso non mi invoglia. Certo, c'è tutta quella abbondanza di roba, ma ho sentito dire che la vita lì è troppo veloce, la gente è dura, è tutto soldi soldi soldi...»

«Un giorno ci voglio andare» fece Ekaterina.

Milduta annuì.

«Ehi, guarda...» esclamò Ekaterina.

Un gruppo di ragazzi e ragazze stavano entrando nel bar del circolo degli studenti. Ne riconobbero alcuni, ma quattro di loro non li avevano mai visti prima. Stranieri.

Si vedeva subito, non solo dai vestiti che indossavano, ma anche dal modo in cui si muovevano. La sicurezza, l'atteggiamento. Era inconfondibile.

«Ciao» le due ragazze salutarono il gruppo appena arrivato e aiutarono a spostare le sedie, in modo da potersi sedere tutti in circolo attorno al tavolino basso, sul quale sistemarono i loro bicchieri.

I nuovi arrivati erano studenti arrivati in Estonia dal Belgio, con un programma di scambio per due mesi di corsi estivi. Il modo in cui parlavano russo non era perfetto, ma molto carino. Erano anche molto timidi. La loro università in Belgio era cattolica, teneva separati maschi e femmine e perciò non avevano dimestichezza con il cameratismo delle donne e le abitudini più lassiste delle vecchie repubbliche sovietiche.

A Milduta piacque subito Serge.

Avrebbe trovato difficile spiegare il perché, se glielo avessero chiesto. Quasi tutti gli uomini stranieri che aveva incontrato fino allora venivano anche loro dal blocco dei paesi comunisti, oppure dalla Svezia o dalla Germania, erano uomini dalla faccia di granito, senza traccia di sentimentalismo.

Serge era diverso. Arrossiva facilmente, irradiava gentilezza ed educazione. Sembrava sinceramente interessato a lei e le poneva infinite domande sulla sua vita, la sua famiglia, il suo paese. Non la sfiorò neanche con un dito fino alla sera in cui lei spavaldamente gli prese le mani nelle sue e gli fece capire apertamente che le piaceva.

Serge aveva fatto battere il cuore di Milduta a un ritmo più veloce. Era il primo uomo a riuscire in tale impresa. Le faceva intravedere il futuro sotto una luce diversa. "Allora avevo ragione" si disse. "Gli uomini non sono tutti uguali."

Da quella volta lo vide tutti i giorni, incontrandolo quando usciva dall'ufficio. Dopo che lui aveva finito con le sue lezioni.

Fu il primo uomo che Milduta invitò nell'appartamento che aveva ereditato dai nonni. Con i vecchi mobili di legno e le tende ricamate, era il suo rifugio più privato e perfino le sue amiche venivano invitate di rado. A volte lui aveva anche insistito per cucinare. E lei era sorpresa a scoprire quanto le piacesse darsi un gran da fare nella piccola cucina, preparando piatti tradizionali sul ricordo di quelli che cucinava la nonna.

La terza sera portò Serge, che non aveva ancora mai fatto un passo fuori luogo, né men che meno suggerito niente di sconveniente, nella sua camera da letto e lo baciò. La sua bocca aveva ancora il sapore del *borscht* e vodka con cui lo aveva letteralmente riempito prima.

In silenzio lo aveva spogliato nella penombra dolce. La finestra che dava sulla strada era spalancata, velata solo da una tenda. La brezza fresca dell'estate di Tallinn era ancora troppo fredda per lui e Milduta si stupì della pelle d'oca che gli andava spuntando, mentre scopriva il suo magro corpo nudo. Era poco più che un ragazzo. Non ancora un uomo fatto, si rese conto. Due anni più piccolo di lei.

«Sei sicura?» le chiese.

«Non ti preoccupare» rispose lei. «Non dire niente.»

Aveva un cazzo lungo e sottile, in un certo senso privo della rozza potenza e volgarità della maggior parte di quelli degli uomini del posto, notò. Glielo succhiò mentre un lento desiderio le cresceva nello stomaco. Serge venne in fretta e lei accettò con gratitudine il suo seme in bocca, anche se lui cercò di divincolarsi all'ultimo momento. Lo ingoiò, facendogli segno che serviva ancora il silenzio perché non aveva ancora finito, continuò a leccargli il glande mentre il suo intero corpo sussultava freneticamente per i postumi dell'orgasmo.

«È la prima volta che una ragazza mi... hai capito... ha preso in...» mormorò lui, ancora pieno dell'incredibile stupore di ciò che gli aveva fatto, che aveva fatto con lui.

Milduta non disse niente e continuò a succhiarglielo con appetito vorace. Presto gli diventò nuovamente duro.

La seconda volta venne con più violenza e gridò perfino, mentre le gocce ormai fiacche e scarse del suo sperma le schizzavano contro la gola.

Rimasero poi sdraiati in silenzio, mano nella mano. C'era poco da dire.

«Voglio vederti domani» disse Milduta. «Ancora.»

La sera successiva glielo succhiò di nuovo e poi si addormentarono, nudi uno accanto all'altra nel letto stretto, sentendo il calore interiore che li pervadeva fino nel profondo. Era la prima volta che Milduta passava una notte intera accanto a un uomo. Si sentiva al settimo cielo, donna, completa. Ma non riusciva comunque a trovare il coraggio per andare fino in fondo con Serge, il suo dolce ragazzo belga. Lui non chiese mai, né mai suggerì, di fare l'amore, cosa che la mise a posto con la coscienza, per il momento. Baciava anche bene, cosa che le piaceva molto.

Mentre si lasciava andare verso i territori del sonno, con il respiro lieve di lui al suo fianco che scandiva i suoi pensieri tumultuosi, Milduta giurò a se stessa che questo sarebbe stato il primo uomo al quale avrebbe concesso di scoparla.

Presto.

25

Alla fine dell'estate, Serge ritornò in Belgio per finire l'ultimo anno di studi. Sperava di diventare interprete presso la sede centrale del Mercato comune a Berlemont. Sapeva già parlare inglese e tedesco. Il corso di russo era stato scelto per aggiungere qualcosa in più al suo curriculum, ma non era vitale per le sue prospettive. Comunque lui e Milduta comunicavano per lo più in inglese, visto che lui aveva difficoltà nel comprendere esattamente tutto quello che lei diceva, per via del suo forte accento baltico.

La loro separazione alla stazione centrale fu pacata. Lei evitò di piangere, non le piacevano le manifestazioni di dolore o di affetto in pubblico.

Iniziarono una fiacca corrispondenza, influenzata dalle rispettive lacune grammaticali e dalla loro mancanza di precisione lessicale, e anche a causa dei disservizi della posta di Tallinn, che aveva il brutto vizio di perdere le lettere o ritardarne la consegna, soprattutto quelle provenienti dall'estero.

Milduta decise di migliorare le sue capacità di comunicazione e si iscrisse a un corso serale d'inglese, due sere alla settimana al Politecnico.

Gli uomini più maturi che frequentavano il corso le sbavavano dietro apertamente, ma lei li informò subito di avere un ragazzo straniero e la cosa finì lì. In ogni caso, erano quasi tutti sposati e cercavano solo un po' di divertimento extra, lo sapeva bene.

Il corso era gratuito, in più Milduta risparmiava non andando nei locali che frequentava di solito. Era determinata a mettere insieme abbastanza denaro per ottenere un visto e prendere un aereo per l'Occidente, dove avrebbe rivisto Serge.

Senza accorgersene, stava pianificando il suo futuro.

Nel frattempo continuava a frequentare i dance bar o i balli studenteschi del sabato sera, a frequentare gli uomini e, se insistevano, a mettersi in ginocchio per prendergli il cazzo in bocca, distrattamente. Non significava niente, si diceva per confortarsi. Aveva promesso se stessa, tutto il suo corpo, la sua anima, il suo imene intatto al dolce Serge di Gent.

Quello che stava facendo adesso, argomentava, era semplicemente commercio, una concessione alla realtà estone. Perciò accettava, sì, ma con distacco, avvisando sempre gli uomini predatori e brilli di quali erano i suoi limiti e cosa avrebbe fatto: non sarebbe andata nemmeno un piccolissimo passo oltre, con il sesso.

Di fronte alla sua ostinata determinazione, di solito si arrendevano senza protestare. Dopo tutto conoscevano la sua reputazione di piccola grande succhiacazzi, e un pompino fatto da una ragazza giovane e carina non era certo da buttare via, visto che la maggior parte dei lavoratori in città dovevano accontentarsi delle puttane del porto, che spesso si presentavano con i denti macchiati o addirittura senza denti.

Per riuscire a mettere ancora più soldi da parte, Milduta

faceva anche delle ore di straordinario in ufficio, dove stavano cominciando a informatizzare il sistema dell'amministrazione, utilizzando tuttavia ancora il vecchio per motivi di sicurezza. Quest'opportunità le andava benissimo.

Serge aveva scritto, un po' dopo Natale, che gli sarebbe piaciuto passare insieme a lei l'estate successiva, dopo che si fosse laureato. Quando aveva un po' di tempo, lavorava anche lui part-time nello studio legale di uno zio, mettendo lentamente insieme i soldi necessari per la loro vacanza. Parlarono di dove sarebbero potuti andare. Il suo primo suggerimento di attraversare l'America in macchina non le era piaciuto. Avrebbe preferito passare il tempo su una spiaggia, rispose. Un posto caldo e tropicale.

«Mi piace la sabbia fine, e noi siamo molto pigri, abbracciati insieme» gli scrisse Milduta. «Solo tu e io. Troverai l'isola deserta?»

Lui fu d'accordo e promise di fare una ricerca approfondita. Le ricordò in un PS che l'amava veramente con tutto il suo cuore.

Nessun uomo prima le aveva mai confessato di essere innamorato di lei. Milduta era trasformata. Stette perfino lontana dai bar per un paio di settimane, fino a quando il desiderio profondo della carne non ebbe la meglio.

«Quando incontriamo tu sei mio primo uomo» scrisse con difficoltà, con due dita sulla grossa Olivetti dell'ufficio. «Facciamo amore. Io non sono più vergine con te. Sarà meraviglioso amore mio.»

Lui le chiese se anche lei provava qualcosa per lui.

«Ti amo anch'io» rispose Milduta. «*Je t'aime, ma chéri*.»

Lui la corresse: «Sono un uomo, quindi dovresti scrivere "*mon chéri*". Ma non importa, mia dolce Mimì».

In primavera lei comprò uno splendido bikini nero, a vita alta. Sarebbe stato perfetto per la loro spiaggia tropicale, decretò Milduta, anche se metteva in mostra molto del suo bianco sedere. Ma sapeva che a Serge sarebbe piaciuto, e anche a lei.

Alla fine, in Belgio, Serge riuscì a prenotare la vacanza ideale. Sarebbero andati su una spiaggia nel sud della Thailandia. A Milduta suonava meravigliosamente esotico e accettò subito. Avrebbero avuto il loro piccolo bungalow sulla spiaggia, a poca distanza dal corpo centrale dell'hotel. Le mandò una copia del dépliant dell'agenzia di viaggio con varie foto a colori del posto. Sembrava il paradiso.

Era un pacchetto-vacanza cancellato da qualcun altro, per questo aveva un prezzo così conveniente. Avrebbero preso l'aereo per la Thailandia da Londra. Serge le assicurò che il mese successivo avrebbe mandato tramite Western Union i soldi del volo per Londra. Voleva che il denaro che aveva messo da parte lei fosse speso per dei bei vestitini estivi, le scrisse. I rubli non sarebbero stati comunque una gran cifra, una volta cambiati in valuta occidentale, quindi la sua generosità era purtroppo necessaria. Comunque Milduta sapeva che anche per lui non era facile procurarsi dei soldi, fra lo studio per gli esami finali e le revisioni.

Si organizzò per liberare il vecchio appartamento dei nonni un po' prima dell'estate, accampandosi per un paio di settimane sul divano di una conoscente del lavoro, e mettendo le poche cose a cui teneva nello scantinato di un'amica. La coppia che aveva preso in affitto l'appartamento le aveva pagato cento dollari in contanti. Il suo piccolo gruzzolo.

Si procurò il biglietto aereo per Londra. All'inizio pensava di prendere un biglietto di sola andata, visto che pensava di non tornare più a Tallinn, ma l'andata e ritorno costava appena un po' di più, per qualche inspiegabile motivo. Si licenziò dal lavoro, selezionò meticolosamente i vestiti per il viaggio e aspettò, divorata dall'impazienza.

Il primo di luglio, che per Milduta era simbolicamente il primo giorno della sua estate, suo fratello la lasciò all'aeroporto.

26

«Vuoi venire su in camera mia?» provò a chiedere Jack. In realtà non sperava né si aspettava una risposta positiva.

«Perché no?»

Aveva cenato da solo ad Atene, nella parte vecchia della città e, senza sapere come, aveva cominciato a chiacchierare con una giovane americana seduta al tavolo di fronte al suo. Erano usciti insieme dal ristorante ed erano andati a bere qualcosa in una taverna nei paraggi. Per lei era l'ultima settimana di un giro di sei mesi in Europa, sarebbe ritornata a Cedar Rapids dopo pochi giorni. Quella sera si sentiva sola e le faceva piacere avere compagnia. Lo stesso per Jack, che non era un grande ammiratore della capitale greca.

Arrossendo violentemente, lei gli aveva confessato una specie di esperienza sessuale estrema che le era capitata in Turchia qualche settimana prima: il suo amante del posto aveva insistito perché lei andasse con un altro uomo in sua presenza. Dietro costrizione aveva accettato, temendo per la propria incolumità, e forse pensava che rivelando la sua vergogna a un estraneo si sarebbe purificata da quel ricordo.

Jack si era mostrato comprensivo. Era uno che sapeva ascoltare.

«Scopami e basta. Non c'è bisogno di dire niente» gli aveva detto dopo il primo bacio nella sua stanza d'albergo.

Era la prima volta che era infedele a sua moglie.

«Prendimi da dietro» gli aveva chiesto, dopo essersi spogliati in fretta. Notò che aveva lividi sui glutei e sulla pancia. Pensò che se li fosse fatti in Turchia. Aveva un corpo magro, quasi scheletrico, la pancia piatta e dura come una tavola, la pelle di un pallido uniforme. Evidentemente non aveva passato molto tempo al sole, durante i suoi viaggi nei paesi mediterranei.

Si posizionò dietro mentre lei si inginocchiava sul bordo del letto e sollevava il sedere al suo livello.

Con un colpo solo la penetrò, quasi con rabbia, e cominciò a pompare con tutta l'energia e la frustrazione che aveva accumulato ormai da un bel po' di anni. Mentre la scopava, la sentiva piangere piano.

«Non ti preoccupare» lo rassicurò lei, e quasi con rabbia lo implorò di farlo più forte, di farle male.

A ogni spinta non poteva fare a meno di essere affascinato dall'anello scuro del suo buco del culo, che ammiccava, si dilatava un poco di più a ogni movimento ritmico nella sua fica.

Più tardi, dopo che lei ebbe fumato un paio di sigarette, gli diventò di nuovo duro con sorprendente velocità e fece sesso anale con lei. Un atto al quale aveva spesso pensato, ma che non aveva mai provato a fare sul serio. (Danielle era stata in effetti disposta, ma si era rivelata troppo stretta, perfino con lubrificanti improvvisati.)

Lei lasciò la stanza di Jack alle sei del mattino per ritornare al suo hotel, uno più economico, dall'altra parte di piazza Metaxas. Si offrì di scortarla fino lì o quantomeno di accompagnarla giù per salutarla, ma lei rifiutò.

Non si erano nemmeno scambiati gli indirizzi o i numeri di telefono e nel giro di poche settimane la mente di Jack cancellò perfino il ricordo del suo nome, sorpreso com'era di non sentirsi in colpa per quello che era successo.

Se il suo primo tradimento, per quanto fugace, non era stato pianificato, gli incontri successivi furono più premeditati, via via che scopriva con sua grande sorpresa di avere un talento innato nell'attrarre le donne. Forse era il suo stato di uomo teoricamente sposato, o il suo atteggiamento distaccato, che molte interpretavano erroneamente come arroganza, o il fatto che si distingueva nella folla, l'eterno anticonformista in cui le più avvedute potevano facilmente intravedere un lato oscuro.

C'era una del suo ufficio che gli piaceva un po'. Si erano rivisti per un happy hour qualche mese dopo il suo trasferimento presso un altro ufficio, e si erano lasciati andare a una relazione.

Poi c'era stato un incontro a tarda notte durante una fiera. Lui e un altro giornalista avevano fatto coppia con due rappresentanti dell'Oregon conosciute al parcheggio dei taxi e con le quali avevano condiviso l'auto. Il suo amico non aveva combinato niente, mentre Jack ben presto si era trovato a osservare la gonna giallo canarino della donna volar via in un batter d'occhio. Ci aveva dormito insieme per le successive tre notti della fiera. La trovava comoda, anche se un po' passiva nell'amplesso. Si erano rivisti sempre in occasione della stessa fiera, nei successivi tre anni, e ogni volta erano finiti a letto per la forza dell'abitudine.

L'unico senso di colpa che Jack provava, quando andava con le altre donne, riguardava il fatto di non provare per loro nessuna vera emozione, quando gli si offrivano.

Magari la prossima significherà qualcosa, continuava a sperare. E così ce n'era sempre un'altra che faceva capolino da dietro l'angolo, quando Jack meno se l'aspettava. Alla fine tutto l'affare del sesso clandestino e dell'adulterio divenne semplicemente troppo facile, troppo vuoto e privo di significato.

La soddisfazione era così passeggera, non andava mai oltre il corto circuito nervoso del momento, né durava più del tempo che ci voleva perché il sudore gli si asciugasse sulla pelle.

Jack era decisamente deluso dalla vita. Non c'era niente di minaccioso in questo. Era improbabile che decidesse di mettere in scena un altro suicidio dopo il fiasco con Elizabeth, non c'era pericolo. Così portò la sua croce stoicamente, sicuro ormai che la vita fosse questa, e che forse aveva letto troppi libri o visto troppi film che promettevano di più, cose che in tutta probabilità non esistevano nemmeno.

O forse semplicemente Jack non capiva un accidente di questo concetto alieno di felicità.

Doveva essere una delle lezioni che aveva perso a scuola, per via dell'influenza o qualche altro malanno dimenticato, pensava con un sorriso amaro.

27

Il suo aereo atterrò all'aeroporto di Gatwick, a sud di Londra.

Era metà pomeriggio.

Serge era arrivato un'ora prima dall'aeroporto di Bruxelles ed era vicino all'uscita della dogana, con un enorme zaino accanto. Sorrideva felice mentre Milduta gli andava incontro facendosi largo in mezzo alla caotica folla di turisti estoni, sovraccarichi di vecchie valigie di cartone e di sacchetti di plastica pieni di bottiglie di vodka e scatolette di caviale per i loro parenti all'estero, un regalo conveniente, per via della valuta. Anche Milduta aveva fatto lo stesso, ma si era limitata ai due litri di alcol che supponeva fossero la regola, ignorando il fatto che i funzionari della dogana chiudevano indulgentemente un occhio quando si trattava di voli dall'Europa dell'Est.

Lui alzò le braccia per salutarla.

La prima impressione di Milduta, dopo quasi un anno lontani, mentre lui le si avvicinava facendosi largo attraverso la calca di passeggeri e parenti e amici, fu che non era così alto come lo ricordava. Inoltre, quel suo sorriso largo le sembrò un po' stupido. Non era gentilezza, ma ingenuità. La prese fra le braccia. La memoria è una strana cosa, rifletté.

La giacca di tweed che portava gli stava male e il colletto della camicia azzurra aveva visto giorni migliori.

I suoi capelli castano chiaro erano untuosi, la riga era storta.

«Sei molto carina» disse, dopo averla lasciata andare, e la ammirò.

«Grazie» fu l'unica risposta che riuscì a mettere insieme.

Aveva addosso solamente jeans e una maglietta a maniche corte bianca, roba semplice per viaggiare comoda. Non c'era bisogno di spiegazzare senza motivo i suoi vestiti migliori all'inizio del viaggio, aveva pensato.

«Allora...»

«Allora, eccoci qui. Insieme. Oh, Mimì, sarà fantastico, vedrai. Andiamo, prendo io la tua valigia.»

Si caricò sia la sacca sia la grande borsa di pelle che era appartenuta al nonno di Milduta e fece strada attraverso l'aeroporto. Lei lo seguì docilmente. In un certo senso adesso non sapeva più cosa dire, dopo che per dieci mesi aveva ripassato tutte le parole e tutti i sentimenti messi ordinatamente da parte per questo giorno.

Presero il treno per la Victoria Station, seduti vicinissimi l'uno all'altro in una carrozza aperta, teneramente mano nella mano, mentre Serge non la finiva più di parlare dell'imminente vacanza in Thailandia. Il volo per Bangkok non sarebbe partito prima di mezzogiorno del giorno dopo da Heathrow, l'altro aeroporto di Londra, perciò quella notte avrebbero dormito a Londra. Era riuscito a prenotare un hotel in centro. Milduta osservava la campagna inglese che scorreva fuori dai finestrini del treno. Era più verde che a casa, ma i campi sono campi e le mucche sono mucche. Improvvisamente, il mondo le sembrò più piccolo.

Il cielo era diventato grigio e la sera già incombeva quando arrivarono a Bloomsbury e alle vie che circondavano il British Museum, dove trovarono il loro hotel nei meandri di stradine tutte uguali, piene di alberghetti economici. La stanza era piccola, il letto stretto e il rubinetto del lavandino gocciolava lentamente; Milduta non riuscì a stringerlo abbastanza da bloccare il ritmo fastidioso della goccia. Il tappeto era logorato ai bordi e lo sportello dell'unico armadio non si chiudeva bene.

Noncurante dell'ambiente, Serge l'abbracciò forte, non appena ebbero spinto i bagagli in un angolo della stanza, e la baciò con accesa passione, con la lingua che le scavava nella bocca. Milduta sentì che sapeva di tabacco. Quando erano a Tallinn non ci aveva fatto caso.

Lentamente si staccò da lui.

«Ho fame» disse.

«Andiamo a cercare qualcosa da mangiare allora» replicò Serge.

Trovarono un bar nei paraggi e mangiarono hamburger buonissimi, patatine e bevvero caffè.

Milduta stava per suggerire di fare una passeggiata verso le luci scintillanti di Londra, per esplorare questa nuova città, ma Serge disse: «Ti voglio» prima che potesse proporlo. Ritornarono in hotel.

Perse la verginità quella sera a Bloomsbury.

Dopo tutto, aveva accettato di donare la sua anima al ragazzo belga e ormai non poteva più tornare indietro.

Si spogliarono. L'estate inglese non era più tiepida di quella di Tallinn, ma lei aveva insistito per tenere la finestra socchiusa per via del fumo delle sue sigarette.

Erano scivolati sotto le coperte, entrambi infreddoliti, e furono contenti del contatto della pelle contro la pelle, che li riscaldava. Le mani di Serge le perlustrarono tutto il corpo nudo, Milduta chiuse gli occhi e cercò di sentire qualcosa. Con delicatezza le strinse i capezzoli e lei sentì una fitta di dolore, invece che piacere. Le sue dita continuarono a scendere verso la fica, sondarono quanto fosse bagnata l'apertura, ma lei era ancora relativamente asciutta. Nel tentativo di dimostrare che lo voleva, allungò la mano sotto le coperte e gli cercò il cazzo. Era già durissimo. Lo accarezzò. Serge gemette piano.

I loro arti si aggrovigliarono mentre si abbracciavano, cercavano di tenere i loro corpi entro i confini del piccolo letto che a stento li conteneva entrambi, se stavano fermi, ma andava in crisi con i loro movimenti e i continui spostamenti, mentre prendevano confidenza con la forma e l'intimità dell'altro.

Il braccio scomodamente incastrato nello slancio di un lungo bacio, le lingue che viaggiavano liberamente, Serge si mosse e un con dito le sfiorò inavvertitamente l'ano. Milduta fece uno scatto. Non le era piaciuto, era stata come una scossa elettrica e le aveva tolto il fiato. Le ricordava quanto poco controllo avesse sul suo corpo e sulle sue reazioni.

Serge interpretò male la sua reazione.

«Lo vuoi? Adesso?» domandò.

«Ok» accettò Milduta. Non c'era motivo di rimandare l'inevitabile.

La bocca non serviva, il suo cazzo lungo e sottile era già duro come il legno. Si mise un preservativo. Era una cosa sulla quale lei aveva insistito molto.

Le montò sopra e lei allargò le gambe.

«Lo vuoi davvero?» chiese.

«Sì» rispose.

Si posizionò all'entrata della sua apertura e lentamente cominciò a inserire il membro dentro di lei. Ma erano entrambi nervosi e non riuscì ad andare oltre la cappella a forma di fungo, mentre Milduta involontariamente si contraeva e gli sbarrava la strada. E lui era troppo timido, o delicato, per forzare le sue difese.

«Proviamo in un altro modo, un'altra posizione.»

Si invertirono di posto.

Lui si sdraiò sulla schiena, con il cazzo in piedi come un pennone. Milduta gli si accovacciò sopra e gradualmente si abbassò su di lui. Aveva letto come fare su *Le gioie del sesso*. Era stretta. Nervosismo, poca esperienza, e anche mancanza di un sentimento vero. Ancora una volta il glande fece breccia nella vagina e incontrò resistenza. Milduta si morse le labbra e si forzò di scendere giù, si impalò su di lui con un solo movimento deciso e si lacerò. Faceva male. Sentiva di avere un oggetto alieno dentro le viscere che la invadeva, la riempiva, la allargava fino a limiti fino allora impensabili. Serge cominciò a spingere in alto con le anche mentre lei gli poggiava il sedere sulle cosce e il dolore cominciava molto lentamente a scemare.

Sanguinò molto, e fu contenta di sapere che non avrebbero passato una seconda notte in quella stanza, e quindi non avrebbe dovuto affrontare la cameriera o il personale alla reception, dopo che la macchia enorme sul lenzuolo bianco fosse stata scoperta.

Come si aspettava, dopo aver studiato l'argomento per qualche anno, non provò alcun piacere.

L'acqua del rubinetto, quando dopo andò a lavarsi, era appena tiepida. Guardò con stupore l'amalgama di sangue e sperma che andava a finire giù per lo scarico.

Serge era venuto quasi subito dopo che l'imene si era lacerato.

Mentre giaceva accanto al ragazzo che russava, si rese conto di non sentire più nessuna affinità con lui.

Era già diventato un estraneo.

28

Jack sognò la morte.

Sua moglie era di turno.

La casa tutt'attorno era silenziosa.

Perfino i suoni vigorosi della lavastoviglie e quelli soporiferi del frigorifero arrivavano da un'altra dimensione.

Sognò di morte in minacciosi vicoli bui, di sparatorie da Far West con il sangue che scorreva come ketchup dalle ferite aperte, di morti lente che si trascinavano su letti sporchi di malattia, dai quali ogni speranza era svanita.

Le immagini di fosse comuni nel conflitto in Iugoslavia, viste la sera prima in televisione, gli avevano fatto pensare ai documentari tetri e alle foto in bianco e nero dei campi di concentramento della Seconda guerra mondiale, ai corpi martoriati degli ebrei ammucchiati per essere bruciati. Certo, era ebreo anche lui, anche se di rado aveva provato un minimo di senso di appartenenza alla sua stirpe. Aveva avuto un'educazione troppo liberale e dispersiva. Alle donne che incontrava, spesso diceva ridendo che la sua parte più ebrea era il pene circonciso, visto che non era mai stato tanto curioso da mettere piede in una sinagoga per pregare.

Aveva raggiunto quella che probabilmente era la metà

della vita e stava cercando di tirare le somme dei successi e dei fallimenti.

Gli affari gli andavano bene. I sogni iniziali di una carriera come scrittore, invece, si erano incagliati sulle rocce della realtà della vita. Sapeva benissimo di non avere mai avuto una vera determinazione né lo spirito di sacrificio necessari per avere successo.

Ma faceva ancor più male sapere nell'intimo di non avere niente di interessante da dire. Le sue idee non erano originali e in pratica non nutriva alcuna ambizione di cambiare il mondo o renderlo migliore. Le storie che ancora saltuariamente scriveva mancavano di originalità o di convinzione. Erano per lo più abbozzi che parlavano di altre persone, uomini e donne immaginari, del rapporto fra i sessi e di come le emozioni dominassero le loro vite e le portassero alla rovina. Tutto ciò abilmente avvolto nel comodo mantello di avventure su altri pianeti o in dimensioni fantastiche.

I racconti di Jack non predicevano il futuro, né usavano la tela dei mondi impossibili per contrapporre il bene e il male, come facevano con ineguagliabile verve ed eleganza i maestri del genere.

Lui era decisamente di serie B.

E sapeva stare al suo posto.

Continuava a scrivere rubriche o editoriali per riviste o giornali di settore, ma quello era il tipo di scrittura che poteva sfornare con poco sforzo. Espressione di un talento minore, lo sapeva.

I suoi sogni riguardavano cose diverse dalla transitorietà della fama.

Avevano a che fare con donne, passate e future.

Erano fantasie complesse e meravigliosamente oscene, sogni a occhi aperti di un romanticismo esasperato, che somigliavano a tenebrose leggende medievali, sebbene alquanto più espliciti. Ma sapeva che la persistenza di questi sogni impossibili gli stava danneggiando l'anima, e del resto un'altra parte del suo cervello era consapevole di quanto fosse improbabile che queste storie di folle amore accadessero nella realtà. Che delusione.

Aiutandosi con le dita della mano, teneva il conto delle donne del suo passato, spesso dimenticando questa o quell'avventura di una notte, e si trovava costretto a farne un elenco sul primo pezzo di carta gli capitasse fra le mani. Che subito dopo doveva velocemente distruggere. Prima quelle con cui era andato a letto. Subito dopo, quelle che aveva desiderato a distanza. Quelle che avevano significato qualcosa o altre che non significavano granché e che aveva solo usato. Era forse spregevole per questo?

O in fondo era un brav'uomo?

Non sapeva cosa rispondere.

Ma quella notte i sogni non volevano smettere, lasciavano una scia di desiderio al risveglio, e pesanti nuvole grigie che gli calavano sulla mente.

Gli veniva in mente di come il cancro aveva divorato sua madre dal di dentro e di come non era più andato alla sua tomba, anche se il cimitero era a soli a cinque chilometri da dove viveva adesso. Per paura.

Si chiese che cosa pensasse di lui la gente.

Sapeva di poter accendere e spegnere il suo fascino a piacere, di riuscire facilmente a far sorridere una donna e portarsela a letto. Una qualità che gli sarebbe piaciuto avere quando era ancora giovane e meno cinico.

Ma in fin dei conti, Jack sentiva di essere ai comandi della propria vita con il pilota automatico inserito, ancora in cerca di risposte, desiderando più di quanto già possedeva. Un ingordo che sperava sempre in qualcosa di più.

29

Come sia Serge sia il depliant dell'agenzia di viaggio avevano promesso, la spiaggia, qualche chilometro a est di Phuket, era la perfetta visione del paradiso. Ci arrivarono dopo un lungo e polveroso tragitto in pullman da Bangkok.

Naturalmente sia Serge sia Milduta avevano visto immagini di posti tropicali prima, ma la realtà era un'altra cosa. Fotografie e film non rendevano il calore oppressivo ma liberatorio, la fragranza di spezie sospesa nell'aria e il puro senso di sollievo che si provava all'arrivo in una di queste oasi di bellezza, dopo l'interminabile volo da Londra e il non meno faticoso tragitto dalla capitale su strade scassate piene di buche, e la sonnolenta vicinanza di altri giovani turisti stipati come sardine sui sedili e nei corridoi del pullman.

All'arrivo, Milduta fu sollevata nel vedere che la maggioranza dei giovani turisti occidentali si fermavano altrove.

Notò che il loro hotel sembrava attrarre un tipo migliore di viaggiatore.

Anche se arrivava dai confini dell'Europa dell'Est, non per questo doveva accettare livelli di comfort inferiori, pensava Milduta.

La prima notte in Thailandia aveva dormito come un sasso. Serge l'aveva montata prima di addormentarsi ma lei aveva sentito molto poco, tutto il suo corpo si era già spento per via delle fatiche del viaggio. Quando finalmente si svegliò, il giorno dopo, era passato mezzogiorno e Serge le aveva lasciato un biglietto: era andato in spiaggia e non aveva voluto disturbarla. Diceva che sembrava un angelo mentre dormiva. Aveva riempito il resto del foglio di carta con intere righe di "xxx" per indicare il suo amore.

Era stata una notte piena di sogni bizzarri che Milduta non ricordava più.

Aveva la bocca secca e bevve un paio di sorsi d'acqua dalla bottiglia di Evian accanto al letto. Era orrendamente calda.

Felice che lui non fosse più al suo fianco, passò un'altra ora a rilassarsi, allungandosi pigramente nella delizia di quel letto e del bungalow con il tetto basso, godendosi la solitudine. Il ventilatore sul soffitto ronzava leggermente descrivendo infiniti giri sopra di lei. Sentiva quanto Tallinn e la sua vita passata fossero distanti anni luce. Sentiva anche qualcosa di bagnato fra le gambe: con rabbia si rese conto che Serge non aveva usato il preservativo quando l'aveva penetrata, la notte prima. E lei era stata troppo stanca per accorgersene. Bastardo.

Milduta si alzò pigramente e andò verso il bagno per lavarsi. Perdeva ancora qualche goccia di sangue.

Abbassò lo specchietto per la barba fissato al muro del bagno e si guardò la fica con il lato che ingrandiva. Le labbra erano ancora leggermente gonfie e congestionate, ma a parte quello non sembrava diversa da com'era prima di Londra. Esternamente non c'era niente che indicasse chiaramente che adesso era una donna in piena regola. Sospirò.

Girando nuda per la stanza provava un meraviglioso senso di libertà. Sbirciò dalla finestra e vide la spiaggia che si estendeva fino all'orizzonte, lungo la distesa color smeraldo del mare. Vide Serge, apparentemente addormentato al sole, con la schiena che già cominciava ad arrossarsi, le pagine del tascabile sfogliate dalla brezza. Poco più in là sulla spiaggia c'erano altre persone, sparse a caso qua e là. Guardò meglio: molti di loro erano nudi. Sia uomini sia donne. Echi di risate arrivarono fino a lei.

Serge le aveva comprato un bikini nuovo al duty-free di Gatwick, un modello classico di colore arancione che le era piaciuto subito. Era rimasto sorpreso quando lei gli aveva rivelato di avere un solo costume da bagno.

"Quale mi metto oggi" si chiese.

Non si sarebbe messa nuda, nonostante l'ambiente: non era da lei, lo sapeva, tutto qui.

Era determinata a godersi la vacanza. Non aveva intenzione di pensare al domani, a cosa sarebbe successo dopo l'estate. Qualsiasi cosa fosse accaduta, sarebbe stata decisa dal fato. Indossò il bikini e si diresse verso la spiaggia, bruciandosi le piante dei piedi sulla sabbia rovente, perché aveva dimenticato i sandali.

L'estate passava veloce e lei se la godeva come meglio poteva, nonostante il fatto che il suo stomaco mal sopportava il cibo locale e che soffriva di stitichezza in media un giorno sì e un giorno no, cosa che la faceva sentire gonfia e assolutamente non sexy.

Adesso che gli si era concessa, l'appetito sessuale di Serge era inarrestabile e pareva volesse scoparla ogni mattina, pomeriggio e sera. Il suo desiderio non si spegneva mai.

Milduta non sentiva più alcun dolore durante il rapporto visto che, con gli sforzi iniziali e l'ormai costante pratica, si era allargata abbastanza per il suo cazzo. Spesso, quando chiudeva gli occhi sotto le sue spinte, fantasticava con malizia sui cazzi degli altri uomini che camminavano liberi per la spiaggia. Provava a immaginare cosa avrebbe provato con loro, a essere invasa, aperta a forza e senza pudore. In effetti era l'unico modo per provare un po' di piacere tra le braccia di Serge. Lui non parlava molto, a parte le dichiarazioni di amore eterno da orsacchiotto e la noiosa pretesa di sentirsi dire quanto l'avesse soddisfatta, dopo ogni scopata. Per Milduta era facile mentire.

Serge era anche un animale abitudinario e scoraggiava sempre i timidi, velati suggerimenti di farlo magari in un posto diverso dal letto, tanto per cambiare: fuori sulla sabbia o nella piscina dell'hotel dopo il tramonto, quando non c'era più controllo. Una fantasia con cui Milduta aveva giocato mentre si masturbava, quando lui era sulla spiaggia a leggere i suoi libri di studio, era farlo nella vasca. La sola idea sembrava inorridirlo.

Ma quando erano in camera, era sempre lui ad avere l'iniziativa. Alla fine della loro prima settimana insieme, la sua fica era infiammata sia dentro che fuori per i colpi che doveva subire. Si consolava pensando che il suo pene era relativamente sottile, a differenza di alcuni di quelli che aveva conosciuto in precedenza o ammirato in bella mostra sulla spiaggia nudista. Aveva notato che i tedeschi ce l'avevano splendidamente grosso, a volte anche in modo esagerato. Poteva a malapena immaginare la dimensione che raggiungevano quando erano eretti.

Ma Milduta sapeva anche che fare continuamente sesso con Serge era il prezzo che aveva accettato di pagare per questa vacanza. Certo lui era innocuo, ma lei si era ormai resa conto di aver smarrito qualunque sentimento provato in precedenza per lui. Che peraltro sembrava felice di essersi mangiato tutti i risparmi per lei e per questo idillio tropicale.

Lo stava usando, ma il pensiero non la turbava. Non provava alcun senso di colpa. Dopo tutto, lui stava liberamente facendo uso del suo corpo. Ancora una volta si riduceva tutto a una transazione impersonale che riguardava domanda e offerta. Tutto lì.

Non chiedeva nemmeno più di fargli pompini, del tutto appagato dal scoparla nella posizione del missionario.

Qualsiasi cosa pur di farlo felice.

E così sia.

30

Jack conobbe Edwina a un incontro di lavoro, una di quelle serate da abbigliamento formale e champagne tiepido in cui la gente lo annoiava fino all'inverosimile e in genere teneva gli occhi aperti in cerca di possibili scuse per andarsene via prima. Sua moglie aveva l'influenza e non era potuta andare con lui. Visto il suo umore, avrebbe avuto poca pazienza anche con lei, come gli capitava sempre più spesso, cosa che accresceva i suoi sensi di colpa.

Edwina era alta, ovviamente bionda, e anche lei sposata. Lui però non fece caso alla fede fino al loro secondo incontro.

All'inizio scambiarono quattro chiacchiere sul tempo, il precario stato economico del sistema delle biblioteche pubbliche britanniche e qualsiasi cosa fosse stata sulle prime pagine dei giornali quella settimana, ma fra le righe del loro dialogo montava già il desiderio.

C'era qualcosa di particolare in lei. Il portamento, il modo in cui distoglieva lo sguardo con appena un attimo di ritardo, dopo aver fissato il suo volto pallido, il tono di voce, l'evidente impazienza che condivideva con lui per il posto e le persone che le stavano attorno.

Non poterono sedersi accanto, né scambiare di nascosto i segnaposti del banchetto formale e della cerimonia di premiazione che concludeva la serata, poiché erano stati assegnati a tavoli diversi.

«Dove vivi? A Londra, vero?»

«Sì. Sponda sud del fiume.»

«Hai bisogno di un passaggio dopo?»

«Ho già preso accordi, ma grazie lo stesso. Sei gentile.»

«Peccato. Il tragitto sulla M1 può essere veramente noioso. Sarebbe stato carino avere compagnia.»

«Magari un'altra volta.»

Un breve silenzio finché la cameriera che faceva il giro con il vino non ebbe riempito i loro i bicchieri.

«Strano non esserci mai incontrati prima.»

«Sì, in effetti.»

Jack fece un profondo sospiro. Edwina continuava a guardarlo, come aspettasse che lui dicesse qualcos'altro, prima di percorrere il breve tragitto fino alla tavola alla quale era assegnata. Quasi tutti gli altri invitati avevano già preso posto. Alla fine fu lui a parlare.

«Mi piacerebbe rivederti.»

Lei non batté ciglio. L'ombra di un sorriso le attraversò le labbra.

«Anche a me» rispose.

Gli porse un biglietto da visita.

«È il mio personale.»

La prima volta che andarono a letto, persero completamente il controllo, come se entrambi avessero aspettato quel giorno per tutta la vita. Furono colti di sorpresa. Fu pieno di rabbia, di smania assoluta, volgare e tenero, selvaggio e profondo, una regressione alle fonti primordiali del desiderio. Un secondo dopo essersi baciati con sfrontata avidità e aver chiuso la porta della camera alle loro spalle, lei gli sussurrò all'orecchio: «Ti voglio dentro di me, subito...» e non riemersero dalla nebbia rossa prima di quattro ore, entrambi senza fiato, senza parole e con la mente preda di un subbuglio che mai si sarebbero potuti aspettare.

Nel giro di pochi istanti, mentre calava il silenzio e non riuscivano a staccarsi gli occhi di dosso, ancora madidi di sudore, con le lenzuola aggrovigliate e macchiate in mezzo a loro, la passione che avevano liberato divenne, senza che lo volessero, un moto d'affetto.

Edwina si piegò e cominciò a leccargli il cazzo, ancora ricoperto dei suoi umori.

«Non è pulito» protestò debolmente Jack.

«E allora?» fu la sua unica risposta, prima di prenderlo tutto in bocca. Lui sentì un'impossibile erezione che si risvegliava.

Per la prima volta da che riusciva a ricordarsi, Jack si sentì appagato e per un momento perse contatto con il vuoto che gli aveva assediato le viscere.

Si incontravano a ogni possibile occasione, quando riuscivano entrambi a crearsi degli alibi plausibili. Era tutt'altro che facile, perché organizzarsi per una relazione adultera fissa è un casino, un'impresa molto più problematica rispetto ad avventure di una notte o scopate in preda ai fumi dell'alcol contro i muri di qualche luogo buio.

Approfittavano delle pause pranzo, prendevano a pretesto riunioni straordinarie, inventavano week-end di lavoro per avere la scusa di incontrarsi e dormire insieme. Non che finissero per dormire granché, dopo essersi strappati i vestiti di dosso.

Facevano l'amore sul pavimento, sui tavoli e nelle vasche da bagno degli hotel. Per loro il mondo intero era una miniera di possibilità: come darci dentro selvaggiamente in macchina in un posteggio sotterraneo, esposti di certo all'onnipresente telecamera di sicurezza e a testimoni che se la ridevano. Non avevano il minimo pudore. Si masturbavano a vicenda nell'oscurità dei cinema, nelle prime file dove pochi si avventuravano. Scopavano in macchina, nelle aree di servizio delle autostrade, troppo impazienti per raggiungere l'hotel che avevano prenotato pochi chilometri più in là, o perfino mentre ancora lui stava guidando, con lei che gli si sedeva sopra e godeva delle spinte del suo pene dentro di lei a ogni nuova asperità della strada di campagna sulla quale procedevano. Erano infaticabili e gioiosi. Schiavi dei loro corpi.

Lui le legava le mani e, sotto shock, lei arrossiva violentemente di piacere. Nessun uomo l'aveva mai legata prima di allora. Immaginava di essere una schiava, come in un romanzo s/m di Anne Rice.

Faceva breccia nell'anello dello sfintere prima con due e poi con tre dita mentre lei si dimenava selvaggiamente al suo tocco invasivo, come posseduta, lui le parlava dolcemente all'orecchio di tutte le altre cose turpi che avrebbe potuto farle.

«Sì...» gemeva Edwina, quasi sul punto di avere un orgasmo. «Sì. Voglio essere usata, usami, usami, e usami ancora...»

Jack faceva progetti.

Voleva portarla a New York, Barcellona, Bangkok. Ogni volta che esauriva una delle sue fantasie più spinte, ne creava subito di nuove, che proiettavano Edwina in posti lontani dove la sua bellezza, il suo leggero pallore potessero brillare come una perla che occhieggia dalla sua conchiglia.

Le promise il mondo e anche di più.

Gli piaceva osservare le chiazze di rossore orgasmico che le si spandevano dalle guance al petto mentre giaceva a letto, ancora gocciolante dei suoi succhi, nella penombra delle stanze anonime che erano costretti a usare. Gli piaceva l'odore forte dei loro sforzi e l'eco delle oscenità che si erano sussurrati e che ancora restavano sospese come una nuvola nell'aria, mentre riprendevano fiato.

Adorava i suoni leggeri che la vagina soffiava fuori a ogni spinta profonda del suo cazzo che creava piccole sacche di aria nelle viscere calde. Quando succedeva lei arrossiva e si scusava, ma il suo imbarazzo galvanizzava lo straripante amore per lei.

Jack si sentiva rinato.

31

Durante il noioso viaggio di ritorno dalla Thailandia, Milduta si fermò poco all'aeroporto di Gatwick, prima di prendere la coincidenza per Tallinn su un volo economico. Serge aveva in programma di fermarsi qualche altro giorno a Londra per incontrare degli avvocati, colloqui procurati da suo zio, per assicurargli un lavoro nell'ufficio di Bruxelles di uno studio legale inglese.

Milduta, abbronzata e radiosa dopo due mesi passati a crogiolarsi al sole della Thailandia, ritornò come un automa al suo vecchio lavoro e, restia a cercare seriamente una nuova sistemazione permanente, subaffittò una stanza piccola e senza finestre nell'appartamento di una conoscente di suo fratello.

Era decisa a non fermarsi a lungo nella nativa Estonia.

Sarebbe ritornata in Occidente, ne era sicura, a qualunque costo.

Nel frattempo, dopo tutte quelle settimane a farsi scopare dallo stesso cazzo, aveva proprio bisogno di farlo con uomini diversi.

Riprese quindi la routine di concedere pompini ai suoi accompagnatori serali. Un sabato sera d'ottobre bevve decisamente troppo dopo una festa di lavoro, abbassò la guardia e consentì a un marinaio polacco di scoparla brutalmente nel sottopassaggio della stazione.

«Voglio la tua fica, carina, non la bocca» le disse, reagendo con rabbia alla sua proposta iniziale.

Totalmente privo, buone maniere, la rivoltò sul cofano di una Skoda lasciata ad arrugginire, le strappò le mutandine e la impalò con una sola spinta poderosa, sculacciandola ripetutamente mentre spingeva sempre più a fondo dentro di lei. Se gli fosse rimasto duro qualche minuto di più, sarebbe perfino venuta, un'esperienza che ancora doveva provare con un uomo.

Serge le scrisse all'inizio dell'autunno, chiedendole di raggiungerlo in Belgio per le vacanze di Natale. Aveva parlato di lei con i suoi genitori che ora erano entusiasti di conoscerla. Ovviamente, avrebbe provveduto lui a mandarle un biglietto aereo e a fornirle il solito invito formale per il consolato, in modo da ottenere un visto di uscita dal paese.

Milduta accettò di fare il viaggio. Ai genitori di Serge piacque subito, così come pure alle sue due sorelle: era carina, educata, e parlava inglese con un accento assolutamente adorabile. E sebbene la sua provenienza dal Baltico non fosse per loro esattamente l'ideale, riconoscevano che era senz'altro meglio di certe spregiudicate ragazze locali, con le quali il figlio era uscito in precedenza. Lei era il minore dei due mali, molto più presentabile e riservata. Per mantenere le apparenze, dormiva nella stanza degli ospiti. In un paio di occasioni, Serge la raggiunse a notte fonda quando il resto della casa dormiva, ma Milduta fece finta di avere le mestruazioni e si rifiutò di fare sesso.

«Non importa» protestava timidamente. «Staremo semplicemente più attenti.»

«No» rispondeva Milduta. «Vedi, è che proprio non mi piace l'idea di fare sesso quando... sono sporca lì sotto.»

La notte di Natale, lei e Serge furono invitati a una grande cena con dei suoi amici della facoltà di Legge. La maggior parte degli studenti erano del posto, ma c'era anche una manciata di uomini e donne olandesi che avevano frequentato gli stessi corsi o avevano tenuto dei seminari. Serge le presentò Henk, che era stato il suo lettore nel corso di diritto commerciale alcuni anni prima. Henk aveva la barba, lavorava adesso per una rivista economica rivolta all'industria del trasporto navale, e aveva dieci anni più di Milduta.

Bevvero tutti troppo.

Allo scoccare della mezzanotte, dopo il tradizionale e goffo bacio di Serge, Milduta si ritrovò di fronte l'esile olandese.

«E a me non tocca un bacio?» le disse strizzandole l'occhio.

Lei si girò. Serge stava abbracciando affettuosamente altri amici.

Si fece più vicina a Henk.

Un'ora dopo, Milduta lasciò con lui la festa e ci passò la notte insieme.

Il giorno dopo, Henk si presentò nella casa a due piani dove vivevano Serge e i suoi genitori, si scusò a nome di Milduta in modo scarsamente convincente, prese la sua valigia e i suoi vestiti e li portò via. Lei andò con lui a Londra, per qualche giorno prima della fine dell'anno.

In Olanda Henk abitava in una casetta vicino a un canale, a solo mezz'ora di macchina da Amsterdam. Aveva una personalità molto dominante. Cosa che le stava bene. Le piaceva il fatto che prendesse tutte le decisioni e che il suo destino non fosse più esclusivamente nelle sue mani.

Possedeva anche un piccolo barcone di legno che usava in estate per accompagnare i turisti sui canali della regione. Sperava che un giorno quest'attività decollasse e che gli consentisse di lasciare l'altro lavoro. Aveva una barba che le faceva il solletico, ma le piaceva che le leccasse spesso la fica con una certa foga, come preludio prima di montarla. Così riusciva a venire facilmente, molto prima che lui la penetrasse. Quello che seguiva aggiungeva ben poche sensazioni al suo piacere, anche se si rendeva conto che era una parte necessaria del suo repertorio sessuale.

Aveva un cazzo più chiaro di quello di Serge, ma decisamente più grosso, la cappella a forma di fungo rivelava una tonalità rosa piuttosto che viola, dopo aver delicatamente srotolato la pelle tesa che la ricopriva.

Non sapeva nulla del suo passato. Non gli faceva domande. Viveva con lui, non era forse abbastanza?

Milduta rifiutava semplicemente di indulgere in sentimentalismi.

C'erano giorni in cui Henk era una buona compagnia, generoso, espansivo. Ce n'erano altri in cui era silenzioso e di cattivo umore. Milduta accettava sia gli uni sia gli altri. Cominciava ad afferrare l'olandese e le sue inflessioni gutturali.

Dopo sei mesi, Milduta rimase incinta di Henk. Si ricordava perfino con incredibile precisione la volta in cui era successo. Quel giorno avevano litigato malamente, a proposito di soldi e della loro mancanza, e avevano finito per mettersi a bere quel tremendo liquore di ginepro che a lui piaceva da morire. Lei stava salendo le scale con equilibrio precario per andare nella stanza da letto al piano superiore e lui l'aveva seguita, l'aveva bruscamente tirata e fatta cadere giù sui gradini, le aveva alzato la gonna, le aveva divaricato con rabbia le gambe e le era entrato dentro, mentre le tirava furiosamente i capelli all'indietro fino a farle veramente male. Per fortuna era venuto velocemente. Il mattino dopo, si era ritrovata piena di lividi sulle costole e sullo stomaco, là dove il peso del corpo di lui l'aveva atterrata sulle scale mentre con violenza si prendeva piacere dal suo corpo passivo.

Dopo avergli annunciato la gravidanza, lui non dimostrò mai la minima contentezza, e si riferiva sempre al bambino in arrivo come se fosse figlio esclusivamente di lei. Da quel giorno in poi, e per tutti i successivi cinque mesi, fino a quando non diventò troppo grossa, si rifiutò di fare l'amore con lei per via vaginale, e usò la gravidanza come scusa per incularla più volte, cosa che a lei non piaceva affatto.

Ma Milduta era decisa. Voleva questo bambino più di ogni altra cosa, quindi non disse niente e consentì a Henk, che a quel punto aveva perso il lavoro alla rivista e cercava fortuna come barcaiolo, di dominarla e usarla.

Se fosse stata una bambina, aveva deciso di chiamarla Aida, il nome operistico della sua amica, morta di parto l'anno prima.

32

La relazione di Jack con Edwina finì bruscamente così come era cominciata. Una notte gli aveva sussurrato piano all'orecchio quanto lo desiderava e come nessun uomo l'aveva mai appagata così intensamente, e quattro giorni dopo aveva buttato lì, guardando altrove, che forse era meglio non vedersi per qualche mese. Fra calmare le cose. Cercare di rimettere nella giusta prospettiva questa relazione. Jack sapeva cosa voleva dire questa richiesta.

Nel giro di pochi giorni, nonostante le sue suppliche e le lettere deliranti, lei aveva completamente rotto i ponti ed era ritornata al suo monotono matrimonio.

Non capì mai cosa fosse successo. Pensò che il marito avesse scoperto la relazione e le avesse dato un ultimatum. Qualunque fosse la causa di quell'improvviso cambiamento di rotta, comunque, non importava più. Lei aveva scelto il minore dei due mali, aveva dedotto Jack, e a lui non rimaneva che raccogliere i cocci.

Non si era assolutamente reso conto di quanto fosse vicina la fine della loro storia. O forse aveva intenzionalmente ignorato i primi segnali di allarme. Quella volta che lei aveva fatto casino con l'alibi che aveva preparato, ad esempio. Non rispose alla telefonata del marito e pensò che lui avrebbe fatto due più due e l'avrebbe sbattuta fuori di casa. Aveva pianto disperatamente, anche se non era una telefonata di controllo, ma solo una banalità di cui lei si era completamente dimenticata. O lo sguardo distante nei suoi occhi grigi ogni volta che Jack descriveva le città straniere dove avrebbe voluto portarla un giorno. O ancora, la sua insistenza nevrotica per andare sempre in bar e hotel dove non si sarebbero mai imbattuti per caso in nessuna delle loro conoscenze comuni.

Nelle settimane seguenti Jack affogò il suo immenso dolore lavorando come un pazzo tutto il giorno e passando le notti ad ascoltare musica malinconica a volume altissimo, triste colonna sonora della sua piccola tragedia personale.

E ricominciò a sognare la morte.

Il dolore si trasformò presto in rabbia, saltando a piè pari le altre cinque (o erano sei?) fasi previste nei libri di teoria del dolore.

Così Jack sognò la morte di Edwina in più di mille modi. Incidenti banali, orribili catastrofi sia naturali sia provocate dall'uomo, autoinflitte, premeditate. La immaginò vittima del destino, colei che *deve* morire. Immaginò le ferite, le violenze, gli ultimi minuti di agonia in cui lei avrebbe rivissuto tutta la sua vita in un flash, istante in cui, ovviamente, si sarebbe resa conto di quanto avesse sbagliato a respingerlo. Poi il suo distorto modo di interpretare la vendetta fece qualche passo indietro e costruì degli scenari completi e molto elaborati, che comunque conducevano tutti alla sua dipartita. Storie piene di furia e autodisprezzo, in cui il freddo cuore di Edwina diventava di ghiaccio mentre lui ricordava e interpretava con occhi nuovi ognuno dei loro incontri, degli amplessi e delle conversazioni, alla ricerca dei segni premonitori di quella decisione finale, per poi punirla inesorabilmente con l'ira del suo amore.

Jack, per un po' di tempo dopo la rottura, pensava veramente che l'avrebbe preferita morta piuttosto che non più sua.

Poi venne il momento di concepire storie ancora più stravaganti per liberarsi del marito cornuto, che odiava più dell'odio stesso, semplicemente per il fatto di esistere.

E, in momenti di massima degradazione, sognava perfino, brevemente, della morte di sua moglie. Una malattia tropicale la infettava durante i giri in corsia, un incidente d'auto mentre rispondeva a una chiamata d'urgenza, un infarto, un'allergia a qualche nuova specie di frutta che se la portava via dopo pochi minuti dall'ingestione.

Erano sogni.

Sperava veramente che uno qualsiasi di questi orribili desideri diventassero realtà? Non proprio. Era solo un derivato della rabbia che gli ribolliva dentro, dell'amarezza che lo consumava.

Un modo bizzarro di esorcizzare gli eventi recenti e la perdita della strega Edwina.

E del resto, tutti questi pensieri di vendetta non concludevano niente.

Jack si rendeva bene conto di essere troppo vigliacco per fare alcunché del genere. E comunque nulla avrebbe potuto cambiare il passato. La vita non era un racconto di fantascienza.

Forse era solo un inguaribile romantico che aveva visto troppi film e aveva sempre pensato che ogni vita, ogni relazione esigesse una colonna sonora.

O era un disgustoso, cinico pornografo che credeva che la scioccante intimità di un eccesso sessuale potesse diventare arte con il giusto accompagnamento musicale?

Gli andavano bene entrambe le teorie, concluse.

E il realista in lui arrivò alla conclusione che più vai avanti negli anni, più ti ritrovi solo, e più hai un bisogno disperato di amore.

La sua mente senza pudore era già occupata a speculare su quale colonna sonora sarebbe stata degna della prossima donna che avrebbe incontrato. Non gli interessavano gli alberghi, le stazioni dove si sarebbero potuti incontrare per la prima volta, o le stanze d'albergo che avrebbero offerto rifugio ai loro corpi, il colore della carta da parati, o se lei avrebbe tenuto gli occhi aperti mentre scopavano. Voleva solo sapere come sarebbe stata la musica. Cercava invano di indovinare in anticipo che tipo di melodie avrebbero accompagnato meglio le telefonate ansimanti, i desideri inespressi, la tristezza che avrebbe fatto congiungere i loro corpi.

Un pezzo dance di Jamiroquai?

Una *ballad* melanconica dei Goldfrapp?

Jack si domandò se Edwina, per non parlare della prossima sconosciuta che si sarebbe affacciata nella sua vita, avesse mai ascoltato i Grant Lee Buffalo dei loro tempi migliori.

33

Dopo la nascita del loro bambino, Milduta dichiarò a Henk di non essere più innamorata e nemmeno minimamente più attratta da lui. Lui reagì mettendosi a urlare e minacciandola con violenza.

Ma ormai non le importava più. Con la nascita del bambino le era stata automaticamente concessa la cittadinanza olandese e sapeva di quali benefici aveva diritto, se avesse voluto lasciare la casa di Henk per un qualsiasi motivo.

Aveva chiamato il bambino Ivo. La sera in cui era nato, Henk era fuori a bere con gli amici. Per i due mesi precedenti, la depressione di Henk si era manifestata in modo più evidente. Sua sorella aveva messo in guardia Milduta sui suoi malumori, la prima volta che si erano incontrate, dopo che Henk l'aveva portata in Olanda. Ma i sintomi erano peggiorati da quando aveva perso il lavoro alla rivista.

Si chiese quale fosse il suo problema con gli uomini. Che cosa aveva visto in lui? Era come un barbaro, senza il minimo buon senso e tutte le sue dimostrazioni di affetto erano finalizzate al sesso. A parte i soldi, che aveva comunque grosse difficoltà a guadagnare, pareva avere uno scarso interesse per la maggior parte delle cose.

Lei rifiutava qualsiasi contatto carnale con lui e andò a dormire nella stanza degli ospiti con il bambino.

Passavano giornate intere insieme sotto lo stesso tetto senza rivolgersi mai la parola. Lui cercava di far pubblicare qualche articolo sulle riviste, la clientela durante i mesi invernali scarseggiava e quindi la nascente attività di organizzatore di escursioni in barcone stentava a ingranare.

Non riusciva proprio a capire la decisione di Milduta e il suo cambiamento di comportamento. Litigavano costantemente, lei gli rinfacciava di non aver mai veramente voluto il bambino. Ivo era biondo, come suo padre, un cherubino con un carattere molto simpatico.

Per ottenere una certa indipendenza, Milduta si organizzò con un'altra donna estone che aveva incontrato in paese per dividersi un lavoro: così facevano ognuna tre giorni alla settimana nella catena produttiva di una fabbrica di biscotti. Il lavoro era stupido e la compagnia delle altre donne era volgare e deprimente. Non parlavano d'altro che del tempo e dei programmi televisivi del giorno prima. Nei giorni in cui Milduta lavorava, la sua amica badava a Ivo e ai suoi due bambini. L'accordo era conveniente per entrambe e Milduta cominciò a mettere via dei soldi per la sua fuga programmata dalla relazione con Henk.

«Presto non avrò più bisogno di te» gli urlò una sera in cui il suo atteggiamento era più maleducato del solito e si era dimenticato di pulire il bambino mentre lei era a fare la spesa.

«Non hai il coraggio di lasciarmi, puttana russa da due soldi.»

«Aspetta e vedrai.»

«Ah sì? E che cosa farai? Ti troverai un altro stronzo da sfruttare?»

«Sei un bastardo!»

Di nascosto incontrò un avvocato per informarsi sui suoi diritti. Era determinata a far sì che Henk non ottenesse mai la custodia di Ivo, nel caso in cui lei avesse abbandonato la sua casa. Fece anche domanda al municipio per farsi assegnare un posto in cui vivere con il bambino, e ottenere assistenza per pagare l'affitto e le spese per il figlio.

Nel periodo in cui litigavano continuamente, Milduta accennò alla possibilità di andarsene. Henk non credette alle sue minacce, ma si gonfiò di risentimento.

Quando gli ultimi risparmi finirono e i vari progetti non portarono a casa denaro a sufficienza, fu costretto ad accettare un posto come autista di navetta tra i terminali all'aeroporto Schipol, a circa un'ora dal paese. Almeno così lei non doveva più sopportare la sua presenza nei giorni in cui era a casa.

La sera del primo giorno di paga, non ritornò a casa. Lei gli mise la cena nel microonde e se ne andò a letto. Lui si presentò il giorno dopo dicendole tutto fiero che la notte prima era andato a trovare una puttana nel quartiere a luci rosse di Amsterdam. Milduta alzò semplicemente le spalle.

«Era molto meglio di te. Finalmente una donna che le si bagna la passera e che apprezza il cazzo di un vero uomo.»

Milduta ignorò le sue volgarità.

«Non ho bisogno dei dettagli...»

«Perché no?» le rispose urlando. «Solo perché tu non vuoi scopare con me, non significa che tutte le donne mi ignorino» disse.

«È solo perché l'hai pagata» Milduta rise forte. «Che stupido...»

Henk diventò paonazzo e la colpì sulla guancia, poi la buttò sul pavimento del salotto, le tirò giù i jeans e la violentò con rabbia. Milduta era ancora sotto shock per il colpo che aveva ricevuto e saggiamente rimase passiva per tutto il tempo, temendo di essere colpita ancora. Era asciutta mentre le teneva a forza le cosce aperte e la penetrava con forza e con brutalità. Provò un gran dolore.

Mentre si sfogava dentro di lei, Henk non riuscì a resistere alla tentazione di sussurrarle ansimando altre minacce e oscenità varie all'orecchio. Decise di chiudere gli occhi e spegnere la mente.

Dopo aver finito con lei si alzò, il cazzo ancora mezzo eretto e gocciolante di sperma, e si diresse in silenzio verso la sua stanza a smaltire l'alcol che gli annegava il cervello. Milduta rimase sdraiata per terra e in lacrime.

La mattina dopo andò da un medico a farsi fare un check-up completo. Era terrorizzata che lui potesse aver beccato qualche malattia dalla puttana e che gliel'avesse passata.

Fece anche un'altra telefonata all'ufficio del municipio dove aveva fatto domanda per l'alloggio, e cercò di impressionare l'impiegata all'altro lato della linea telefonica, per farle capire quanto fosse urgente per lei.

34

Jack si imbatté quasi per sbaglio in una chat room.

Le sue iniziali avventure su Internet si erano tutte limitate a scrivere la parola "sesso" e a seguire passivamente il percorso a cui lo portavano i motori di ricerca. Il viaggio era decisamente affascinante ed espandeva ampiamente i suoi parametri sia di perversione sia di immaginazione. Una vera e propria galassia di siti pornografici per ogni gusto, sigle *alt.sex* di gruppi di discussione, aree interattive, siti amatoriali e commerciali dove assolutamente tutto era concesso e anche di più, dalle donne pelose a quelle completamente rasate, dalla penetrazione anale al sesso con animali, e poi ciccioni e feticisti dei piedi, solo per fare qualche nome fra le perversioni più prevedibili in mostra o in vendita. Tutto ciò gli fornì in realtà alcune buone idee per dei racconti, e al tempo stesso un modo per giustificare tutto il tempo che perdeva davanti allo schermo del suo computer invece di lavorare veramente. Per non parlare delle sostanziose bollette del telefono.

In seguito cominciò anche a comunicare via e-mail con amici e conoscenti. Questo metodo era davvero più immediato ed efficiente, gli faceva risparmiare le buste, i francobolli e la tradizionale passeggiata alla buca delle lettere. C'era anche un che di eccitante in questo tipo di comunicazione. Scrivere una lettera diventava molto più personale e perfino gente che si conosceva appena entrava subito in una sfera osé di intimità. Un'altra collezionista, una donna in Australia, gli scrisse un messaggio in seguito a un pezzo apparso in una rivista. Molto presto la loro corrispondenza prese una piega assolutamente personale, via via che cominciarono a scambiarsi le fantasie e i segreti sessuali più privati. Il mezzo in sé portava subito tutti a flirtare.

Aveva sentito parlare delle chat ma per qualche motivo non ne era mai stato attratto. Aveva sempre immaginato che consistessero in un'accozzaglia di gente squallida che discuteva fino allo sfinimento dei più insignificanti dettagli di *Star Trek* e simili fino all'alba. Il tipo di fessi che evitava come la peste alle conferenze, che scrivevano Tolkein invece di Tolkien o che bloccavano le scale dell'hotel per giocare a *Dungeons and Dragons* con un ghigno soddisfatto sulle facce pallide. Sapeva già che le possibili conversazioni nelle chat lo avrebbero annoiato a morte oppure, ancora peggio, avrebbero fatto montare la sua rabbia in ondate di irritazione esasperata.

Un editore del Texas gli aveva chiesto una storia per un'antologia di racconti inediti sull'amore nel terzo millennio. Aveva accettato di buttare giù una nuova storia e si era segnato sull'agenda la data di consegna, ma altri impegni e il vivere quotidiano lo avevano distratto e si era ricordato del racconto promesso solo una settimana prima. Di solito lavorava bene con le scadenze vicine, la pressione agiva da sprone per l'ispirazione. Una notte insonne, mentre le immagini di innumerevoli donne (passate, potenziali o dimenticate) gli attraversavano la mente come navicelle spaziali in rotta verso stelle lontane, in qualche modo gli venne un'idea. Come sempre, era l'ennesima variazione di una delle sue perenni ossessioni sentimentali. Gli ci vollero solo un paio di giorni di lavoro al computer e, dopo due litri di Pepsi, tre barrette di cioccolato e una buona dose di grattate di testa, il racconto era pronto: 5200 parole. Lo intitolò *Kiss me*.

Lo spedì per il Texas con un corriere DHL.

Sperò che potesse funzionare.

Cinque giorni dopo l'editore dell'antologia gli rispose via e-mail. Gli erano piaciuti tantissimo l'idea centrale, i personaggi, il colpo di scena finale, pensava che il racconto avesse veramente dei momenti altissimi, e buone possibilità di vincere un premio. Il Nebula o perfino l'Hugo Award. Ma riteneva che avesse bisogno di qualche cambiamento. Non proprio una riscrittura, appena un paio di capitoli extra, piccole correzioni, non di più.

Aveva sempre saputo che i racconti che scriveva erano un pochino fuori, lontani da quello che viene solitamente dato in pasto al mercato popolare americano, ed era per questo che non riceveva poi tanti inviti a contribuire ad antologie negli Stati Uniti. C'era solo un editore, da qualche parte nello Iowa, che era entusiasta della sua eccentricità. Sarebbe stato bello ampliare il suo mercato. Rispose dicendosi assolutamente disponibile, forse sarebbe stato meglio discutere dei cambiamenti per telefono, quando sarebbe stato un buon orario per chiamare?

«Lascia perdere il telefono» fu la risposta, un'ora dopo. «Vedo che usiamo lo stesso provider Internet, sarebbe più economico e più facile fare le correzioni online.»

«A me sta bene, come facciamo?» chiese a Neil, l'editore texano.

Questi gli diede una breve lista di istruzioni da seguire sul suo computer, una volta collegatosi all'orario stabilito: «Trova GO sul menu e scrivi CS3» o qualcosa del genere.

Si decise per lunedì, tardo pomeriggio, per tener conto della differenza di fuso orario tra Londra e Austin.

Scrisse «Yes» due volte. E arrivò alla destinazione finale. Nel giro di pochi secondi (non si era ancora ben raccapezzato in mezzo a tutte le finestrelle e sezioni che apparivano) ci fu un ping, come una specie di campanello smorzato, e sullo schermo gli si aprì una finestra nella quale compariva una riga di testo. Diceva solamente «Neil» e «benvenuto».

Scrisse «ciao» e cominciarono a fare delle correzioni. Neil gli spiegò che stava salvando tutto sul suo computer e che poi avrebbe incollato i cambiamenti nel racconto.

Per tutto il procedimento ci volle solo un'ora e gli interventi furono molto meno pesanti di quanto avesse temuto inizialmente. Neil suggeriva una modifica, lui accettava e gli forniva una nuova riga o paragrafo. O Neil, dal Texas, accettava la correzione, oppure dava un nuovo suggerimento. Cominciò velocemente ad apprezzare la facilità delle correzioni online. Ecco un altro fantastico modo di usare il computer, pensò. Si ricordò, ironicamente, di quanto fosse stato riluttante inizialmente a convertirsi. Gli sembrava già un'altra vita.

C'era solo un inconveniente. Ogni tanto, durante la loro conversazione in tempo reale, quel dannato ping si metteva a suonare. Da pessimista che era, cominciò a preoccuparsi che ci fosse qualcosa di difettoso nel suo computer.

Finirono le correzioni con soddisfazione da parte di entrambi e stavano soltanto chiacchierando quando pensò di chiedere a Neil di quello strano rumore che sentiva occasionalmente. Essendo più esperto in fatto di computer, forse sapeva quale potesse essere il problema.

«Ah ah» scrisse Neil. «Non devi preoccuparti.» Erano in una chat pubblica e si erano dimenticati di andare in una stanza privata, per cui erano solo altre persone che cercavano di contattarlo. «Ho capito» rispose Jack, cercando di non tradire la sua inesperienza.

Si salutarono e Neil si disconnesse. Di nuovo a Londra, rimase online e, ovviamente, qualche minuto dopo la campanella suonò di nuovo e sul suo schermo si aprì la finestrella della chat.

<Dave scrive>
Ciao.
<106562.2021 risponde>
Ciao.

La risposta arrivò subito.

<Dave scrive>
Dove sei?
<106562.2021 risponde>
A Londra.
<Dave scrive>
M o f?
<106562.2021 risponde>
Come?
<Dave scrive>
Maschio o femmina?
<106562.2021 risponde>
Ah. Maschio.
<Dave scrive>
Ok. Ciao.

Una riga che diceva «Dave ha lasciato la stanza» apparve sullo schermo.

Il suo primo interlocutore era scomparso. Intrigato, aspettando la chiamata successiva, cominciò a esplorare con il mouse le varie opzioni: presto capì che poteva cambiare il numero di connessione con il suo nome. Poi cliccò sul link "Chi c'è" e scoprì una lunga lista di nomi, molti osceni, alcuni divertenti, iniziali, codici, pseudonimi.

Di nuovo il ping.

<23 cm scrive>
Ciao bellezza

Sorrise. Rispose.

<106562.2021 risponde>
Come stai?
<23 cm scrive>
Sei vestita?

Si rese conto che il tizio dall'altro lato l'aveva scambiato per una donna.

Maliziosamente decise di stare al gioco per un po'.

<106562.2021 risponde>
In verità non completamente.
<23 cm scrive>
Perfetto... hai le tette grosse?
<106562.2021 risponde>
No, appena una prima, temo.
<23 cm scrive>
Non importa, mi piacciono anche piccole. Vuoi divertirti?
<106562.2021 risponde>
Perché no?

E così Jack entrò nel mondo delle chat e del sesso virtuale. E dei giochi di ruolo.

35

Milduta amava il suo bambino intensamente. Era completamente suo, totalmente dissociato da Henk. Poteva stare ore a guardare il piccolo Ivo gorgogliare, sorridere beatamente quando gli accarezzava la pelle morbida e vellutata del pancino. Non le importava nemmeno dei suoi pannolini sporchi puzzolenti più che mai, o dei rigurgiti frequenti di latte cagliato e altro. In un certo senso rendeva la vita in casa di Henk ancora sopportabile. Suo padre, d'altra parte, guardava appena il nuovo bambino. Non c'era cattiveria ma piuttosto la semplice perplessità che questo nuovo essere umano in miniatura potesse essere scaturito dal suo seme e dalla ragazza estone che gli stava causando tanto dolore.

Ma i bambini tendono anche a dormire per la maggior parte del giorno, e Ivo non faceva eccezione. Anzi, a Milduta sembrava addirittura che dormisse più del normale, ma il pediatra che lo visitava la rassicurava che non c'era da preoccuparsi, il bambino mangiava con sufficiente appetito. Milduta era quasi subito rimasta senza latte, con suo grande sollievo, visto che il trattamento del piccolo Ivo sui suoi capezzoli era doloroso: fu contenta che passasse al latte in polvere senza effetti negativi.

Comunque, tutto il tempo in cui il bambino dormiva sembrava infinito, lasciando Milduta preda dei suoi pensieri, bloccata nel piccolo appartamento a guardare i corvi che volteggiavano sul canale, spesso congelato. E più rimaneva da sola con domande e dubbi, più si sentiva malinconica. Sicuramente doveva esserci qualcos'altro, qualcosa che mancava nella sua vita. Essere diventata madre non era abbastanza.

Henk era fuori casa per quasi tutto il giorno, lavorava all'aeroporto e nelle ore libere faceva altri lavoretti. Imparò da sola a usare il suo computer. All'inizio, era solo per passare il tempo, un giocattolo interessante. Per pura curiosità, scrisse le parole "sesso" e "amore" in un motore di ricerca.

Nel giro di un'ora era arrivata in una chat per adulti e aveva velocemente appreso i rudimenti necessari per flirtare con gli uomini che le capitava di incontrare.

Era divertente.

C'erano così tanti uomini nel mondo, tutti che cercavano di far colpo su di lei, tutti interessati a lei, che si proponevano con frasi divertenti o sconce, sbavando dall'altro lato di quello schermo pulsante.

Nella sua ingenuità, a Milduta non venne mai in mente di mentire a quegli uomini.

Il suo pseudonimo era "Mimì, ragazza estone".

Non aveva scrupoli a rivelare la sua identità né dove si trovava più o meno (la maggior parte dei membri del forum erano americani, il che rendeva le cose abbastanza sicure, pensava). Scoprire che era in Olanda suscitava raffiche di "*wow*" e "*cool*" che la facevano sorridere. Dopo poco tempo cominciò a ricevere inviti per visitare gli Stati Uniti, e velate offerte di biglietti aerei gratuiti per andarci.

Henk aveva uno scanner con il quale si mise a sperimentare e, dopo una serie di tentativi, era riuscita a trasferire una sua foto sul computer. Quando il suo corteggiatore si dimostrava abbastanza divertente o fantasioso, gli mandava una e-mail con la fotografia. La foto era stata fatta l'estate prima sul ponte del barcone di Henk: Milduta sorrideva felice verso la macchina fotografica e i suoi occhi sembravano ancora più chiari nel sole che splendeva. Indossava un cardigan marrone e allora aveva i capelli tagliati abbastanza corti. A tutti piaceva la sua faccia e facevano commenti sulla profonda tristezza dei suoi occhi azzurro chiaro.

«I tuoi occhi sono profondi come il mare» le aveva detto un tipo, frase che le rimase in mente e che usava quando, all'inizio della conversazione online, qualcuno le chiedeva com'era fatta.

Presto cominciarono a pregarla per ottenere qualcosa di più che la storia della sua vita e la descrizione dettagliata del suo corpo e delle sue parti sessuali, volevano parlarle al telefono. Henk le aveva comprato un cellulare circa un anno prima, per il suo compleanno, poco dopo che era rimasta incinta, quando ancora si parlavano. Diede il suo numero a diversi uomini che cominciarono a chiamarla a tutte le ore. Doveva spegnere il cellulare di notte o quando Ivo dormiva, per evitare chiamate.

Alcuni la iniziarono al sesso telefonico. All'inizio era riluttante, poi si rese conto che era innocuo e si lasciò andare. Spesso faceva finta e non si spogliava come le chiedevano, ignoranti com'erano del freddo dell'inverno olandese. Però alle volte, se si sentiva particolarmente eccitata, accettava di toccarsi e si masturbava fino ad arrivare all'orgasmo con gli occhi chiusi e le parole dell'uomo che le entravano nelle orecchie, scandendo il piacere crescente in mezzo alle gambe.

Naturalmente diventavano tutti matti quando sentivano il suo accento in inglese. Piaceva da impazzire.

Si rese conto che alcuni degli uomini che incontrava su Internet erano anche molto soli. Questo fatto la toccava profondamente. Molti di loro mantenevano una certa distanza, non chiedevano mai di fare sesso online o al telefono, volevano solo parlare. A loro raccontava della sua triste situazione, suscitando una compassione che per un po' le riscaldava l'anima, anche se realisticamente si rendeva conto che la maggior parte di quegli uomini stavano già fantasticando sulla possibilità di portarsi a letto questa povera ragazza dell'Europa dell'Est alla ricerca di una vita migliore. Dopo tutto, sapeva che gli uomini erano uomini. Anche su Internet.

36

I quattro mesi che seguirono videro un crollo nella produttività lavorativa di Jack, poiché era sprofondato nella dipendenza da chat. In breve tempo aveva individuato quelle più interessanti: *Adult Entertainment*, *Intimate Chat Forum*, *Pride: BI!*, *NL Hot Chat*, *France Forum*. E dopo un po' non si limitò più a farsi contattare, ma cominciò lui a contattare gli altri. Ovviamente donne. Cercava nomi interessanti, pseudonimi che indicavano una certa dose di intelligenza e umorismo. Nomi stranieri con un tocco di esotico seducente. Ma c'erano sempre altri uomini che continuavano a contattarlo per via dell'ambiguità del suo pseudonimo e spesso stava al gioco per un po', disperandosi per la mancanza di immaginazione che invariabilmente dimostravano. Lui sapeva fare di meglio, era sicuro. Dopo poche righe, immancabilmente l'avevano già spogliata, le avevano divaricato le gambe, le massaggiavano il clitoride, insistendo che i suoi capezzoli erano turgidi e lei umida o bagnata a seconda della stagione o dell'orario. Si chiedeva che cosa pensassero le donne di questi approcci virtuali così diretti, privi di finezza. Magari alcune ci sarebbero state solo per puro divertimento, ma non poteva credere che fosse quello che le donne volevano.

Nei suoi approcci con le donne, stava molto attento a non entrare nella sfera sessuale se non dopo una lunga conversazione. Era più interessato a loro come persone, il voyeur che era in lui restava affascinato nell'apprendere i dettagli della loro vita, le ragioni che le portavano a quelle chat. Alcune diventarono anche, per un breve tempo, delle amiche prima di scomparire improvvisamente, senza alcun preavviso, dal mondo virtuale (o, più probabilmente, spostandosi in altre chat). Gli piaceva un sacco. Era un modo fantastico per conoscere altre persone. Facilissimo e diretto. Non era mai stato il tipo di uomo che abbordava nei bar, ed era sempre stato troppo timido per iniziare una conversazione con una donna che aspettava alla fermata dell'autobus o sedeva di fronte a lui in metropolitana. Ma così era facilissimo. Non c'erano barriere, nessuna possibilità di brutte figure. Il rifiuto, se c'era un rifiuto, era impersonale e indolore.

C'era la cantante lirica di New York. La banchiera di Toronto che si faceva chiamare Montana e gli diceva sei il sole della mia vita. Gli aveva anche mandato un paio di foto dov'era nuda: aveva ancora un corpo fantastico nonostante avesse avuto due figli. S'imbatté in una donna di origini zingare dai capelli scuri di Aix-in-Provence nel sud della Francia, che gli mandò una foto in cui era completamente vestita e gli propose di incontrarsi dal vivo. Dopo aver considerato per un po' l'idea, accettò, prese un volo e passò un week-end lì con lei in una piccola stanza d'albergo. Scoprì che la foto era stata scattata anni prima e non aveva solo un figlio, come aveva scritto, bensì quattro, e nessun marito. Il sesso era stato molto soddisfacente, ma si resero conto di avere ben poco da dirsi e dopo che entrambi fecero ritorno ai loro computer chattarono raramente. Tutto quello che ricordò di lei in seguito era la visione sublime della sagoma perfetta del culo mentre si alzava dal letto per andare in bagno la prima mattina.

Poi c'era stata una studentessa della Carolina del Sud che faceva la collezione di foto di superdotati e chiarì subito che non sarebbe andata a letto con lui. Le piaceva invece discutere sull'estetica dei cazzi, sui pro e i contro del pene circonciso o meno, o dei testicoli depilati o naturali. Jack sapeva che si incontrava con molti altri uomini conosciuti in chat (aveva una rendita consistente che le consentiva di viaggiare dove voleva per la giusta scopata) visto che gli raccontava affettuosamente tutti i dettagli anatomici dei suoi accoppiamenti. Quando l'anno accademico finì, non ricomparve più in chat. C'era un'altra studentessa del Berkshire, più vicino a casa sua, che era divisa tra l'urgenza di perdere la sua ingombrante verginità e l'attrazione per le compagne di classe. Si chiamava Jenni e anche lei gli mandò una foto che si era scattata da sola per poi farne la scansione. Magrissima, con adorabili piccoli seni e tanga verde, posava imbarazzata nella sua stanza per la Polaroid. Quando la foto gli provocò un'erezione si sentì una specie di pedofilo: non doveva avere più di quindici anni.

E poi c'era stata Rachel.

Non ricordava il loro incontro in chat. Chi aveva contattato l'altro per primo. Jack adesso non si collegava più come "106562.2021" ma come "Londonwriter (m)", essendosi stancato di tutte le frasi banali di altri uomini che cercavano di contattarlo.

Era americana, viveva a Parigi dove lavorava per una società di consulenza finanziaria. Aveva quasi trent'anni, con una figlia di sei anni. Rebecca. Era nelle ultime fasi del disbrigo del divorzio. Fin dalle loro prime conversazioni a Jack piacque subito. La sua voce sullo schermo sembrava reale, piacevole, vulnerabile.

Rachel aveva il background tipico dell'alta borghesia anglosassone americana e aveva frequentato il Liceo francese a New York, prima di iscriversi ad Harvard. Non solo viveva in Francia, ma dopo qualche settimana scoprì con piacevole sorpresa che conosceva e amava la cultura francese almeno quanto lui. Quando discutevano di cinema o di libri, dimostrava una straordinaria conoscenza di scrittori o film particolarmente sconosciuti.

Si era sposata molto giovane con un professore universitario molto più vecchio di lei, amico di famiglia. Quasi vent'anni più vecchio. Era un uomo che ammirava, forse una specie di figura paterna (suo padre era morto quando era ancora piccola). I primi anni di matrimonio erano stati felici nonostante la differenza di età, ma dopo la nascita di Rebecca, per cui entrambi stravedevano, avevano cominciato inesorabilmente ad allontanarsi. Lui era diventato sempre più geloso, perfino violento, e alla fine Rachel aveva capito che non c'era altra alternativa che quella di separarsi. La compagnia per la quale lavorava a Wall Street aveva acconsentito di trasferirla negli uffici parigini e allora si trovava nella capitale francese da più di sei mesi, mentre si completavano le formalità legali. Ogni due mesi, Rebecca passava un paio di settimane con suo padre, che non aveva accettato di buon grado la separazione e stava cercando di ottenerne la custodia. Gli avvocati di Rachel erano sicuri che non ci sarebbe riuscito.

Mai in questa fase delle loro conversazioni Rachel fece anche solo un minimo cenno ad argomenti sessuali, le discussioni presto si assestarono su un tran tran rassicurante di racconti di vita, recensioni di libri, film e musica, e un leggero flirtare in cui molto rimaneva non detto.

Jack manifestò curiosità per il suo aspetto. Lei aveva, secondo la tipica etichetta del Web, fornito una descrizione generica all'inizio e l'immagine mentale che Jack si era costruito di lei era già sul punto di raggiungere la perfezione. Alta, bionda, voce pacata. Lei si offrì di mandargli una foto per e-mail.

Quando arrivò, aprì l'immagine jpg con un frullio nervoso che gli attraversava lo stomaco. Ciò che vide fu assolutamente affascinante. Era bellissima. Molto americana, capelli lunghi, carina in modo poco vistoso, da donna della porta accanto, colorito chiaro, occhi scuri e tristi che fecero subito centro nel suo cuore.

Si incontravano ogni giorno in chat verso le tre del pomeriggio e parlavano per almeno un'ora. A volte venivano interrotti (dopo tutto, lei doveva lavorare) e se alcune volte le risposte erano lente ad arrivare, lui capiva che stava chattando anche con altri.

C'erano giorni in cui era triste e Jack riusciva a percepirne l'infelicità attraverso la pagina luminosa sul monitor. Solitudine, difficoltà nei procedimenti legali, piccoli malanni della bambina, nostalgia di casa. In altri giorni Rachel era allegra, lo prendeva in giro senza sosta sulla sua insistenza nel voler fare sesso virtuale con lei, descrivendo nei minimi dettagli ciò che indossava, la temperatura torrida del suo ufficio e di come si fosse tolta le mutandine o aperta la camicetta, lasciandolo a immaginare il delizioso spettacolo. Oppure si nascondeva da lui nella lista dei nomi online, assumendo pseudonimi presi da libri o film che lui immancabilmente e con orgoglio riconosceva, per quanto difficile lei rendesse il compito. Jack cercava di fare la stessa cosa, ma sapeva che Rachel possedeva l'ultima versione del software, e poteva identificarlo molto più facilmente salvando il suo numero sotto "Friends", una funzione che lui non aveva a disposizione.

Così, in seguito a una piacevole discussione su James

Joyce, si mascherava da "Nora" o da "Anna Livia Plurabelle" o da "ragazza di Dublino", oppure in un'altra occasione aveva adottato i nomi delle protagoniste di *Via col vento*. Una volta in cui, chissà come, la conversazione era finita su Nabokov, si era nascosta nelle varie liste come "Dolores Haze", "Butterfly" o "Lepidoptera". Troppo facile "Lolita" per Rachel.

Jack non poteva fare altro che sorridere, rapito com'era dall'eleganza delle sue trovate e dalla fervida immaginazione.

Un giorno lei gli diede perfino il suo numero telefonico.

Lui accettò prontamente di non chiamarla mai, a meno che non avessero in precedenza stabilito un orario.

La sua voce non lo deluse.

Profonda, passava da infantile a implorante ad allegra nello spazio di poche frasi. Chiacchieravano di come era stata la sua giornata, del suo amore per la figlia, delle apprensioni per ciò che stava combinando il suo ex marito. Cercavano di parlare al telefono almeno una volta alla settimana. Il cuore gli fluttuava con lo stesso ritmo degli sbalzi di umore di Rachel.

Le parole sullo schermo, la fotografia salvata nella cartella dei documenti, la voce. Jack era preso.

Di brutto.

Lei sapeva che lui era uno scrittore, ma non aveva mai espresso grande curiosità per i suoi racconti. In qualche occasione, lui si era offerto di spedirgliene alcune copie ma lei gli aveva sempre chiesto di aspettare. «Dopo» diceva, come se volesse che il piacere dell'attesa durasse più a lungo.

Al telefono. Un giorno.

«Mi sto innamorando di te» le disse.

«Sul serio?» rispose, senza emozione.

«Sì, Rachel.»
«Anche tu mi piaci» disse.
Per la prima volta, la possibilità che potessero effettivamente incontrarsi nella vita reale fece capolino. Dopo tutto Londra e Parigi erano ad appena tre ore di distanza di treno con l'Eurostar.
Non lo propose subito. La possibilità di essere deluso da lei lo atterriva. La foto che gli aveva mandato era veramente la sua? Era stata effettivamente scattata l'anno prima (e non come quella di Mireille)? Ma quando si cercava dentro, sapeva che quella voce al telefono corrispondeva meravigliosamente al volto sul suo schermo. Tranquilla, triste, melanconica, vulnerabile. Tutte cose che apprezzava in Rachel, oltre alla sua innata cultura e intelligenza e al fatto che parlare con lei era un piacere così naturale.
All'inizio pensò di proporre solamente un incontro dopo il lavoro, per prendere qualcosa da bere, un caffè insieme, magari andare a cena.
«Si può fare» rispose lei.
«Presto dovrò venire a Parigi per vedere il mio editore francese» disse lui. «Te lo farò sapere non appena ho una data precisa per il viaggio.» Non voleva rivelarle quanto significasse ormai per lui né il fatto che era disposto ad andare a Parigi solo per vederla.
«Perfetto.»
Quel week-end le scrisse una lunga lettera, alludendo con discrezione ai suoi sentimenti, facendole capire che aveva per lei il massimo rispetto e non si aspettava automaticamente di finire a letto o di avere una relazione, confessando della sua precedente puntata in Francia, grazie a Internet, per passare il week-end con Mireille. Voleva che sapesse che non pensava a lei nello stesso modo, che i suoi sentimenti erano forti e sinceri, anche se il mo-

do in cui si erano conosciuti era poco convenzionale, anzi, no, strano. Lavorò maniacalmente sulle parole per due giorni, facendo più riscritture della lettera a Rachel di quante non ne avesse fatte per nessuno dei suoi recenti racconti. Gliela mandò per e-mail.

Lei non rispose e non parlarono della lettera nelle loro conversazioni in chat durante tutta la settimana successiva. Forse aveva esagerato, si chiedeva. O magari Rachel era così squisitamente discreta che preferiva risparmiare i suoi sentimenti.

Ma gli chiese nuovamente quando sarebbe venuto a Parigi.

37

Milduta attraeva gli uomini su Internet come mosche. Come api con il miele.

Era la sua fotografia oppure le sue parole? La sua voce o il dolore della sua situazione, vivere con un uomo che non poteva più amare? (Ma lo aveva mai amato?)

Più scoprivano cose su di lei, più insistevano per incontrarla dal vivo.

All'inizio era stata riluttante all'idea, ma i forse e i se cominciarono a indebolire la sua cautela: iniziò a concepire ipotesi contorte sulle personalità dietro le voci e le frasi seducenti che si srotolavano sul monitor del suo computer. O sui loro occhi pieni a volte di gentilezza e a volte di desiderio. O sui corpi. Sulla realtà di questi sconosciuti.

Nonostante il suo inglese scritto fosse stentato e pieno di errori, le piaceva il sesso virtuale in tutti i suoi estremi arcani ed eccitanti. Le faceva girare la testa, a volte la sua immaginazione partiva da una situazione che le veniva suggerita e andava oltre, verso piaceri che andavano molto al di là delle parole che passavano sullo schermo, le formicolavano le mani e il cuore le batteva più veloce. Per un po' placava la sua fame.

Cominciò a dare un voto ai suoi pretendenti in base alle variazioni che offrivano nella meccanica spesso ripetitiva del sesso virtuale, delle varie penetrazioni e della varietà delle posizioni sessuali che proponevano per la fornicazione.

Milduta prima di allora non aveva mai pensato in che misura il potere delle parole riuscisse a fare effetto sulla sua fervida immaginazione. Forse perché era bloccata nella campagna olandese con un bambino, lontana dalle tentazioni mondane e dalle sue vecchie brutte abitudini e pulsioni. Era addirittura scioccata da quante volte si bagnava, seduta lì davanti alla tastiera, a volte perfino con Ivo che le dormiva in grembo, mentre la sua mente correva da uno scenario all'altro, immaginando come sarebbe potuto essere nella vita vera il sesso che questo o quello sconosciuto le proponevano.

Gli uomini che aspettavano pazientemente dall'altro lato dello schermo del computer o del telefono avrebbero potuto riscrivere allegramente l'intera enciclopedia delle pratiche sessuali, volume per volume. Erano di volta in volta perversi, volgari, brutali, sorprendenti, seducenti, rompevano ogni tabù immaginabile, aggressivi, maniaci, maestri da letto, scopatori per tutte le stagioni, di tutto di più.

Conobbe un banchiere che viveva a Zurigo, in Svizzera.

Milduta di solito si divideva fra tre o quattro conversazioni contemporanee, quando era online. Passando da uno all'altro sullo schermo. Era raro che un solo uomo mantenesse viva la sua attenzione abbastanza a lungo. Non poteva evitare che la sua mente cominciasse a vagare, man mano che l'interlocutore rimaneva a corto di domande e concetti, finita la solita trafila di domande (m o f? vestita o svestita? misure? sei arrapata? vuoi divertirti?).

Il banchiere sembrò da subito molto più interessante. Più deciso.

Dopo dieci, quindici righe di conversazione, le aveva chiesto se stesse parlando con altri.

Quando aveva confermato, lui le aveva immediatamente ordinato di abbandonare qualsiasi altra conversazione e di parlare esclusivamente con lui.

Milduta aveva accettato, chiudendo le altre finestre.

Si chiamava Max.

Per sei settimane si organizzarono per incontrarsi online tra le tre e le quattro del pomeriggio. Nei week-end la cosa risultava più difficile, perché a volte Henk era in casa e usava il computer. Poteva parlare con chi voleva, ma durante il resto della giornata o la sera. Milduta e Max mancarono a pochissimi dei loro appuntamenti.

Era pieno di fantasia. Ed era diverso dagli altri uomini in cui si era imbattuta fino a quel momento, sia nella vita reale che durante il corso dei suoi esperimenti online.

Riusciva anche a farla ridere.

Né Serge né Henk erano mai riusciti in quella impresa. Ricordava tutte le volte che i nonni le avevano detto quanto fosse bella quando rideva. Sembrava passato un secolo.

Si scambiarono le foto.

L'aspetto non era niente di speciale, ma lei sapeva ormai che le apparenze potevano ingannare e che nella sua vita finora non era mai stata molto brava a giudicare il carattere delle persone, soprattutto degli uomini.

Aveva proprio l'aria del banchiere, cosa che non la sorprese: occhiali seri, stempiato, vestito scuro, camicia bianca perfettamente stirata con il colletto inamidato e la cravatta grigia. C'era anche un velo di crudeltà nei suoi occhi, che la spaventava ma al tempo stesso stranamente l'attirava verso di lui.

Max disse che voleva incontrarla e che sarebbe venuto ad Amsterdam.

Mentì a Henk, dicendo che doveva vedere un'amica dell'Estonia di passaggio in città e che, per non doversi vedere in fretta e furia, erano d'accordo di passare la notte insieme. Con riluttanza lui aveva acconsentito a badare a Ivo, dopo che Milduta lo aveva fatto esercitare nel cambio dei pannolini e aveva preparato la pappa per il bimbo, in modo che dovesse solo riscaldarla.

Max arrivò puntuale come si era aspettata: quando lei arrivò alla Stazione centrale di Amsterdam con il locale del tardo pomeriggio, lui era ad attenderla sul binario. La vide scendere dal vagone e accennò un sorriso. La salutò con sobrietà e le baciò la mano. Milduta era nervosa, visto che si era già impegnata a non ritornare a casa da Henk quella notte. Se qualcosa fosse andata storta, si sarebbe ritrovata a dover vagare per le strade di Amsterdam o rimanere alla stazione fino alla partenza del primo treno l'indomani mattina.

Presero un caffè a un bar fuori della stazione, limitandosi a fare due chiacchiere.

Poi Max la portò in un ristorante francese visibilmente costoso, appena fuori Prinsengracht, dove aveva prenotato un tavolo. Milduta si sentì leggermente fuori posto. Indossava un vestito nero e una semplice giacca bianca, probabilmente il suo abito migliore, ma ugualmente troppo semplice e troppo poco elegante per quel genere di locale.

Dopo aver ordinato dal complesso menu, Max le porse una scatolina e le disse di aprirla.

Conteneva una sottile cavigliera d'oro.

«Voglio che tu adesso ti alzi, vada nel bagno delle donne e la metta, Mimì» disse con voce calma. «Quando tornerai avrai indosso la mia catenina, a testimonianza del fatto che fino a domani mattina mi appartieni.»

Milduta abbassò gli occhi, non sapendo cosa dire.

Sapeva che la catenina doveva essere costata molto.

Si alzò.

Dopo cena andarono a piedi fino al Krasnapolsky Hotel, nei pressi del Dam, dove lui aveva prenotato la stanza.

Seguendo Max nella hall, Milduta si sentì come una puttana che si era appena venduta. E trovò quel pensiero particolarmente eccitante.

Non dormirono molto. Max la scopò tre volte, esplorando il suo corpo con cura sistematica. Ogni volta insistette per montarla da dietro.

38

Jack e Rachel stavano chattando, un tardo pomeriggio, quando lui disse che avrebbe potuto prendere il treno di mezzogiorno il week-end successivo. Avrebbe fatto una prenotazione sull'Eurostar e si sarebbe organizzato con l'albergo per poi confermarle tutto via e-mail un paio d'ore più tardi. Lei accolse la notizia con calma.

«Non c'è motivo di stare in albergo e spendere soldi inutilmente» rispose sullo schermo. «Puoi stare da me.»

«Sei sicura?» domandò, anche se in quel momento il suo cuore si era messo a danzare un fandango.

«Naturalmente» rispose. «Comunque c'è una stanza degli ospiti, se non andiamo d'accordo.»

C'era ovviamente nell'aria l'allusione al fatto che la stanza degli ospiti non sarebbe stata necessaria.

Il padre di Rebecca sarebbe stato in Europa quel week-end e si sarebbe occupato di lei. Era il suo turno.

Respirò profondamente. Tutti i tasselli erano al posto giusto.

Lasciò la chat dopo un altro po' di chiacchiere e velocemente si occupò della prenotazione sul treno.

Il giorno dopo le confermò i suoi programmi e, sempre cauto, le chiese l'indirizzo di casa (nel caso in cui il treno fosse arrivato in ritardo e lui non fosse stato in grado di incontrarsi con lei al caffè sugli Champs Elysées, vicino al suo ufficio, come previsto). Lei viveva sulla avenue Victor Hugo, a due passi dall'Arco di Trionfo. Si segnò il numero.

La loro successiva conversazione lo vide camminare sulle nuvole in attesa di Parigi. Stava andando tutto secondo le sue speranze, troppo bello per essere vero. Parlarono ancora una volta al telefono e ancora una volta si ritrovò ammaliato dal semplice suono della sua voce. Sapeva di essersi innamorato. Anche se non l'aveva ancora realmente incontrata. Era illogico, pazzesco e meraviglioso. In fondo al cuore era convinto che non l'avrebbe deluso, che sarebbe perfino stata meglio di persona. Non vedeva l'ora di guardare gli scuri toni cangianti dei suoi occhi, i piccoli difetti sulla sua pelle, di sentire l'odore fragrante del suo alito, il calore che si irradiava dal suo corpo mentre sedevano insieme al tavolo di un ristorante, immersi in una discussione su Julien Green o André Pieyre de Mandiargues, autori per i quali avevano scoperto di provare un amore comune.

Aveva informato i librai francesi che sarebbe stato in città, doveva firmare dei documenti per l'esenzione delle tasse di un precedente contratto e con l'occasione avrebbe dato un'occhiata ai loro nuovi arrivi, in modo da non dover aspettare l'uscita dei prossimi cataloghi.

Due giorni prima della partenza, il libraio più importante lo chiamò chiedendogli se poteva rimandare il viaggio di una settimana, per colpa di una indisposizione in famiglia.

Con riluttanza accettò e informò Rachel. Lei non sembrò molto turbata dal cambiamento di programma e gli ricordò che il week-end successivo non sarebbe stata a Parigi, aveva un viaggio di lavoro a Roma già pianificato da tempo. Non c'era fretta comunque, no? Certo che no, acconsentì Jack. Dopo tutto, Rachel sarebbe stata sempre lì. Ad appena tre ore di treno. Il pensiero lo fece stare meglio. La conversazione si spostò su cosa stava indossando quel giorno e lei lo stuzzicò come al solito in maniera insopportabile, indugiando con insistenza sulla stoffa del suo reggiseno e di come a volte veniva presa da vampate di calore, adesso che l'estate si andava avvicinando.

Alla fine della loro conversazione online, aveva una discreta erezione.

I nuovi arrivi del libraio francese si rivelarono una delusione.

Jack non aveva niente da fare nel pomeriggio, dopo essere stato a pranzo con l'editore, prima di riprendere l'Eurostar per Londra. C'era un CD di musica country alternativa che era uscito prima in Francia perché la band si trovava lì in tour, così si recò al Virgin Megastore sugli Champs Elisées per comprarlo. Uscì dal negozio con altri quattro dischi: era sempre stato un acquirente avido e impulsivo, quando si trattava di musica. Il tempo stava volgendo al grigio e considerò la possibilità di andare a vedere un film. In quel momento notò il fioraio e decise di prendere dei fiori per Rachel. Un gesto che gli sembrò elegante. Sapeva che lei era ancora a Roma, che non sarebbe stata di ritorno prima di due giorni, però sicuramente sarebbe stata una bella sorpresa trovare un bel mazzo di fiori sulla soglia di casa al ritorno. Con cura supervisionò la scelta dei fiori multicolori fino a che il mazzo non assunse un aspetto assolutamente spettacolare, poi chiamò un taxi. Il palazzo sull'avenue Victor Hugo aveva un aspetto prestigioso. Il citofono mostrava solo i numeri degli appartamenti, per cui non poteva riconoscere quello in cui viveva Rachel. Suonò al portiere e il pesante portone di legno si aprì con un clic.

Si avviò lungo il corridoio buio fino a che trovò la guardiola. Bussò. La donna lo guardò stancamente: doveva aver pensato che fosse un fattorino che portava i fiori. Chiese di Rachel. Lei sembrò perplessa. Ripeté la domanda descrivendola, una giovane americana con una figlia piccola, Rachel McKenna. La portinaia borbottò che non la conosceva. Forse la conosceva con il suo nome da sposata. Chiese: Rachel Stewart? Ancora niente. La portinaia era sicurissima, non c'erano americani nell'intero palazzo, doveva avere l'indirizzo sbagliato. Abbandonò i fiori nel cassonetto del viale mentre ritornava a piedi verso la piazza per prendere un taxi. Evidentemente gli aveva dato un indirizzo sbagliato. Perché? Non riusciva a immaginarne il motivo. Il suo cuore adesso era molto pesante. Ci rimuginò su fino a Londra, in cerca di una risposta. Invano. Rachel gli aveva mentito.

Proprio mentre usciva dalla stazione di Waterloo, il cielo si aprì e venne giù un diluvio degno del Giudizio Universale.

39

Ancora una volta la colonna sonora fluttua in superficie.

Il mormorio attutito della sezione dei fiati emerge sul ritmo lento della melodia ovviamente malinconica, interrompendone il flusso dolce e triste. Poi l'andamento della canzone, della musica, accelera, ma è impercettibile all'orecchio umano.

40

Fece passare un paio di giorni rimanendo immerso nella solita routine, esitava a entrare di nuovo in chat perché la menzogna di Rachel gli bruciava dentro come un graffio.

Alla fine non poté più resistere.

Dopo una mezz'ora online, e dopo aver ignorato una quantità di domande "m o f"?, vide apparire il suo pseudonimo nella colonna "chi c'è online".

Rachel.

La contattò.

<Londonwriter (m)>
Ciao.

Le ci volle un bel po' prima di rispondere, come se fosse già immersa in una serie di conversazioni con altri membri della chat.

<Rachel>
Ciao.
<Londonwriter (m)>
Com'era Roma?
<Rachel>
Boh, un po' noiosa.

<Londonwriter (m)>
Almeno hai mangiato bene?
<Rachel>
Oh sì. Dovresti vedermi allo specchio quando esco dalla doccia. Sono ingrassata. Faccio schifo...
<Londonwriter (m)>
Sono sicuro che qualche pranzo non fa la differenza. Anche grassa, ti prenderei al volo... :-)
<Rachel>
Sei carino. Allora... come sono andati i tuoi incontri?
<Londonwriter (m)>
Prevedibili.
<Rachel>
Oh.

Esitò un paio di minuti, in attesa che lei rilanciasse la conversazione, ma non lo fece. Così prese il coraggio a due mani.

<Londonwriter (m)>
Sai...
<Rachel>
Cosa?
<Londonwriter (m)>
Mentre ero a Parigi la settimana scorsa ho pensato di comprarti dei fiori...
<Rachel>
Che carino.
<Londonwriter (m)>
Ma in avenue Victor Hugo non avevano mai sentito parlare di te... perché mi hai dato un indirizzo sbagliato, Rachel?
<Rachel>
Oh, quello...

Rimase in silenzio.

<Londonwriter (m)>
Capisco che si debba essere molto prudenti con gli incontri via Internet, ma sono sicuro che sapevi di poterti fidare di me.

...

<Londonwriter (m)>
Comunque, non importa, Rachel. Veramente...

...

<Londonwriter (m)>
Rachel?

...

<Londonwriter (m)>
Rispondimi, ti prego.

<Rachel ha abbandonato la chat>

Per il resto della settimana, non si fece vedere nella chat. Alla fine la chiamò al telefono. Rispose, disse: «Pronto». «Sono io» disse «possiamo parlare?» Lei riagganciò. Sapeva di aver violato la regola di non chiamarla al telefono, a meno di essersi messi preventivamente d'accordo. Forse era in riunione. Le concesse qualche altro giorno.

Le mandò una e-mail, dicendole che andava tutto bene, che la perdonava, che non voleva perdere la sua amicizia, voleva rimanere in contatto.

Non rispose.

Una seconda e-mail, che aveva configurato in modo da sapere se l'avesse letta, rimase non aperta nella sua casella.

La chiamò un'altra volta. Ormai la sua mente delirava. I mille scenari che disegnava su Rachel avevano preso il sopravvento, lo sconvolgevano a un punto tale da fargli mancare scadenze importanti di lavoro. Questa volta al numero del cellulare rispose una voce registrata in francese che lo informava che il numero era stato disattivato.

Un'altra e-mail.

Gli ritornò indietro. Aveva chiuso quell'account di posta.

Rachel era scomparsa completamente da Internet e dalla sua vita.

Per settimane soffrì in silenzio mentre cercava di rimettere insieme i cocci della sua vita. Ma proprio non riusciva a capire. Perché? Perché? Perché?

Il dolore diventò rabbia e con cura compose un messaggio che inviò al gruppo di discussione del sito.

> Qualcuno è recentemente entrato in contatto con Rachel Stewart Mckenna? Se sì, contattatemi al 106562.2021. Discrezione assicurata.

Dubitava che ci sarebbe stato qualche ritorno. Per quanto lo riguardava, lui stesso leggeva quei messaggi molto raramente, limitandosi a frequentare le chat come d'altronde la maggior parte degli utenti, tutti alla ricerca di conversazioni roventi e flirt sotto anonimato.

Doveva partire per un paio di giorni e non si portò dietro il computer portatile.

Quando ritornò, c'erano sei messaggi in risposta alla sua domanda.

Tutti da parte di uomini che erano stati in contatto regolare con la sfuggente Rachel.

Cominciò a corrispondere con tutti loro.

Il mondo gli cadde addosso.

Per CK di Milton Keynes, era stata una dirigente di banca con base a Bruxelles. Single e senza figli. Ormai da mesi facevano giornalmente infuocato sesso virtuale, il meglio che gli fosse mai capitato, e avevano in programma di incontrarsi a Los Angeles di lì a qualche settimana per un week-end di sesso già pianificato nei minimi particolari. Al pensiero di quanto lui e Rachel erano stati riservati online, Jack arrossì e mandò silenziosamente CK al diavolo. Gli aveva messo le corna. Almeno virtualmente.

Per D (m-NY), Rachel era un avvocato di Boston. Senza figli, divorziata, sola. Anche loro avevano in programma di incontrarsi a breve di persona. Era riluttante a fornire ulteriori dettagli sulla loro relazione on line.

Per Lestat era stata una barista di Omaha. E una ragazza tutta pepe.

Anche per Ian, provenienza geografica sconosciuta, viveva a Parigi, ma era una studentessa ninfomane che si divertiva a fornirgli esilaranti dettagli delle sue scopate casuali con gli uomini che abbordava nei caffè del Quartiere Latino, e che gli aveva fatto intendere di voler fare sesso a tre con lui se fosse andato a trovarla.

Per Michael di San Diego era un'attrice che viveva a New York e si eccitava soltanto facendo sesso anale.

Per Sensibile (Parigi) in realtà abitava a Londra, faceva la lettrice al Liceo francese di Kensington e stava organizzando a brevissimo di andarlo a trovare con l'Eurostar, non tralasciando deliziose allusioni ai piaceri comuni che ne sarebbero scaturiti.

E per tutto il tempo, per Jack, era stata solamente Rachel: riservata, carina, leggermente infelice.

Se sei uomini avevano risposto al suo appello, pensò che ce ne dovessero essere almeno altrettanti che non avevano nemmeno visto il suo messaggio! Sembrava che Rachel, una fantastica attrice in erba, li avesse presi tutti in giro con destrezza e ingegno.

Ed era scomparsa dal forum nello stesso momento, lasciando promesse irrealizzate, immersa nel mistero e nelle possibilità.

A tutti mancava in modo diverso.

Tutti loro avevano ricevuto la foto ed erano rimasti incantati da lei. Sembrava potesse essere la stessa foto, ma Jack non poteva esserne certo. Anima vulnerabile, puttana, tormentatrice, splendida creatura, in qualche modo creata dalla loro immaginazione e dalle loro ossessioni personali. Era stata tutto per ognuno di loro e per un breve tempo ne aveva resi felici alcuni facendogli sperare sesso, amicizia, passione, e perfino amore.

Jack non era più arrabbiato con lei. Almeno sembrava fosse l'unico a cui avesse dato anche il numero di telefono e con il quale avesse realmente parlato. E sapeva, dal prefisso, che veramente viveva a Parigi. Quindi, magari la sua versione di Rachel era quella autentica. E tutte le altre erano ingannevoli, finte: più rozze, più volgari.

Non poteva fare a meno di ammirare quella ragazza.

Seduta davanti al suo computer, passava in rassegna le chat room con assoluta spensieratezza (chi poteva dire se non vagasse anche per altre chat su altri server, portandosi dietro tutto l'armamentario dei suoi trucchi?), tirava i fili pietosi di uomini di tutto il mondo, come un maestro burattinaio.

Jack? Ah sì, Londra, mezza età, si sta innamorando di

me. Pensa che sia una madre sola che sta attraversando un difficile divorzio.

CK? Uomo d'affari inglese molto porco, gli piacciono gli scenari pieni di sottomissione e sesso violento. Crede che io sia single, senza legami e sempre disponibile.

Lestat? Gli piace quando parlo sconcio e faccio finta di masturbarmi. Barista di Omaha, con una lunga esperienza in fatto di sesso.

E così via all'infinito.

Forse aveva perfino un piccolo taccuino, in cui tutti loro erano accuratamente schedati, secondo i gusti e le idiosincrasie. Se è lunedì, deve essere Jack: sii timida. Se è martedì, deve essere Michael: sii scandalosa.

Manipolava le loro vite e i loro sentimenti con il talento di una maga, sapeva cosa li faceva scattare, li guardava danzare davanti a lei. Ma perché trovava piacevole quel circo, si domandava Jack. Perché lo faceva? Era davvero solo un gioco?

Non sapeva cosa rispondere e ogni giorno si chiedeva cosa le fosse successo. Se si fosse ritirata o stesse usando gli stessi vecchi trucchi altrove, in qualche chat lontana di cui lui non sapeva niente.

Era brava, doveva concederglielo. Meritava un Oscar, la ragazza.

41

Jack e Milduta si incontrarono online.

Adesso lui era "Malinconia" mentre lei era ancora "Ragazza Estone".

Era stato lui a contattarla, un po' intrigato dalla sua provenienza esotica, con tutto quello che comportava. Forse pensava fosse bionda.

Dopo un'incerta presentazione e imbarazzate espressioni di interesse, lui declinò educatamente la sua offerta di fare sesso virtuale.

«Sono parole e basta, capisci? Non mi dice niente.»

«Lo so, ma certe volte anche se tu non fa reale, è bene lo stesso» rispose.

«Mi spiace, non fa per me» le scrisse. «Però con te mi piacerebbe chattare ancora. Sono sicuro che ci sono un sacco di cose di cui parlare.»

Le righe di testo rimbalzavano fra di loro, attraverso il cyberspazio e i paesi.

Lei accendeva la sua curiosità.

Gli raccontò la sua storia.

Di come aveva seguito questo studente belga in Occidente, lo aveva abbandonato per il suo amico olandese ed era finita in una piccola casa su un canale nel nord dell'Olanda, senza amore, e adesso era madre di un bellissimo bambino. Di come trovava noiosa la sua vita e sperava in qualcosa di più.

Lui le rivelò le ragioni per cui si trovava in questa chat.

Le disse di come aveva conosciuto Edwina ed rimasto coinvolto in quella intensa relazione, dello shock per la sua sparizione e di come le conseguenze influivano ancora su di lui, anche dopo così tanto tempo.

Presero la piacevole abitudine di chiacchierare ogni giorno via PC, anche se spesso capitava che Milduta lo ignorasse, quando Jack cercava di contattarla.

Troppo occupata a fare sesso virtuale con altri per staccarsi e ascoltare le sue parole più soft, pensava. Lo divertiva questo fatto, che lei accettasse spensieratamente di mettere in piazza tutte le sue frustrazioni sessuali e si abbandonasse alle fantasie innocue di altri uomini. Che non avesse problemi a rivelare addirittura delle chicche affascinanti, come le descrizioni dettagliate di alcune delle stranezze che le capitava di incontrare e che perfino le piacevano. Jack l'ammirava e aspettava con ansia i suoi racconti di avventure virtuali, senza mai provare, neppure per un momento, la minima traccia di gelosia. Come si fa a prendersela per i piccoli piaceri di uno spirito così libero?

Il loro dialogo andò avanti in un tira e molla che durò un mese intero.

Ma Jack, ancora fresco del fallimentare incontro con Rachel, non aveva nessuna fretta di forzare la mano. Non voleva correre, con Milduta, gli bastava camminare.

Lei era un po' incuriosita dalla reticenza di Jack. A differenza di quasi tutti gli altri uomini con cui parlava, lui non le faceva promesse assurde e precipitose di andarla a trovare in Olanda, né suggeriva maliziosamente che avrebbe potuto pagarle il viaggio per andare a trovarlo.

Gli aveva mandato la foto fatta sul barcone di Henk. Così piena del suo raggiante sorriso.

Lui le aveva detto: «Sei molto bella».

Poi gli aveva mandato un'altra foto, più seria e sobria, di lei seduta a tavola nel castello di Nijmegen con il vestito nero, le mani intrecciate e uno sguardo molto maturo e triste. Come aveva previsto, al suo bizzarro Mr Malinconia di Londra era piaciuta molto di più quella.

Il giorno dopo il suo appuntamento con Max al Krasnapolsky Hotel (l'aveva anticipato a Jack, ma lui non sembrava averci dato troppa importanza), rivelò tutta eccitata che l'uomo di Zurigo voleva che andasse a vivere con lui in Svizzera, invitandola a portare con sé il bambino, Ivo.

Jack ne fu sorpreso.

Cominciò a pentirsi della sua cautela. Non riusciva mai a dettare le regole delle relazioni, si rimproverava.

«Ci andrai?» chiese a Milduta.

Quando era arrivata a casa da Amsterdam il mattino seguente all'incontro – gli spiegò lei – ad Henk era bastato un solo sguardo al suo viso ed era esploso. La luce nei suoi occhi gli aveva fatto capire che si era fatta scopare alla grande per tutta la notte. Milduta aveva sospirato stancamente, lo sapeva, proprio non riusciva a nascondere certe cose. Ovviamente aveva negato, ma questo non aveva migliorato la situazione. Era ovvio che non le credeva, se ne era andato al lavoro all'aeroporto tremendamente infuriato. Mentre Milduta era stata via non si era curato una sola volta di cambiare i pannolini a Ivo, il bambino aveva una terribile infiammazione su tutto il sederino e il letto era letteralmente inzuppato.

Prima della terribile sfuriata di Henk, Milduta era stata combattuta a proposito della proposta di Max. C'era qualcosa nel banchiere svizzero che la rendeva un tantino nervosa. Non sapeva dire esattamente cosa, ma ammetteva di sentirsi in soggezione di fronte al suoi modi autoritari.

L'atteggiamento di Henk l'aveva in qualche modo spinta a quella decisione.

Sarebbe andata a Zurigo.

Jack era il primo a cui lo confidava. Che cosa ne pensava?

«Proprio non lo so» le scrisse. «Non tocca a me dare consigli. Vedi, qualsiasi cosa ti dicessi sarebbe di parte.»

«Usi sempre parole difficili» rispose Milduta «ma so cosa tu cerchi di dire, Jack.»

«Davvero?»

«Sì, Jack, ma Max, lui mi ha fatto offerta e tu mai...»

«Lo so.»

«Cerchiamo di tenere contatti, sì?»

«Cerchiamo. E...»

«Cosa, Jack?»

«Buona fortuna, Milduta. Davvero.»

«Sei un bravo uomo, Jack. Io non dimentico te.»

«Ti conviene» sorrise e lasciò la chat, già preda della nostalgia per la ragazza estone.

Dopo tutto, forse per lei era un'occasione per ricominciare da capo. Un nuovo paese, un nuovo uomo, la sicurezza finanziaria. Come poteva rimproverarglielo?

Istintivamente ritornò nella chat cercando il suo pseudonimo nella lunga lista. Milduta non era più online.

Scosse la testa, scorrendo su e giù sullo schermo, mentre la vista cominciava ad annebbiarsi e le parole e i nomi si andavano confondendo.

Si chiese se sarebbero mai rimasti in contatto. Se avrebbero chattato ancora. Probabilmente no. Era improbabile che questo suo svizzero l'avrebbe incoraggiata a giocare online.

Jack archiviò le sue due foto in una cartella, convinto che quella sarebbe stata l'ultima volta che avrebbe sentito Milduta.

Eppure gli erano rimaste ancora così tante domande da farle.

42

Quando informò Henk che stava per lasciarlo per andare a vivere con un altro uomo, e per di più a Zurigo, lui diventò una bestia. Milduta non aveva ancora indossato la cavigliera di Max, la teneva nascosta in fondo alla borsa.

Lui la minacciò in ogni modo e le vietò espressamente di portare con sé il bambino. Quella settimana litigarono senza sosta ogni sera. Milduta aveva già controllato con l'ufficio locale dei Diritti dei Cittadini, sapeva che in quanto madre del bambino poteva portare Ivo con lei, finché non avesse dichiarato che la sua assenza dall'Olanda sarebbe stata permanente. Aspettava con impazienza l'arrivo dei biglietti del treno e le altre cose che Max stava ancora organizzando.

La notte prima del giorno in cui avrebbe dovuto partire per la Svizzera (ma lui non si era reso conto di quanto fossero avanzati i suoi preparativi), lei ed Henk, al culmine di una conversazione sempre più agitata, arrivarono alle mani. Lui la colpì al volto, le fece un piccolo taglio sullo zigomo da cui cominciò a zampillare un rivoletto di sangue. Lei lo prese violentemente a calci. Ivo, sveglio per via della crescita dei denti, fu lasciato a strillare per più di un'ora mentre Milduta ed Henk si facevano a pezzi con incredibile violenza e rabbia, sfogando il risentimento e l'odio accumulato.

Il giorno dopo era domenica e lui non andava a lavorare.

Lei usò il livido sulla faccia come scusa e mandò Henk a fare la spesa. Il supermercato era a un paio di chilometri di distanza, nel paese vicino. Non appena la macchina partì, Milduta chiamò un taxi, fece i bagagli in fretta e furia, stipò quanti più vestiti suoi e di Ivo riuscì nelle uniche due valigie trovate in casa. Dovette lasciare lì molta roba.

Per fortuna il taxi arrivò prima che Henk ritornasse dal supermercato e portò Milduta e Ivo alla Stazione centrale di Amsterdam. Il treno per Zurigo faceva coincidenza a Francoforte.

L'appartamento di Max nella città svizzera era una meraviglia. Tutto mobili moderni e infissi lucidi, disposto in modo impeccabile e perfettamente pulito. Un contrasto violento con la casa disordinata e sporca di Henk, dove toccava sempre combattere una battaglia persa in partenza con la polvere che avanzava. Milduta sentì subito di aver preso la decisione giusta. Per il bambino Max aveva sgombrato una stanzetta prima usata come studio, l'aveva decorata con un'allegra carta da parati e ci aveva messo un lettino. Milduta in quel momento realizzò che non avrebbe mai più dormito nella stessa stanza con il suo bambino. Finora non le era venuto in mente che Max difficilmente avrebbe accettato di avere Ivo nella stessa camera dove l'avrebbe scopata.

La portò a fare shopping e le comprò dei vestiti nuovi. Era lui a scegliere, non le chiese quasi mai la sua opinione. Aveva idee molto precise su come avrebbe dovuto vestirsi. Gonne corte e calze di seta. La biancheria intima sexy e costosa. Le fece buttare via la sua vecchia biancheria, la trovava troppo sciatta.

Così Milduta cominciò la sua vita con il banchiere. Benché fosse generoso con i regali, non le dava mai direttamente dei soldi, così lei si trovava costretta a risparmiare qui e là, franco su franco, da quello che le dava per comprare da mangiare mentre lui era al lavoro. Durante il giorno vagava per le strade della severa, nuova città in cui ora viveva, ancora sorpresa dall'abbondanza di merce e dalla deprimente mancanza di umanità. Milduta non capiva il tedesco e trovava difficile comunicare con i negozianti.

Cercava di usare il computer portatile di Max, ma una password le impediva l'accesso.

Di notte, quando Ivo era addormentato da un po', confortevolmente rimboccato sotto le coperte nella sua stanzetta, le attenzioni sessuali di Max e le sue richieste perentorie la mettevano a disagio. Ma non poteva fare a meno di godere dello stato di sottomissione che le imponeva. Ubbidire ai suoi ordini, assumere posizioni a volte umilianti, accettare la totale mancanza di privacy quando erano insieme, perfino quando aveva bisogno di andare in bagno, i giochi di dominio/sottomissione, tutto questo la eccitava più di quanto avrebbe pensato.

«Succhi il cazzo come una puttana d'alto bordo» osservò Max.

Il complimento la riempì d'orgoglio.

Molto presto le richieste dello svizzero diventarono più estreme.

Le illustrò il vangelo del sadomasochismo. Il contratto tra il Master e la sua *slave*. Di come lei doveva trarre piacere solo dalla sottomissione al suo Master. Di come il piacere psicologico e quello fisico dovevano essere sullo stesso livello, via via che ne esploravano i limiti. Non era molto sicura di capire completamente, ma si trovava ad abbracciare d'istinto atteggiamenti che poco tempo prima avrebbe trovato assolutamente imbarazzanti. Lui voleva addestrarla. Doveva diventare la sua sottomessa. La sua schiava, quasi.

Non sarebbe più stato solo un gioco.

Anche se Milduta riconosceva dentro di lei le radici profonde della sottomissione, allo stesso tempo la sua mente si ribellava. La dipendenza totale andava proprio contro la sua natura.

Max le ordinava di tenere sempre rasato il pube, sebbene questo a volte le provocava un arrossamento all'epidermide delicata attorno alla passera. Le comprò un guinzaglio di pelle e si divertì a fotografare Milduta durante l'amplesso e in posizioni in cui la costringeva a esporsi completamente. Una di queste immagini gli piacque così tanto che se ne fece fare un ingrandimento quasi a grandezza naturale e lo appese sopra il loro letto. Milduta protestò perché la donna delle pulizie l'avrebbe vista.

«E allora?» rispose Max.

Tutte le volte che la scopava a quattro zampe, gli occhi di Milduta restavano incollati all'immagine shock della sua fica spalancata sul muro davanti a lei, allargata da un dildo di pelle nera che sprofondava fra le sue labbra carnose. Si consolava almeno con il fatto che solo loro due e la donna delle pulizie avevano accesso a quella stanza, e quando l'austera donna veniva a occuparsi dell'appartamento, faceva sempre in modo di portare Ivo fuori sul suo passeggino ipertecnologico.

Un giorno lui le chiese di indossare un sottile collare per cani che aveva comprato. L'avrebbe portata come schiava a delle feste private, le annunciò, e forse avrebbe lasciato che lei fosse usata anche da altri uomini in sua presenza, l'avrebbe divisa con altri. Dichiarò che il suo talento di succhiacazzi avrebbe dovuto essere mostrato al mondo intero.

Milduta rimase in silenzio, ma il suo cuore sprofondò.

Max si arrabbiava sempre di più, ogni volta che lei, senza volerlo, turbava la perfetta armonia decorativa dell'appartamento, mettendo fuori posto anche solo un piccolo dettaglio, un cuscino, una rivista. A parte la sua filosofia sessuale, Milduta trovava Max tremendamente gretto, adesso.

Un giovedì sera Max spese un'ora intera ad addestrarla nell'arte di mettere in mostra le sue doti nella corretta posizione, immobilizzata da una barra metallica a cui erano fissate le caviglie (alla fine, dopo una serie di sculacciate punitive, imparò). Poi, con orgoglio, accarezzandole paterno le guance, le diede l'annuncio: ormai era pronta a essere introdotta nei circoli giusti. La mente di Milduta volò via, inseguita da un attacco di panico.

Il mattino dopo lasciò Zurigo di fretta, portandosi solo i soldi per i biglietti del treno.

Si ritrovò sulla soglia della casa di Henk dopo solo tre settimane e mezzo dalla sua fuga.

Non sapeva dove altro andare.

Da Henk o a Tallinn, non c'era alternativa.

43

Ormai Jack non poteva più nasconderselo: soffriva di una grave sindrome di dipendenza da Internet.

C'erano così tante anime, tante donne là fuori, sconosciute, bellissime, sospese in fragile equilibrio dentro quello che William Gibson aveva un tempo battezzato cyberspazio, così a portata di mano, ma anche terribilmente irraggiungibili, così ricche di promesse e di piaceri inconfessati. Faticava a starne lontano, anche se sapeva che solo uno su cento di quei contatti avrebbe potuto svilupparsi in qualcosa di più significativo. Dubitava perfino di avere ormai la pazienza o l'energia di andare ancora una volta fino in fondo sulla strada di una nuova e problematica relazione, con tutti i suoi ostacoli e le possibili complicazioni.

Eppure continuava a tornare al computer e a esplorare.

Molti della chat, al di là degli pseudonimi spesso ridicoli o arroganti, che evocavano prestazioni sessuali fuori del comune, se non addirittura fuorilegge, professavano di essere bisessuali. Jack aveva raramente prestato attenzione alla questione.

Nella maggior parte dei casi si trattava di donne che cercavano altre donne.

Lo pseudonimo "Malinconia" portava molti a credere

che lui fosse una donna. Una volta un maschio lo contattò e quando scoprì che in realtà era un uomo, gli domandò seriamente se potesse essere interessato a un incontro.

Dopo aver chiarito di non essere gay, Jack fu sorpreso nel leggere che lo sconosciuto rispondeva: «Nemmeno io».

<Malinconia risponde>

E allora perché mi fai questo invito?

<Valiant scrive>

Gioco in tutti e due i ruoli. Il fatto è che mi piacciono le donne, ma francamente anche il cazzo non è male.

<Malinconia risponde>

Veramente?

<Valiant scrive>

Dovresti provare. Potresti rimanerne veramente sorpreso.

<Malinconia risponde>

Non so perché ma ne dubito. Anzi, sono assolutamente sicuro che la vista del pene di un altro uomo non me lo farebbe mai venire duro. È solo che, fondamentalmente, non ne sono attratto. Non è come il corpo di una donna, non mi tocca gli stessi tasti.

<Valiant scrive>

Non ci hai mai pensato neanche una volta? Sii onesto.

Jack ci pensò su per un po'.

Poteva capire due donne insieme: c'era una bellezza, un'attrazione estetica verso la nudità di una donna. Magari se fosse nato donna sarebbe stato bisessuale, prendendo il meglio di due mondi. Ma con gli uomini?

<Malinconia risponde>

Non sono proprio attirato dall'idea di metterlo nel culo a un uomo, e men che meno di essere scopato. Questo è il succo del discorso. Non sono mai stato attratto fisicamente da un uomo. Per niente. Non è una questione di pregiudizio, capisci?

<Valiant scrive>

E che mi dici della *fellatio*? Pensaci. Non ti sei mai chiesto che cosa prova una donna a prendere un cazzo in bocca? Che sapore ha? Che sensazione deve dare succhiare un cazzo? Per provare a stare dall'altro lato, in un certo senso.

Jack in effetti se lo era chiesto.

Ovviamente molte donne negli anni gli avevano fatto un pompino e gli era capitato di chiedersi che tipo di piacere desse loro. Forse si trattava semplicemente di un atto al quale erano rassegnate per forza d'abitudine, sapendo che avrebbe sciolto il loro partner.

La conversazione si esaurì gradatamente, ma continuò a tornargli in mente nelle settimane successive.

Improvvisamente, ogni volta che si collegava a Internet, tutti sembravano essere bisessuali, si sentiva in minoranza.

Nel continuare con l'immaginazione un viaggio istintivo su questo terreno rischioso, Jack venne assalito da una terribile curiosità, anche se l'idea andava radicalmente contro tutto quello che sapeva su se stesso e sulle sue inclinazioni sessuali.

Ma ormai anche questa nuova ossessione aveva preso piede, per quanto cercasse di resistere.

Arrivò un giorno malinconico nel quale la solitudine era diventata insostenibile. Così Jack si ritrovò in una nuova conversazione. L'uomo si presentava come "Nicholas m per m".

Abitava dall'altra parte della città, alla fine della linea di metropolitana di Jack.

Un'ora dopo era seduto su un divano letto traballante a Leytonstone, nudo, con l'altro uomo che gli faceva un pompino. Lo aveva avvisato che sarebbe stata la prima volta per lui e che era preoccupato di non raggiungere nemmeno un'erezione decente. Ma non appena lo sconosciuto gli circondò il cazzo con la bocca, gli diventò duro in un baleno.

Jack aveva chiuso gli occhi ma non c'era ragione di far finta che a fargli il pompino fosse una donna, la sensazione era la stessa. Una bocca era una bocca.

«Ci vuoi provare?» propose l'altro, dopo aver finito di succhiarglielo.

«Ok» rispose Jack nervosamente.

Si spostò sul divano mentre l'uomo prendeva posizione sull'orlo di una sedia verde. Jack gli avvicinò la bocca ai genitali. Era già abbastanza duro, con il glande rosa e umido che spuntava dal prepuzio.

«Non voglio ingoiare» lo avvisò. Jack sapeva di non essere assolutamente pronto per quello.

«Certo» disse l'altro. «Mi tolgo in tempo, promesso.»

E così fece.

Tornando a casa in metropolitana, Jack cercò confusamente di analizzare gli eventi recenti. Non aveva cambiato opinione: sapeva di non essere ancora attratto dagli uomini. Ma aveva capito anche che succhiare il cazzo non era del tutto spiacevole.

Cosa che, suppose, faceva anche di lui un bisessuale.

44

Milduta si era scusata a lungo con Henk per la sua scappata a Zurigo. Aveva dato la colpa al modo in cui lui l'aveva resa tanto infelice e lo aveva supplicato di essere più comprensivo con lei, gli aveva chiesto di avere pazienza fino a quando non avesse rimesso in ordine i pezzi nella sua mente. Dopo tutto avere il bambino era stato un grosso shock. E la evidente mancanza di entusiasmo di Henk non aveva aiutato granché, aveva fatto notare.

«E allora, com'era la Svizzera?» le chiese Henk, dopo che lei aveva messo Ivo a dormire e disfatto i bagagli. L'aveva vista togliere dalla valigia varie cose nuove comprate a Zurigo, ma non aveva indagato oltre sulla loro origine.

«Lui non andava bene per me, Henk» fu tutto ciò che decise di dirgli.

«Allora siamo di nuovo insieme?»

«Non lo so ancora» rispose.

«Perché allora sei tornata qui, in Olanda?» protestò.

«Perché Ivo è anche tuo. Tu sei suo padre e devi occuparti di me e del piccolo.»

Gli occhi di Henk si rabbuiarono.

«Ok» acconsentì.

Mangiarono zuppa di piselli in cucina, una pesante cortina di silenzio aleggiava tra loro.

Dopo che lei ebbe lavato i piatti, lui andò verso la credenza e prese una bottiglia di vino rosso. Nei primi giorni di convivenza era stata una piacevole abitudine bere insieme qualche bicchiere di vino, dopo cena, quando dovevano passare la serata a casa. Era ovvio, voleva fare pace con lei, lo sapeva.

Prima di buttare giù il primo bicchiere, si sentì obbligata a dirgli come stavano le cose. Nonostante l'errore che aveva fatto andando a vivere con l'altro uomo in Svizzera, non poteva riaccendere il suo affetto per lui, almeno per il momento. E soprattutto, non voleva ricominciare ad avere rapporti sessuali con lui, disse con fermezza.

Milduta pose le sue condizioni: avrebbe accettato di vivere sotto il suo tetto solo perché era il padre del suo bambino, tutto qui. Si sarebbe mantenuta da sola, ritornando alla fabbrica di biscotti o sbrigando lavori domestici per altre famiglie. Avrebbe cucinato per tutti e tre e gli avrebbe stirato le camicie, ma lui avrebbe dovuto badare a Ivo due sere alla settimana per darle l'opportunità di uscire con i suoi amici o con chiunque avesse voluto. Questo fino al giorno in cui le autorità locali avrebbero assegnato a lei e al bambino un alloggio, e a quel punto si sarebbe trasferita. Una volta andata via, lui avrebbe potuto far visita a Ivo ogni volta che voleva, basta che le desse preavviso sufficiente. Non aveva nessuna intenzione di tenerlo lontano dal figlio.

Henk esplose e spazzò la bottiglia dal tavolo, frantumi di vetro andarono sul pavimento di pietra della cucina.

Milduta lo ignorò completamente e si diresse verso la stanza degli ospiti dove dormiva con il bambino.

Con queste premesse, ricominciarono a convivere. Gli

sbalzi di umore di Henk peggiorarono. Sua sorella, preoccupata per la sua salute mentale e per la sicurezza di Milduta e del bambino, lo convinse a frequentare un terapista. Lui accettò il suggerimento solo a patto che venisse anche Milduta, visto che era lei la causa dello stress, secondo lui. Milduta lo fece, per il bene di Ivo. A Henk venne ufficialmente diagnosticata una forte depressione con sindrome maniacale.

Molte volte, quando la frustrazione si impossessava di lui, doveva chiudersi a chiave nella stanzetta, al riparo dalla sua vista. Lo sentiva sbraitare e bere incontrollatamente, dall'altro lato della porta. Certi giorni diventava difficile evitare gli insulti e la marea del suo risentimento. A volte doveva anche difendersi dai suoi fiacchi tentativi di picchiarla. Di solito non le faceva mai molto male e finiva sempre in lacrime dopo, a scusarsi follemente tra i singhiozzi.

«Una volta sola, in nome dei vecchi tempi» la supplicava.

«No.»

«Ti prego, Milduta.»

«Mai.»

«Io non sono cambiato» insisteva. «Sei tu.»

«Siamo cambiati tutti e due» rispondeva.

Henk insisteva.

«Forse se facessimo un altro figlio, le cose potrebbero tornare a funzionare.»

Milduta rifiutava categoricamente.

Ovviamente non poteva prenderlo sul serio.

45

Milduta si ricordava ancora dell'uomo di Londra che aveva rifiutato la sua proposta di fare sesso virtuale e che la faceva spesso ridere. Si chiamava Jack. Sempre così educato e pieno di attenzioni, a differenza di quasi tutti gli altri uomini che la corteggiavano online. Quello che si faceva chiamare "Malinconia". Si mise a frugare in mezzo a una confusione di carte e vecchi diari per trovare le pagine dove aveva annotato il suo indirizzo di e-mail.

Gli scrisse informandolo di essere tornata in Olanda, gli spiegò che le cose con il bancario di Zurigo non avevano funzionato. Aveva ancora un bel ricordo di lui, gli disse. Sarebbe stato bello riprendere a chattare.

Jack rispose e ripresero le loro conversazioni, sia online che per telefono. Anche lui la ricordava con affetto ed era sinceramente sorpreso che lei si fosse messa di nuovo in contatto con lui. Era contentissimo.

Poco a poco Milduta gli rivelò tutti i dettagli sul periodo a Zurigo. Lui si mostrò comprensivo, ma era sbalordito dal suo candore e dalla sua ingenuità. Come aveva potuto farsi coinvolgere così in fretta da quello strano banchiere e dargli così apertamente fiducia, le chiese.

«Sono fatta così» replicò. «Mi fido di gente. È sbagliato?»

«No, è bello» rispose Jack. «Ma pericoloso. Devi stare più attenta in futuro, Milduta» le consigliò.

Adesso lavorava quattro mattine alla settimana alla fabbrica di biscotti, primo turno, sei del mattino. Per la maggior parte del tempo si annoiava a morte, non vedeva l'ora che il comune le desse notizie sulla disponibilità di una casetta nei dintorni. L'unico divertimento che le rimaneva era Internet, quando Henk era fuori o non stava usando il PC. Si fece nuovi amici. Uno a Brooklyn, un altro a New Orleans. Volevano tutti e due che lei andasse in America. C'erano anche anche un sacco di altri uomini inglesi. Alcuni scatenati, altri timidi, la sommergevano di dolci oscenità e proposte deliziosamente sconvenienti.

Si sentiva sola, attanagliata dal grigio piatto della campagna olandese e dalla perenne nebbia mattutina che le toccava attraversare in bicicletta con qualsiasi tempo per andare in fabbrica.

Lei e Jack iniziarono a parlare della possibilità di incontrarsi nella vita reale. La situazione nella casa che doveva condividere con Henk stava diventando sempre più delicata. Non aveva più segreti per lui, anche se lo aveva sempre tenuto all'oscuro delle sue attività sessuali in Estonia. Facevano parte di un'altra vita e non vedeva ragione di rivivere un passato che sembrava ormai così lontano.

Jack restava molto cauto. Non aveva raccontato a Milduta della sua disavventura con Rachel l'anno passato.

«Vuoi incontrarmi, Jack?»

«Sì, Milduta. Mi piacerebbe. Ma non facciamo troppi piani, non creiamoci troppe aspettative.»

«Ho capito.»

«Siamo d'accordo, io verrò in Olanda. Sto solo aspettando l'occasione giusta. Fidati di me.»

«Va bene.»

«Senti, Milduta, non mi aspetto di fare sesso. Non voglio che tu pensi che debba essere di nuovo come con Max» Jack l'avvertì. «Ci incontriamo e basta, prendiamo qualcosa da bere, andiamo in un bel ristorante insieme, e vediamo come si mettono le cose. Senza obblighi da parte di nessuno dei due, Ok? Magari diventeremo solo buoni amici. Una relazione platonica, capisci?»

«Buono» scrisse Milduta.

Era chiaro: Jack sperava in qualcosa di più, una volta che si fosse trovato faccia a faccia con questa strana ragazza estone dai valori un po' sottosopra, ma in fondo non ci contava. Aveva il sangue ormai avvelenato dal troppo realismo, che si mescolava al suo innato pessimismo.

C'era una grande fiera internazionale del libro che si sarebbe svolta a Varsavia qualche settimana dopo. Non era un evento al quale doveva partecipare per forza, ma sentì che gli serviva un alibi di quel tipo, qualcosa di più di un pretesto, per giustificare il viaggio. Jack si organizzò con l'agenzia di viaggio per fare scalo ad Amsterdam per una notte, il giorno prima di arrivare nella capitale polacca. Via web aveva trovato un alberghetto vicino alla stazione centrale, affacciato su uno dei canali minori che attraversavano la città. Prenotò una stanza, insistendo per avere un letto matrimoniale, se possibile.

Il suo aereo arrivò a metà pomeriggio, dall'aeroporto prese la navetta per la città e poi si avviò a piedi verso l'albergo. Lo trovò con facilità. La stanza si rivelò sorprendentemente piccola e al pianoterra, si vedeva passare la gente sul marciapiede alla stessa altezza del letto, se le tende non erano tirate.

Fece una passeggiata per Kalverstraat, diede un'occhiata ai libri d'importazione americani all'Atheneum, sfogliò la pornografia in piena vista nella pletora di sexy shop che affollavano la zona e scoprì, con sua grande sorpresa, che un negozietto di dischi indipendenti che aveva visitato quasi dieci anni prima era ancora allo stesso posto. Acquistò la raccolta completa di Philip Glass e fece senza fretta ritorno alla stanza d'albergo.

Erano d'accordo di vedersi per cena. Milduta non poteva farcela prima perché doveva aspettare che Henk rientrasse a casa dal lavoro, per badare a Ivo.

Gli aveva detto che andava a vedere un balletto ad Amsterdam insieme ad altre ragazze della fabbrica, e dopo sarebbero andate a bere qualcosa. Per evitare di svegliare lui e Ivo al ritorno, sarebbe rimasta a dormire da una di loro.

Henk aveva annuito con indifferenza. Non che a Milduta importasse se le credeva o meno. In ogni caso era una delle sue serate libere.

46

Era molto più alta di quanto si aspettasse. Doveva aver dimenticato una delle loro prime conversazioni in chat, in cui forse lei glielo aveva detto.

Al contrario, lei lo trovò più basso di quanto avesse immaginato mentalmente. È strano, ma le foto raramente riescono a rendere esattamente l'altezza delle persone. Lui si scusò facendo notare che dopo i quarant'anni gli uomini cominciano a rattrappirsi impercettibilmente. Troppi anni di sperma buttato via e tutto il resto. Questa battuta la fece ridere.

In realtà erano più o meno della stessa altezza.

Era anche più carina che nelle foto.

Aveva un'aria delicata, una gravità e una tristezza sottile che unita al fascino del suo accento e a quel sorriso persistente, così pieno di dolcezza, intimidì Jack come ai tempi della scuola. Si salutarono nella hall dell'hotel con un bacio casto.

«Allora, eccoci qui!»

«Sì.»

«Hai avuto problemi ad allontanarti da casa?»

«No.»

Milduta aveva i capelli più corti e si era fatta i colpi di

sole. I suoi occhi erano straordinariamente chiari, con variazioni di tonalità dall'azzurro al grigio. Indossava un completo nero con un ricamo discreto che ornava le maniche e gli orli. La gonna le arrivava al ginocchio. Aveva belle gambe, la vita molto alta e i fianchi forti, da donna che ha avuto un figlio. La giacca era abbottonata sulla gonna nera di seta, sotto si intuivano i contorni fini del reggiseno. Nella luce aggressiva della hall, Jack notò che il completo aveva conosciuto tempi migliori: una zona un po' consunta qua, un orlo logoro là.

Fuori c'era vento, una brezza forte si alzava dagli argini del canale, dove le biciclette si allineavano in file ordinate.

«Ho fame. E tu, Milduta?»

«Sì, sarebbe bello mangiare presto.»

«Possiamo andare subito. Prendiamo l'aperitivo al ristorante. Così facciamo a meno di camminare più del necessario con questo freddo.»

«Ok» acconsentì Milduta.

«Tu sei la mia guida locale. Dove vuoi cenare?»

Milduta era stata pochissime volte ad Amsterdam, e aveva solo ricordi vaghi dei ristoranti della zona, così camminarono un po' a caso per il centro, prima che finalmente Jack individuasse un ristorante francese con luci soffuse nella via vicino al Dam e proponesse con decisione di provare lì.

La cena arrivò e finì velocemente, mentre la coppia si tuffava in una discussione senza fine su tutto e su niente. C'era così tanto da dirsi. Cose di cui non potevano discutere online o per telefono. Milduta gli mostrò le foto del piccolo Ivo e lui vide nei suoi occhi tutto l'orgoglio di madre. Gli mostrò anche una foto di lei in Estonia, quando i capelli le scendevano sulle spalle ed erano molto più scuri, senza dubbio il suo colore naturale. La preferiva molto di più adesso, le confessò. Tra sé pensava anche che il dolore sopportato di recente l'aveva resa più donna, meno ragazzina. Ma il suo sorriso angelico, con un che di malizioso, era sempre presente.

Li avevano fatti sedere in un piccolo tavolo d'angolo al piano superiore e la cena era stata parzialmente disturbata dalla presenza rumorosa di una tavolata di colleghi d'ufficio che festeggiava chissà cosa. Ogni tanto Jack notava qualcuno dell'altro tavolo che li guardava con curiosità, forse sospettavano la natura illecita del loro incontro, oppure disapprovavano l'evidente differenza di età fra di loro, o forse era solo perché parlavano a bassa voce in inglese nel tentativo di avere un po' di privacy.

Dopo cena vagarono per le strade fredde del centro città per un'ora, sorvolando deliberatamente la questione della stanza in albergo. Girarono per il distretto a luci rosse, che lasciò Milduta visibilmente affascinata. A volte aveva perfino pensato di vendersi agli uomini, non fosse altro che per sapere cosa si provava, gli disse. Jack manifestò evidente disapprovazione. In ogni caso, ora che aveva un figlio da mantenere, che cosa poteva fare? Forse, rifletté, avrebbe dovuto mettere un annuncio per trovare un amante ricco che la mantenesse da qualche parte, in cambio di servizietti occasionali. Il resto del suo tempo sarebbe stato per se stessa, che ne diceva lui? Jack cercò di spiegarle che non funzionava esattamente in quel modo. Milduta fece un largo sorriso. Non era sicura se lo stesse prendendo in giro o meno.

Lei insistette perché trovassero quel famoso negozio di preservativi di cui aveva sentito parlare, in una via parallela al canale principale. Ovviamente lo trovarono chiuso, era quasi mezzanotte. La vetrina era fortemente illuminata, piena di più di mille varietà di preservativi di tutte le forme, misure e colori. Jack li trovò piuttosto ridicoli, ma servirono a mettere Milduta di buon umore dopo tutti quei discorsi tristi e pericolosi sulla prostituzione.

Sapeva che l'ultimo treno che avrebbe potuto riportarla a casa di Henk ormai era partito da un bel po'. Lui le prese la mano. Non incontrò resistenza. Lentamente cominciarono ad avviarsi verso il suo albergo.

Adesso camminavano in silenzio.

La hall era sotto il livello della strada, si accedeva alle stanze tramite un piccolo ascensore. Non le chiese espressamente di salire, ma lei lo seguì in silenzio dentro l'ascensore.

Dopo aver chiuso la porta della stanza, Jack appese il cappotto. Milduta rimase immobile in piedi. Lentamente Jack avvicinò le labbra alle sue e si baciarono. Aveva un sapore meraviglioso.

Lei rimase in piedi accanto al bordo del piccolo letto mentre lui cominciava a spogliarla con lentezza studiata, le sfilò le mutandine trasparenti e affondò le narici e la bocca nella folta peluria della fica. Il suo calore si irradiava tutto intorno. Lei fu attraversata da un brivido e gemette lievemente al tocco deciso ma gentile della sua lingua, che la stava aprendo.

Venne.

Jack era ancora completamente vestito.

Si strappò di dosso gli indumenti e passarono sul letto.

47

Aveva la pelle bianca e il seno piccolo.

«Una seconda» confessò.

Lui si allungò su di lei, stese il braccio verso la finestra e chiuse uno spiraglio nelle tende. Il freddo esterno stava penetrando nella stanza e a entrambi faceva venire la pelle d'oca: giacevano ancora sulla trapunta rustica del letto. Ma non sentivano ancora il bisogno di scivolare sotto le lenzuola.

Pelle contro pelle, cercavano il calore l'uno dell'altra.

Aveva i fianchi alti e sodi, come immaginava che fossero fatte le contadine russe, carne tesa contro le ossa del bacino.

Nella penombra della stanza 107 dell'Hotel Singel, Jack osservava la distesa pallida della sua pelle mentre con delicatezza copriva Milduta sotto il suo peso, in un amplesso languido: i corpi si intrecciavano, braccia e gambe si piegavano e poi si distendevano, si incrociavano con precisione e per istinto scoprivano geometrie invisibili alle quali si adattavano ancor prima di qualsiasi penetrazione. Le forme reagivano le une alle altre, le cavità si incastravano con gli angoli, la carne morbida reagiva al contatto, come elementi di una equazione misteriosa che generava la curva crescente del desiderio. Intanto le loro bocche si divoravano con frenesia, con una passione che sembrava nascere dalla disperazione.

«Baci bene» disse Milduta, arretrando per riprendere fiato, non appena si staccarono per un momento.

«Grazie» disse Jack.

«No, veramente...»

«Anche tu.»

Si spostò, mettendosi di fianco, con il mento sul gomito. Ora che gli occhi si erano perfettamente abituati all'oscurità, notava ogni neo e le piccole sporadiche imperfezioni sul bianco della sua pelle. Una macchia scura si stendeva pigra sul lato sinistro del seno destro, una voglia. C'era un grosso neo alla base della schiena, e una macchia di pigmento più scuro che si fondeva nel rosa più intenso del capezzolo destro. Qualcosa di simile faceva capolino indiscreto attraverso i riccioli folti del pube, quasi a continuare idealmente il taglio netto della vagina. Non voleva essere critico. Sapeva che lei avrebbe trovato altrettante piccole imperfezioni sparse su tutto il suo corpo, se non di più. Stava semplicemente, oggettivamente notando tutte le caratteristiche che le erano proprie, registrava quello che vedeva nei minimi dettagli, come una macchina fotografica. Scattava e archiviava ricordi, li metteva da parte per quando lei non sarebbe più stata al suo fianco, per i giorni in cui il suo volo l'avrebbe portata fra le braccia di altri. Aveva già capito che Milduta era uno spirito libero, non avrebbe mai potuto farsi ingabbiare per sempre, per quanto lussuosa e piena d'amore potesse essere l'ipotetica prigione costruita e decorata per accoglierla.

Si riavvicinò a lei.

Le leccò ogni centimetro di pelle esposta.

Lei rispose spontaneamente succhiandogli il cazzo con trasporto autentico ma anche con una delicatezza toccante, la lingua abile ed energica correva lungo l'asta dandogli piacere, stuzzicandolo, assaporandolo, tracciando la mappa esatta di ogni contorno della sua erezione. Con la bocca calda si spinse più giù e circondò i testicoli scuri, soppesandoli con la lingua in perenne movimento. Con le labbra istintivamente gli stimolava il cazzo: non aveva bisogno di usare le mani per quello, le teneva occupate a divaricargli i glutei con le dita, mentre lavorava ad arte il pene.

Notò quanto fosse esperta. Una prima avvisaglia gli percorse il corpo come un'onda e lo fece tremare, si staccò da lei per farle capire che non desiderava ulteriori attenzioni al suo cazzo: non voleva venirle in bocca, o esplodere su di lei.

I loro corpi si riavvicinarono e ritornarono uno nelle braccia dell'altra. Nella bocca lei aveva ancora il sapore del suo cazzo.

Mentre la accarezzava lentamente, si rese conto che i suoi capezzoli non erano molto sensibili. Ricordò che lei gliel'aveva anche detto nel corso di una chattata. Il suo tallone di Achille, l'aveva chiamato.

«Ora» suggerì Jack.

«Ok» acconsentì Milduta.

«Che posizione preferisci?»

«A quattro zampe» sussurrò piano, la voce tremolante. Non ne era sicuro, ma forse era arrossita leggermente. Il calore dal suo corpo arrivava fino a lui con radiazioni di passione invisibili, trasmesse da correnti silenziose.

La fece girare e con la mano accompagnò il cazzo verso la sua entrata. Le labbra scure erano già leggermente aperte, solcate da riflessi di umore. Dal suo punto di osservazione, mentre si inginocchiava per mettersi al suo stesso livello, godeva di una vista da togliere il fiato: il cratere grinzoso dell'ano era scuro, lo fissava invitante, vulnerabile. Si chiedeva se fosse mai stata presa lì. Si posizionò contro la fessura più in basso, separò con le dita le grandi labbra ora madide e Milduta reagì senza bisogno di parole, spinse il sedere ancora più in alto, il viso schiacciato contro la coperta, i piccoli seni che pendevano sodi dal corpo elastico.

Jack la penetrò.

Le invase la fica.

Dentro era fuoco, sentì il cazzo avvolto da un manto di calore.

Milduta trattenne il fiato mentre lui affondava dentro di lei ed emetteva un gemito profondo di piacere.

Era fatta. Adesso erano amanti.

48

In seguito ripensò molte volte a quanto le piacesse assaporare il piacere. Milduta non si risparmiava, l'intero corpo si abbandonava completamente al momento, con spasmi di godimento che l'attraversavano al rallentatore, irradiandosi dalla fica a tutto il corpo. Ogni circuito interno si surriscaldava ad altissima velocità mentre un'ondata le travolgeva l'anima e prendeva completo possesso di lei, movimenti epilettici sincopati le facevano scattare i muscoli del ventre su e giù, le dita stringevano la stoffa delle lenzuola, gli occhi chiari restavano spalancati, vetrificati per la meraviglia.

Jack la sorprese al mattino, scivolando giù fra le lenzuola che avvolgevano i loro corpi nudi. La svegliò con la lingua e la delicata pressione dei denti sulla fica ancora umida, in cui poteva ancora sentire il suo stesso sapore. Lei venne come un fiume in piena, sorprendendolo per la violenza del suo orgasmo. Forse era stato l'elemento sorpresa. Quasi tutte le donne che aveva conosciuto in precedenza avevano l'abitudine di lavarsi dopo una scopata. Mimì era la prima, dopo Edwina, che non lo faceva e che teneva i suoi succhi dentro di lei.

Gli piaceva il modo in cui l'intero essere di Milduta si

contraeva come folgorato dall'elettricità, quando veniva, e come poi assaporava avidamente ogni atomo di piacere con i denti serrati, il corpo rilassato come senza peso. Alzando lo sguardo, Jack cercò i suoi occhi nella luce crescente che filtrava nella stanza. Fuori pioveva, sentiva il ticchettio delle gocce contro i vetri e il rumore del traffico cittadino che cominciava a svegliarsi, lontano.

Lei aveva le pupille dilatate e l'azzurro chiaro dell'anima sembrava parlargli in un linguaggio sconosciuto, come se lo pregasse... di cosa?

Si tirò su e si adagiò su di lei, a coprire la sua nudità, il cazzo duro che le spingeva sullo stomaco. Si sistemò meglio, le divaricò le gambe e le penetrò la fica gonfia. Entrò senza sforzo. Era di nuovo pronta per lui.

Mentre lui si muoveva dentro e fuori, Milduta lo guardava con occhi rapiti, occhi muti agganciati ai suoi, che imploravano, gridavano in silenzio, a volte scostandogli un ricciolo ribelle dalla fronte che regolarmente si separava dalla chioma. Nessuno dei due disse una parola.

Non era il momento di fare conversazione.

Né di paroline affettuose.

Né di parlare sporco.

Quello sarebbe venuto dopo.

C'era qualcosa in Milduta, una strana passività, un inequivocabile, smodato desiderio di essere usata e ancora usata, che toccava profondamente Jack.

Con il cazzo affondato dentro di lei, quasi schiacciato contro la cervice, venne con un ruggito chiamandola per nome. Lei gli passò le dita fra i capelli scompigliati. Era il primo gesto affettuoso, il primo che non fosse di natura esclusivamente sessuale. Sentiva che si stava rilassando dentro di lei, mentre ancora sguazzava nel suo stesso seme e si placava nella sua fica. Jack chiuse gli occhi stanco ed entrambi si addormentarono, uniti, per un'altra mezz'oretta.

Prima che finalmente si alzassero per fare colazione, fu sorpreso di sfoderare un'altra erezione mentre osservava i glutei lisci e sodi di Milduta che navigavano maestosamente dal letto al bagno e ritorno. La sentì fare pipì attraverso la porta che aveva lasciato spalancata.

Notandolo eccitato al suo ritorno, si accucciò vicino a lui, gli prese il cazzo (ancora non lavato) in bocca e prontamente glielo succhiò fino ad accogliere il suo ultimo seme stanco. Non disse nulla, dopo si alzò in silenzio per andare nuovamente al bagno dove la sentì sputare il suo sperma e fare dei gargarismi.

«Che sapore ho?» scherzò quando lei fu di ritorno.

«Abbastanza buono» disse lei, con un'ombra di sorriso sulle labbra secche.

Fu il suo turno in bagno, si lavò e si fece la barba. Mentre si lavava i denti, Milduta, che si era già vestita, fece capolino dalla porta e rimase lì a guardarlo mentre si puliva la schiuma dalle orecchie e dal collo. Jack era nudo davanti al lavandino.

«Non sono stata con molti uomini tagliati» notò, guardandogli il cazzo che penzolava.

«Tagliati?»

«Sì, senza pelle intorno al pene.»

«Oh, circoncisi...» fece. «Sono contento di rappresentare una novità!»

«È vero che è meno sensibile lì quando non c'è la pelle che protegge?» domandò.

«Non lo so, Milduta. Non avuto modo di fare un confronto.»

Scoppiò a ridere e lui la baciò con tenerezza.

Non riusciva ancora a capacitarsi del fatto che lei tenesse gli occhi aperti per tutto il tempo, quando facevano l'amore. Era una cosa che aveva su di lui un effetto profondo. Non sapeva perché.

Uno sguardo fisso silenzioso che diceva mille parole.

Più tardi, davanti a latte e cereali in un caffè nei paraggi, lei scherzò sul fatto che i suoi occhi dovevano essere troppo brillanti e lucidi, così Henk avrebbe capito senza ombra di dubbio che cosa aveva fatto. Che si era fatta scopare. C'erano cose, insisteva, che non riusciva a nascondere alla gente che la conosceva bene. Quello che avevano fatto la notte scorsa, e poi di nuovo quella mattina, era scritto sul suo viso e ci sarebbe rimasto per giorni.

Subito rassicurò Jack che questo non aveva la minima importanza. Era il suo corpo, la sua vita. Ed era stato bello, aggiunse.

«Veramente.»

«Mi fa molto piacere.»

«Non ho rimorso.»

«Nemmeno io, Milduta. Però devo ammettere che non mi aspettavo veramente di andare a letto insieme al nostro primo incontro. Prima di venire ad Amsterdam sembrava sfacciato anche solo pensarlo.»

«Tu sei troppo complicato, Jack. Io sapevo che avremmo scopato. Sapevo che tu eri un bravo amante.»

Jack chiese il conto.

Milduta rimase con lui l'intera giornata a esplorare Amsterdam, facendogli da guida in quella giornata fredda e ventosa di dicembre. Si avventurarono al nuovo Teatro dell'Opera, al mercato dei fiori e, sempre affamati dopo i ripetuti sforzi fisici, condivisero una zuppa di spaghetti in un piccolo ristorante cinese, dove lei quasi si strozzò con dei germogli di soia, perché Jack se n'era uscito con una stupida battuta che l'aveva fatta sganasciare dalle risate.

Ritornarono in hotel, scoparono di nuovo, lentamente, teneramente, prima che per lui si facesse ora di lasciare libera la stanza e raggiungere l'aeroporto per prendere il volo per Varsavia, mentre lei doveva aspettare il suo treno.

Si salutarono alla stazione dove i loro convogli partivano da binari distanti tra loro. Entrambi odiavano i saluti strazianti, per cui la loro separazione fu tranquilla e senza alcun tipo di promessa per il futuro.

Mentre il vagone cominciava a muoversi, Jack indugiò sulla visione di lei nel vortice del sesso, l'espressione sul suo volto, i suoi profondi occhi azzurri, lo spettacolo sublime e totalmente osceno del suo culo spinto in aria mentre le affondava dentro.

Nervosa per la prospettiva di dover affrontare Henk e ansiosa di riabbracciare il suo bambino, Milduta era contenta di avere incontrato un uomo che sapeva farla ridere con le sue battute e il suo umorismo pungente, quasi assurdo.

Non aveva rimpianti. Era stata una bella esperienza e, dopo tutto, chi aveva detto che fosse nata per fare la suora?

49

Milduta aveva parlato spesso a Jack dei suoi sogni e dei suoi piani ancora vaghi per il futuro.

Sapeva di non poter rimanere sotto il tetto di Henk ancora per molto.

Stava diventando tutto troppo pesante da sopportare e cominciava ad avere paura per la propria incolumità, via via che la depressione del marito peggiorava. La sua presenza fisica così vicina non faceva altro che rinfocolare in Henk le braci ardenti della vecchia passione. Prima o poi il suo autocontrollo sarebbe inevitabilmente saltato e lei e Ivo sarebbero stati le vittime sventurate della sua rabbia.

Ci aveva pensato seriamente: mettere un annuncio su qualche rivista e offrirsi come amante di un uomo ricco che la facesse vivere nel benessere. In fondo si sarebbe solo trattato di fornire in cambio del sesso e un po' di compagnia, tutte cose che in genere forniva gratis, se non altro per non impazzire. E anche perché le piaceva. Così, pensava, sarebbe stata semplicemente una transazione commerciale. Niente di compromettente o moralmente condannabile come la prostituzione. Il ragionamento non faceva una grinza. Non era una puttana e non lo sarebbe mai stata, per quanto la vista di quelle donne nel distretto a luci rosse, sedute in vetrina con quell'abbigliamento succinto, l'aveva affascinata ed eccitata in modo insidioso.

Di fronte all'ipotesi che lei facesse la mantenuta, gli occhi di Jack avevano tradito un'assoluta disapprovazione, quindi Milduta aveva liquidato l'idea come fosse stato uno scherzo.

Invece lo mise davvero un annuncio discreto sul giornale, una quindicina di giorni dopo.

E un altro, con testo diverso, in una rivista per incontri dedicata a uomini soli, nella quale si era imbattuta per caso. Compagnia a cena, offriva. Non si parlava di compenso, solo di un rimedio alla solitudine.

Nel giro di una settimana la sua casella postale si era riempita di un bel po' di risposte a quell'annuncio. Aveva stampato molte copie della foto fatta al castello di Nijmegen. Sapeva di apparire seria ma anche attraente in quella posa, non una qualsiasi ragazzetta della vecchia Unione Sovietica in cerca di fortuna.

Il suo olandese non era buono abbastanza per sostenere una fitta corrispondenza, né lo era il suo inglese, per cui ai pretendenti che sembravano validi mandava la foto, insieme al suo numero di cellulare.

Si comportava nello stesso modo con gli uomini che incontrava in chat su Internet, quelli che sembravano avere più cose da dire degli altri e che non volevano unicamente fare inutile sesso virtuale, o parlare ossessivamente delle loro esperienze sessuali, o indagarla fin nei minimi dettagli (anche se doveva ammettere non senza vergogna di essere innegabilmente attratta da certi tizi che davano prova di un'immaginazione particolarmente fervida, se non addirittura depravata). Fortunatamente la maggior parte di loro sembravano abitare in America e quindi troppo lontani per rappresentare una vera tentazione.

Inizialmente cauta, cominciò poco a poco a incontrare alcuni degli uomini che la contattavano.

Un drink in un locale pubblico, magari una cena se avevano un aspetto rispettabile, al peggio un pompino se non gli piacevano o non erano adatti, giusto per farli sentire desiderati e non dargli l'impressione di aver completamente sprecato una serata. Che male c'era?

Rimaneva fuori per qualche ora. Per il resto badava sempre al piccolo nell'atmosfera pesante di casa, cercando di tenersi alla larga dalle grinfie di Henk.

Si sentiva in grado di tenere sotto controllo qualsiasi situazione prima che le cose andassero troppo oltre. Sapeva come comportarsi davanti all'assoluta prevedibilità degli uomini e alle loro richieste sempre uguali.

E il più delle volte non si trattava di altro che di una piacevole cena. La maggior parte degli uomini che incontrava sembravano tanto circospetti da non osare nemmeno suggerire la possibilità di fare sesso, o proporre un ulteriore contatto dopo quella serata. Sembravano accontentarsi anche solo di raccontarle la storia della loro vita, confidarle tutti i loro guai, esorcizzando la loro pochezza attraverso la semplice presenza di una bella donna.

Il proprietario di una fabbrica di Delft le abbozzò perfino una proposta economica allettante, per farla diventare la sua amante, ma sentiva che il tizio aveva qualcosa che non andava e declinò la sua offerta. Forse le ricordava troppo Max, il bancario di Zurigo. E aveva imparato a dovere quella lezione.

Nel corso di mesi e incontri casuali (e cene, era ingrassata tre chili!) rimase sempre in contatto con Jack. Aveva sempre parole dolci per lei e continuava a parlare di quella notte e del giorno che avevano passato insieme ad Amsterdam e le prometteva che un giorno sarebbe ritornato.

Incontrò un altro inglese.

Uno che viaggiava sempre per lavoro in tutto il Nordeuropa, trattava sistemi elettronici. Dopo l'incontro iniziale non si preoccupò più di portarla a cena o di prendere una stanza in un motel: la scopava in macchina, una berlina blu. Lei però per qualche ragione continuò a vederlo altre volte e a consentirgli di approfittare del suo corpo. La stava usando, lo sapeva, e nella sua mente accettava la cosa come una forma di punizione necessaria, una penitenza per espiare il livello desolante a cui aveva portato sua vita. Per lei il rappresentante era "lo stronzo", ma ogni volta che lui chiamava dicendo che sarebbe passato per l'Olanda, lei accettava di vederlo. Dopo, quando se n'era andato, piangeva. Non per il dolore fisico, anche se lui era rude e la scopava con una certa violenza, ma perché sapeva che mentre lui la trattava da sgualdrina, lei da quei colpi rozzi e dal suo dominio animalesco traeva un insolito piacere. "Perché il sesso con 'lo stronzo' doveva essere una forma di penitenza?" si chiedeva, con la mente in preda a un caos di sentimenti ed emozioni contraddittorie.

Confessò quest'avventura a Jack. Gli raccontò tutti i sordidi dettagli dei loro incontri e il modo in cui quest'uomo la costringeva a rinunciare alla sua dignità. Milduta sapeva che queste rivelazioni gli avrebbero graffiato l'anima, ma lui non la criticò.

Così accettò di rivedere "lo stronzo".

La portò in macchina in un bosco rado, a mezz'ora di strada da Utrecht. Parcheggiarono sul ciglio della strada e si addentrarono nel bosco fino a raggiungere una radura. Il terreno era coperto di foglie autunnali marce.

Questa volta non si preoccupò nemmeno di spogliarla: le ordinò di alzarsi la gonna fino alla vita, con violenza le abbassò il tanga, rompendone l'elastico. Milduta era restata in silenzio da quando era andata a prenderla alla stazione, lui la guardò e indicò una piccola zona erbosa sotto un vecchio albero i cui rami salivano a spirale verso il cielo basso e grigio.

Si sentiva ancora il frastuono delle macchine sulla strada che si trovava a poche centinaia di metri. Se qualcuno si fosse fermato vicino alla loro macchina l'avrebbe vista muoversi, esposta e senza mutande, all'ombra dell'orrido inglese.

Con violente sculacciate, fece mettere Milduta a quattro zampe, si slacciò la cintura, tirò fuori il cazzo e la penetrò selvaggiamente senza preliminari. Grugnì mentre veniva poi, con il pretesto di un appuntamento importante di lavoro nei paraggi, si scusò di non poterla riportare alla stazione dove si erano incontrati e la lasciò lì, in piedi, a tenersi su le mutandine allentate come meglio poteva, senza parole, nella radura, con lo sperma che ancora le colava lungo le cosce.

Mai più, giurò a se stessa in quel preciso istante. Ma dentro di sé sapeva già che la sua decisione non sarebbe durata.

Imbarazzata, ritornò verso la strada, con la prospettiva spiacevole di dover fare l'autostop per tornare a casa di Henk. Intanto rifletteva sul fatto che probabilmente doveva essere lei da attirare questo tipo di umiliazioni, per qualche sua caratteristica innata. Forse era parte integrante del suo corredo psicologico. Un'idea che le strizzava le budella e le intirizziva il cuore.

50

Jack la chiamava sul cellulare almeno una volta alla settimana, e ogni volta le ripeteva quanto gli mancasse e quanto gli piacesse e quanto fosse naturale e piacevole stare in sua compagnia. E non solo a letto, aggiungeva.

Online la vedeva di rado, ultimamente.

Henk aveva scoperto che usava il computer per i suoi incontri, le aveva bloccato l'accesso a Internet e lei non era stata in grado di scoprire la password per entrare.

Milduta era d'accordo, erano stati veramente bene insieme, era stato bello passeggiare vicino al Rijksmuseum, i canali ventosi, Kalverstraat, dove c'erano quei bei grandi magazzini, e dove lui le aveva comprato il nuovo doppio CD live dei Metallica, e una selezione di arie liriche fra cui quel motivo della *Lakmé* di Delibes che lei ogni tanto canticchiava per chissà quale lontano ricordo. Avevano vagato per tutto il centro della città e il tempo era passato veloce a scansare bici e passanti, tenendosi per mano.

Entrambi ricordavano con un sorriso le grandi vetrine del negozio di preservativi e il suo assurdo assortimento di colori, forme e disegni, ridevano all'idea che lui, o in realtà chiunque altro, potesse indossarne uno di quel tipo, che magari brillava al buio o, scherzava lui, parlava diverse lingue straniere senza errori. E di come lei aveva dimenticato, quando avevano scopato, di fargliene mettere uno. Per fortuna prendeva la pillola, anche se a volte le rovinava la pelle.

«Ma è meglio senza preservativo, vero?»

«Sì, ti senti più vicino. Sei più sensibile. È più naturale» aveva convenuto. «E io sono sicura che tu sei pulito, senza malattie.»

O ripensavano alle cose pazzesche viste nel distretto a luci rosse, senza mai smettere di ridere per mascherare il nervosismo e una certa attrazione nascosta: le donne dal trucco pesante nelle vetrine elevate, le tende chiuse dietro cui copulavano meccanicamente le coppie, i sex club che promettevano spettacoli dal vivo.

«Pensi che potresti scopare su un palco, con tutta la gente che ti guarda?»

«Non lo so, Milduta. Sicuramente mi sentirei molto a disagio.»

«Certe volte io ho fantasie di questo tipo» gli confessò. «O sogno e mi sveglio molto bagnata tra gambe.»

«Fantasia interessante.»

«Forse sono esibizionista» aveva detto. «Ma nel mio sogno, io sempre sento una donna in prima fila che dice che ho un foruncolo sul mio culo. Non è bello.»

Continuarono a rivivere i ricordi dei loro brevi momenti insieme, fino a quando non fu evidente che avevano bisogno di una nuova dose. Jack non poteva lasciare Londra per un po' di tempo a causa di impegni importanti di lavoro.

Ma dovevano incontrarsi ancora, concordavano. E presto.

Durante una pausa tra le scopate sul letto dell'alberghetto, mentre lui le fissava sognante i riccioli che le incorniciavano la fica, gli aveva detto che l'uomo di Zurigo aveva insistito che si depilasse il pube. I peli erano appena ricresciuti ed erano più ricci di prima, gli aveva svelato. Si era offerto di depilarla. Ma lei aveva rifiutato.

Tornato a Londra, Jack aveva avuto difficoltà a dormire. Il pensiero insistente, ricorrente, del pube rasato di Milduta lo ossessionava e lo teneva sveglio, e duro, tutta la notte.

Aveva una fica bellissima. I riccioli scuri, che brillavano per l'umidità del sudore, incorniciavano il sipario più scuro delle grandi labbra. Quando si era messa a quattro zampe con il sedere rivolto verso di lui, lo spettacolo di quella fica invitante era stato meglio di qualsiasi film porno. Quella fessura dritta e rosa era una finestra sulla vagina rossa; quell'apertura ornata di colline e isolotti sporgenti di carne più scura che adorava mordicchiare, tirare e distendere delicatamente, aprendo quella fica deliziosa come una busta o un fiore, rivelava la consistenza madreperlacea dell'interno umido.

Mettendo a fuoco quella immagine meravigliosa sullo schermo della mente, Jack nel letto vuoto faceva scivolare la mano verso il cazzo e stringeva l'asta fino a che non era congestionata, poi si masturbava furiosamente finché il cazzo asciutto non cominciava a dolergli. Continuando a posticipare il momento della liberazione, immaginava di essere dentro Milduta.

Ma anche montarla nella posizione del missionario era stato eccitante, se non altro per la visione suggestiva e ipnotica di quei suoi occhi aperti, pieni di supplica e vulnerabilità.

Maledizione, quella ragazza lo scuoteva fino all'osso.

E sapeva bene che non sarebbe dovuto essere così. Non era colta, in compenso si comportava un po' da sgualdrina, con una moralità dubbia e un passato ambiguo, valori esteuropei distorti dalla povertà e dall'ignoranza. Peggio ancora, le piaceva l'heavy metal e si beveva tutte le teorie New Age. Solo qualche giorno prima aveva teorizzato al telefono che dovevano essersi conosciuti in una vita precedente, nella quale probabilmente lei era una puttana o una schiava di qualche tipo, da qui il suo appetito per il sesso e le umiliazioni nell'intimità. Non aveva specificato che cosa fosse stato lui: un padrone di schiavi, un ruffiano o magari un cane.

Oh, perché lei? Sospirò, sentendo che tutte le vecchie ferite tornavano nuovamente alla luce nel suo cuore, emozioni che pensava di aver bandito per sempre, sepolte nel cimitero della sua storia personale.

Jack non aveva intenzione di affrontare di nuovo quel dolore.

51

Attraverso uno degli annunci, Milduta conobbe un giovane olandese, dirigente in una grande multinazionale di elettronica. Uno dei pochissimi coetanei in cui si era imbattuta negli ultimi anni. Sembrava gentile e sinceramente interessato a lei, dopo aver superato la fase del sesso. Più o meno come Jack, si rese conto, ma almeno viveva nel suo stesso paese ed era più facile vederlo.

Non era particolarmente interessata all'aspetto degli uomini. Un bel fisico e personalità difficilmente andavano di pari passo, aveva constatato. Per esperienza sapeva che più un uomo aveva un aspetto rozzo o rude, più era profondo oppure esercitava una certa attrazione animalesca.

Ari era bello, quasi troppo bello. Capelli biondi a spazzola e occhi verdeazzurro, zigomi alti e sopracciglia scure, snello ma con le spalle larghe: era l'immagine della salute, sempre perfetto con giacche firmate (Armani o Ralph Lauren), come fastidiosamente gli piaceva far notare. L'unico capo firmato che Milduta avesse mai posseduto erano un paio di jeans CK di seconda mano. Ma inizialmente sembrava esserci qualcos'altro, nascosto sotto la sua apparenza esterna seducente. Una innata gentilezza, un'anima non infangata dalla volgarità o dal bisogno di degradarla.

Inoltre gli piaceva Ivo e certe volte li andava a prendere nei week-end e portava madre e figlio a fare lunghi giri in macchina per la campagna, dove il bambino rimaneva affascinato dalla vista dei treni che sfrecciavano paralleli alla strada. "Treno" e "ciu ciu" infatti erano state tra le sue prime parole.

Ad Ari non importava il fatto che lei avesse un bambino e che non potesse sempre lasciarlo a casa quando organizzavano di vedersi, perché magari Henk la piantava in asso di proposito o se ne dimenticava.

Queste gite, aiutavano Ivo ad addormentarsi, dopo essersi tutto eccitato per l'avventuroso giro in macchina, la vista di tutti quei treni e l'aria fresca e frizzante della campagna olandese. Una volta addormentato nel profondo divano del soggiorno del suo miniappartamento da scapolo, dopo che erano state piazzate sedie o altro per evitare che cadesse nel sonno, Milduta e Ari si dirigevano verso la stanza da letto.

Dopo essere stati insieme un paio di volte, Ari regalò a Milduta un vecchio computer che non usava più e lei fu di nuovo in grado di collegarsi a Internet. Le mancavano le conversazioni piccanti e il divertimento che trovava lì. Mentì a Henk dicendogli che aveva risparmiato abbastanza per comprarlo da sé.

La prima volta che Ari si era spogliato in sua presenza, Milduta aveva spalancato la bocca incredula. Nonostante lui fosse alto e forte, il suo membro sembrava enorme e assolutamente sproporzionato rispetto al resto del corpo. Lui notò che lo fissava e arrossì.

«Ti spaventa?»

«No» rispose Milduta. «Ma è veramente molto grosso.»

«Sarò gentile» disse.

E lo fu.

All'inizio era nervosa. Temeva che quel cazzo lungo e grosso e così tanto più reale dei cazzi enormi che a volte vedeva su Internet l'avrebbe sfondata, che sarebbe stato doloroso, ma il membro sorprendentemente si adattò dentro di lei come una mano a un guanto, anche grazie all'uso di abbondante vaselina o gel KY per agevolare la penetrazione iniziale. Si sentiva riempita completamente, ma la sensazione era piacevole.

A volte, mentre si muoveva dentro di lei, la sua mente giocava con pensieri sconci. Cercava di immaginare che cosa avrebbe provato se Ari l'avesse penetrata da dietro, l'immagine cinematografica del suo cazzo smisurato affondato nel suo canale anale stimolava in lei sentimenti contrastanti di piacere e vergogna. Invece lui era alquanto conservatore in fatto di gusti sessuali e non cercò mai di prenderla in quel modo. E neanche lei lo propose.

Nonostante la dimensione considerevole, o proprio a causa di essa, molto spesso lui aveva enormi difficoltà a raggiungere un orgasmo e andava avanti a pompare dentro di lei per un'eternità, sempre sul punto di venire, fino a che lei si sentiva infiammata e dolorante dentro e finiva col perdere totalmente la sensibilità nella vagina, per non parlare del fatto che non riusciva a provare alcuna forma di piacere. Ogni volta che gli chiedeva di uscire e rinunciare, Ari insisteva che gli concedesse ancora qualche momento dentro di lei, per la maggior parte delle volte senza successo. Scopare divenne così monotono e meccanico che smise di averne voglia.

In certe occasioni, vinta da una certa pietà per la sua situazione, si prestava a prenderglielo in bocca quando non riusciva a venire. Anche così faceva poca differenza e finiva sempre esausta, a fare su e giù con la testa su quel cazzo enorme fino a quando non le doleva la mascella a furia di accogliere una tale insolita mole alla vana ricerca di un orgasmo.

Non solo scopare con lui divenne un compito ingrato, ma presto Milduta si stancò anche della personalità e del comportamento di Ari. Non che si vergognasse di lei e la tenesse nascosta, al contrario. Pubblicamente la considerava la sua fidanzata ed era contento quando lei riusciva a raggiungere lui e i suoi amici in qualche bar o ristorante. Ma la novità e la sensazione di far parte di una relazione vennero presto guastati dal fatto che lui, quando c'erano altre persone presenti, la ignorava penosamente. Le sue conversazioni erano solo noiosi monologhi sulla sua brillante carriera. I soldi erano il suo unico dio. Per Milduta e il suo retaggio baltico, erano semplicemente un mezzo. Se li aveva, li spendeva. Se non ne avesse avuti più, allora se ne sarebbe preoccupata. Ma Ari e i suoi amici erano ossessionati da un perenne desiderio di incamerare sempre più denaro e accumulare ipotetiche fortune. Milduta si sentiva a disagio in loro compagnia.

Una volta che chiamò proponendole di incontrarsi, Milduta inventò una scusa e promise di richiamarlo la settimana dopo.

Non lo chiamò. Forse ferito dalla sua chiara inabilità fisica a raggiungere l'orgasmo quando era con lei, Ari non si fece mai più sentire.

Lei rimpianse spesso la loro relazione nei mesi che seguirono: era stato l'unico uomo che aveva apprezzato anche la compagnia di Ivo.

52

Era una maledizione che gli aveva corrotto la mente e imprigionato i pensieri: Jack pensava ancora a Milduta.

Lo ossessionavano i suoi occhi a pochi centimetri dai suoi che lo osservavano con attenzione mentre era dentro di lei, quando si muoveva prima lento e tenero e poi con più impeto, violento e appassionato. Calibrando gli assalti secondo la vibrazione del momento e la variabile delle sue reazioni, un singulto, un sospiro, un fremito, una goccia di sudore che le scivolava sulla fronte o sul ventre piatto.

Lei osservava i suoi lineamenti stravolti dalla carica della passione crescente.

Lo giudicava.

Silenziosamente gli faceva tutte le domande a cui non sapeva rispondere.

Ascoltava il suo fiato corto quando era prossimo all'orgasmo, onde e onde di sensazioni incontrollabili e sospiri che gli attraversavano il corpo esausto.

Poi quegli occhi le si velavano per la gioia, diventavano brillanti e luminosi nel momento in cui si arrendeva completamente alla forza dell'orgasmo, al suo piacere profondo.

Quegli occhi, del colore di un mare lontano perso all'orizzonte. Che cambiavano colore, fra le migliaia di possibili tonalità di grigio e azzurro, a ogni movimento del cazzo dentro il crogiuolo bollente della sua intimità.

Gli occhi di Milduta.

Lo tenevano in pugno.

53

Jack e Milduta decisero di incontrarsi di nuovo.

Lui tramite Western Union le mandò i soldi necessari per raggiungere Parigi. Arrivarono alla Gare du Nord ad appena mezz'ora di distanza l'una dall'altro, rispettivamente da Londra Waterloo e Amsterdam. Dopo essere sceso dall'Eurostar, lui ebbe il tempo per prendere un caffè, dare un'occhiata alle edicole nell'atrio principale e comprare un paio di riviste letterarie francesi.

Aveva prenotato in un piccolo hotel pittoresco sulla Rive Gauche, a due passi da place de L'Odéon. La stanza godeva di una vista che sembrava uscita da un vecchio film, i tetti di Parigi a perdita d'occhio e uno stormo di piccioni migratori che tubavano.

Nel taxi che presero dalla stazione, lei disse molto poco e Jack si sentì intimidito come fosse la prima volta. Evidentemente erano entrambi nervosi. Propose che lei restasse in piedi accanto al letto mentre la spogliava lentamente, un indumento dopo l'altro, una scena sulla quale si era mentalmente esercitato a lungo. Non avevano ancora nemmeno disfatto le valigie. Indossava un completo di biancheria intima azzurro di cotone, semplice, quasi da studentessa. Lui riprese confidenza con la sua fantastica bocca, cullò i piccoli seni e depose lo splendido corpo nudo sul letto, liberandosi con destrezza dai vestiti, pronto a farla sua.

«Non così» disse Milduta, mentre la metteva sulla schiena e le sfilava le mutande.

«E come?»

«Quattro zampe. Ho voglia. Mi piace di più.»

Sapeva che si sarebbe perso lo spettacolo mozzafiato dei suoi occhi che lo scrutavano durante l'atto, ma sapeva anche che ci sarebbero state altre occasioni nel corso dei tre giorni che avevano programmato di passare insieme.

Si girò sulle ginocchia e gli offrì il didietro.

Il loro tempo insieme passò veloce.

Camminarono molto, fecero shopping (le comprò un paio di jeans e una gonna corta che lei aveva notato in una vetrina), mangiarono moltissimo, videro un film d'essai, esplorarono Parigi e le sue inevitabili attrazioni: gli Champs Elysées, dove non senti altro che le voci di turisti russi, la scalinata del Sacro Cuore a Montmartre, la Torre, sulla quale si rifiutò di salire, confessando di soffrire di vertigini, i caffè di Montparnasse, il Beaubourg.

Riuscirono a fare l'amore tre o quattro volte al giorno, tra una passeggiata e una visita, trovando rifugio e calore a intervalli regolari nella piccola stanza ormai impregnata dell'odore della loro passione. Sì, scopavano con totale abbandono, quando non avevano lo stomaco troppo pieno di tutto il cibo delizioso che mangiavano.

Dopo aver gustato gelato e tè sulla terrazza Häagen-Daaz, al boulevard Saint-Germain, mentre si dirigevano pigramente verso il loro albergo, Jack aveva fatto una battuta innocua scaturita dal momento e da qualcosa che lei aveva detto: Milduta era scoppiata a ridere così forte da non riuscire a trattenersi e si era fatta un po' di pipì addosso. Tornati in camera, le aveva religiosamente leccato la fica per detergerla. Lei continuava a ridere, Jack poteva ascoltare l'attacco di riso che nasceva dal profondo e il suono della sua sfrenata felicità sembrava un balsamo per il suo innato, cronico pessimismo.

Ma il lungo week-end arrivò presto alla fine. Milduta aveva lasciato Ivo a una vicina e doveva far ritorno in Olanda quella sera.

Si avviarono verso la Gare du Nord in un silenzio imbarazzato e il loro secondo incontro terminò lì, con uno scambio di sorrisi e troppe parole non dette.

Presero ognuno il proprio treno per tornare nei loro paesi, treni separati e vite separate.

Il posto che gli era toccato sull'Eurostar, in quel tardo pomeriggio di domenica, era accanto a una giovane donna bionda. Lavorava alla radio per la BBC e la conversazione si sviluppò facilmente. Mentì, ovviamente, sul motivo del suo viaggio a Parigi, anche se immaginava che probabilmente un forte odore di sesso gli impregnasse ancora l'alito, i vestiti e il corpo. La bionda, Jocasta, era stata con degli amici e aveva fatto uno sproposito di acquisti, come tradivano i sacchetti delle Galeries Lafayette e di Printemps stipati sopra il sedile. Si erano scambiati i biglietti da visita e si erano ripromessi di ricontattarsi. Non c'era dubbio, lo percepiva dal sorriso e dalle sue parole: Jocasta era disposta a uscire con lui. I segnali erano ovvi. Avevano gusti intellettuali simili ed entrambi lavoravano nel mondo della comunicazione. Ma Jack non aveva alcun interesse per Jocasta. Prima di Milduta avrebbe accettato immediatamente di andare a cena quella stessa sera e probabilmente l'avrebbe portata a letto.

Mentre scendeva a Waterloo e si metteva in coda per un taxi, Jack provò a immaginare cosa stesse facendo

Milduta in quel momento. Probabilmente stava andando a casa in bicicletta dalla stazione, con la piccola valigia attaccata in equilibrio precario sul portapacchi. In procinto di rivedere il suo bambino e di affrontare Henk.

Di notte, nel suo letto, ricordò i momenti insieme e li passò al suo microscopio mentale (o era un proiettore?).

Nel poco tempo passato ad Amsterdam aveva capito quanto lei fosse sensibile a parole e sussurri, proposte indecenti e atti osceni mormorati nelle orecchie mentre scopavano. Il suo corpo reagiva alla furia del suo cazzo e alle sue parole provocanti con la stessa intensità. Le storie o le situazioni scabrose che lui le raccontava con abilità le colorivano le guance di colori ancora più vividi. Un altro uomo avrebbe potuto materializzarsi accanto a loro e si sarebbe unito alle loro attività carnali, Jack avrebbe guardato lo sconosciuto che la montava mentre Milduta era intenta a succhiarglielo e ogni colpo dell'altro dentro di lei l'avrebbe spinta in avanti, impalandole la bocca ancora più a fondo sul cazzo di Jack. Dopo, entrambi gli uomini l'avrebbero investita simultaneamente con il loro seme. Un'altra notte aveva improvvisato una storia di eccessi pazzeschi: si trovavano sulla costa del Mediterraneo, erano stati entrambi rapiti da pirati o gangster ed erano diventati schiavi sessuali per il divertimento dei loro rapitori. Prima avevano dovuto fare sesso fra di loro su un tavolone mentre tutti li guardavano, minacciati di punizioni terribili se il loro ardore fosse diminuito. Cosa che inevitabilmente era accaduto. A quel punto, gli erano stati stretti dei lacci intorno al collo e Jack era stato forzato a succhiare i cazzi enormi dei suoi padroni per farli diventare duri, poi aveva dovuto guidare quei peni eretti dentro Milduta e, sempre legato, era stato obbligato ad assistere impotente allo spettacolo dei crudeli rapitori che la prendevano ripetutamente. E poi, per finire, dopo essersi stancati di lei che giaceva in una pozza di sudore, sperma e lacrime, lui stesso era stato sodomizzato in sua presenza. Aveva dovuto sacrificare il culo per amor di lei, per comprarle la libertà che le veniva offerta.

Sapeva che le piacevano quelle storie assurde, improvvisate, e a testimonianza della sua eccitazione, mentre scopavano, lei gli ficcava un dito in culo. Continuava ad ascoltare in rapito silenzio la storia che si sviluppava, mentre lui godeva l'intenso calore generato dal suo corpo, dalla fica, dalla pelle che tradiva la forza del suo desiderio. Gli occhi non riuscivano a nascondere la crescente intensità della sua eccitazione.

Le parole parlavano alla puttana in lei.

E a quella in agguato nel cuore di Jack.

54

Jack la voleva ancora.

Non ce la faceva più.

Ormai lei aveva definitivamente lasciato la casa di Henk e viveva da sola con il figlio in un piccolo cottage di proprietà del comune, a solo cinque chilometri da Henk, in un paese vicino. Era euforica della sua nuova libertà, passava ore a decorare e dipingere la casa di colori pastello e a riportare in vita il giardino.

Henk veniva a farle visita quasi tutti i giorni per vedere Ivo. Le loro conversazioni rimanevano dolorose e tese. Lui aveva gli occhi colmi di rabbia e risentimento. Dopo l'ennesima esplosione di bile, Milduta gli negò l'accesso al suo cottage dopo il tramonto, per paura di un altro attacco d'ira o peggio. Trovò un avvocato in zona che mandò al suo ex una lettera di avvertimento. Due sere dopo, Henk si piazzò fuori dalle sue finestre, ubriaco fradicio, alternando insulti violenti contro di lei a implorazioni di perdono, con lacrime sincere agli occhi. Lei fece finta di non vederlo.

Una lontana amica di famiglia arrivò dall'Estonia per passare qualche settimana in Occidente e Milduta si offrì di ospitarla, in cambio l'anziana donna avrebbe dovuto accudire il piccolo Ivo per quattro o cinque giorni, in modo da darle la possibilità di prendersi una breve vacanza. Chiamò Jack a Londra e gli annunciò di essere libera. Lui ne fu entusiasta e organizzò tutto.

Si incontrarono nella luminosa zona arrivi di un piccolo aeroporto sul Mediterraneo.

Lei aveva tagliato i capelli più corti e li aveva colorati di un castano chiaro. Indossava un paio di jeans scoloriti e un maglione di ciniglia rosso.

Affittarono una macchina al bancone Avis e in un'ora arrivarono a una città di mare vicina, dove gli era stato raccomandato un hotel carino. La loro stanza, tutta colori e motivi marinari, aveva un balcone che si affacciava sul mare. Mentre esploravano il nuovo panorama e la vista mozzafiato dalla finestra, Jack non riuscì a trattenersi dall'accarezzarle il culetto sodo attraverso la stoffa stretta dei jeans.

Milduta ridacchiò.

«Maniaco sessuale!»

Jack sorrise.

«Certo. Come potrei non esserlo con questo bel deretano a portata di mano?»

«Usi troppe parole nuove per me, Jack» gli disse.

«E allora non parliamo» propose scherzosamente. «Abbiamo altri passatempi, no?» e la baciò. Lei gli si sciolse fra le braccia.

«Oh, Jack, non so se te l'ho già detto, ma sei bravo a baciare...»

«Grazie del complimento, mia cara.»

La spogliò con il solito lento, meticoloso rituale, degno di una cerimonia religiosa, rinfrescò il ricordo del suo corpo nudo. Notò come si fossero infoltiti i peli del pube. Magari avrebbe potuto raderseli, oppure farlo lui, suggerì. Lei rise ma declinò la sua offerta, ribattendo che dopo le sarebbero venuti dei fastidiosi foruncoli. Però gli consentì almeno di accorciarli. La vista delle sue cosce aperte mentre lui lavorava di forbicine era deliziosamente oscena.

Dopo la prima scopata si prepararono a vestirsi, entrambi affamati e con la notte che cominciava a scendere sulla spiaggia vicina, con l'odore del pesce e dei frutti di mare che saliva dalla schiera di ristorantini sulla strada.

Mentre facevano l'amore con la solita frenesia, lui provò a sussurrarle altre storie improvvisate di schiavitù e dominazione. Stavolta, maliziosamente, assunse il ruolo del padrone e ridendo le proibì di indossare qualsiasi tipo di biancheria intima per tutta la durata della loro permanenza. Lei sorrise e accettò allegramente il suo capriccio.

Solo sapere di quella seducente nudità, così disponibile, così a portata di mano e indifesa sotto la stoffa leggera del vestito corto, era per entrambi motivo di enorme eccitazione. La breve vacanza fu costellata da follie sessuali di ogni tipo, quando il desiderio sopraffaceva l'uno o l'altra. Mangiavano, scopavano, parlavano un sacco e nessuno dei due avrebbe mai voluto che la loro vacanza finisse.

Un pomeriggio, prostrato dalle attività sessuali, Jack aveva bisogno di un pisolino. Milduta decise di farsi una passeggiata in paese, mentre lui riposava. Una volta che se ne fu andata, lui non riuscì a dormire e, in sua assenza, finì per ficcare il naso nella borsa che aveva lasciato in camera. Scoprì una foto di lei e di un altro uomo, un giovane di bell'aspetto accanto al quale sorrideva felicemente dentro l'obiettivo. Non si capiva dove fossero, visto che le loro facce raggianti occupavano l'intera cornice della fotografia. Jack sapeva che non si trattava di Henk. Né dell'inglese stronzo o del tizio olandese dei computer di cui gli aveva parlato. Aveva il sospetto che continuasse a vedere altri uomini negli intervalli tra i loro incontri. Non ne era sorpreso, ma ci rimase comunque un po' male.

Non le disse niente quando più tardi rientrò in camera.

Era vero, Jack pensava troppo.

Lo sapeva anche lui. Glielo aveva detto Edwina.

Questa relazione con Milduta non aveva alcun senso al di fuori della camera da letto, non aveva futuro.

Lei aveva vent'anni meno di lui e Jack non sarebbe mai riuscito a mettere insieme la forza mentale necessaria anche solo per pensare di tirar su un bambino, tanto meno quello di un altro uomo. Sapeva che a Milduta piaceva troppo il sesso e che prima o poi si sarebbe stancata di lui.

Si convinse che in fondo lei lo stava usando e le prestazioni sessuali che gli concedeva fossero un suo modo immorale, stile esteuropeo, di ripagarlo dei regali, dei soldi, dei viaggi. Per lei era assolutamente scontato che si trattasse di una normale forma di scambio tra di loro.

Non c'era niente di malizioso né di calcolato. Le veniva del tutto naturale.

A casa spesso si svegliava nel suo letto alle tre del mattino (quell'ora fatale di profonda vulnerabilità), dopo averla sognata, poi fantasticava sul corpo morbido e caldo di Milduta che veniva ripetutamente scopato da perfetti sconosciuti nei modi più selvaggi e spietati mentre lui le teneva teneramente la testa sul suo grembo e le asciugava la fronte febbricitante. Immaginava di portarla a una spiaggia nudisti e di metterla in mostra, esibirla allo sguardo impietoso degli altri, i capezzoli e il sesso evidenziati indecentemente da rossetto scarlatto, vantare i suoi attributi, magari perfino praticandole dei piercing in una oscura cerimonia di iniziazione. Fantasticava di organizzare uno stupro di gruppo, una cerimonia pagana davanti a un falò, sotto una benevola luna piena. Mentre immaginava nei minimi dettagli il modo in cui gli occhi di Mildruta non potevano fare a meno di esprimere tutto il piacere sessuale che provava, Jack si toccava. La immaginava con il suo ex amante olandese, lui e quel suo pene insolitamente grosso e osservava, a una distanza intollerabilmente ravvicinata, quel cazzo mostruoso che le sprofondava dentro fino alla base, tagliandola in due come fosse un pezzo di carne cruda.

Nei sogni Jack non conosceva vergogna.

55

Un mese dopo la loro visita nel sud della Francia, Milduta manda a Jack un biglietto d'auguri per il suo compleanno, nel quale lo assicura di considerarlo molto speciale.

Altri uomini potevano forse avere il suo corpo, gli scrive, facendolo bruciare di gelosia, ma lui è l'unico ad avere la sua anima. Non si può dire che Jack accogliesse questa rassicurazione con grande entusiasmo. Lui vuole capire meglio, spera che le sue parole siano solo frutto della sua conoscenza incerta dell'inglese. Ma è una speranza vana.

Fa domande frenetiche via e-mail o per telefono ma Milduta ha un grandissimo talento nell'evitare risposte dirette, e svia l'argomento.

«Sei il mio tesoro» gli dice.

Una settimana dopo lo chiama, c'è qualcosa che non va, gli chiede una piccola somma di denaro.

Il suo primo pensiero è che abbia scoperto di essere incinta.

Dopo Amsterdam avevano smesso di prendere precauzioni.

No, ha solo calcolato male le spese e dopo una bolletta del telefono e di Internet molto salata è rimasta senza soldi fino a quando non arriverà l'assegno dell'assistenza, alla fine del mese. Non succederà più, promette.

Sollevato dalla notizia, Jack le manda per posta un paio di centinaia di sterline con una raccomandata.

Milduta lo ringrazia caldamente.

Arriva Natale e Milduta ha organizzato di tornare in Estonia per le feste, per vedere gli amici e suo fratello, che adesso ha due figli. Non può permettersi di andarci in aereo così ha trovato un passaggio per Kiel, sulla costa tedesca, poi prenderà un traghetto per gli stati baltici con un'amica che ha sposato un olandese e torna anche lei a casa. È un giorno intero di viaggio. Spera che Ivo non soffra la macchina. O che non stia male sulla nave, dove non hanno prenotato la cabina.

Anche se non glielo ha chiesto, Jack le manda un po' di soldi come regalo di Natale anticipato. Le manda anche dei giocattoli, dei modellini di treni per il suo bambino.

Il bimbo di due anni è biondissimo e somiglia più a suo padre che a Milduta.

Jack è bloccato a Londra per la fine dell'anno da una serie di impegni di lavoro da cui non può scappare.

56

A Jack manca Milduta da matti.

La vuole rabbiosamente. Si illude perfino che non sia solo per il sesso ma anche per i tranquilli momenti postcoito di intimità e cameratismo, gli istanti di silenzio e appagamento che formano il cemento di ogni coppia che funziona. Rifiuta ciecamente di accettare l'evidenza dei fatti: si tratta di un'illogica infatuazione per una ragazza che sa semplicemente come godersi la vita meglio di lui e che non si pone troppe domande, o al massimo si ritira in stronzate new age quando ha attacchi di umore filosofico.

Da quando lei ha lasciato la casa di Henk per andare a vivere da sola, hanno meno contatti. Lei lavora durante il giorno e apparentemente si avventura online solo la sera, quando di solito Jack ha altri impegni. Può solo essere raggiunta sul cellulare ma molte volte, quando ci prova, non sembra essere acceso oppure non risponde.

Milduta à spesso stranamente sfuggente.

E adesso che è tornata in Estonia per le vacanze di Natale, il cellulare è costantemente non raggiungibile.

Jack impazzisce per la frustrazione e il desiderio. Si sveglia al mattino dopo notti quasi insonni con dolori che gli attanagliano tutto il corpo.

Per pura stupidità, si connette alla loro vecchia chat e cambia il suo pseudonimo da "Malinconia" a "mimì, f29, holland", che è il nome che lei usava ultimamente. In pochi minuti viene contattato da tutte le parti. Quasi tutti gli uomini che la chiamano (e qualche sporadica donna bisessuale) sono chiaramente attratti semplicemente dal suo nome un po' esotico e un po' lirico, in particolare quelli collegati dall'America, per i quali la provenienza europea è occasione di innumerevoli espressioni di stupore tipo "*cool*" e "*wow*". Come se Internet appartenesse solo agli americani! Ma alcuni di loro avevano ovviamente già chattato con Milduta.

È facile stabilirlo dalle domande iniziali (e prevedibili).

Erano passati dei mesi, se Jack doveva crederle, da quando aveva passato tanto tempo online, visto che era stata troppo occupata a sistemare il suo piccolo cottage e a passare il tempo con lui.

Ma alcuni interlocutori chiaramente la conoscono.

Jack improvvisa una conversazione-ombra di mezz'ora con un architetto di Brooklyn, che a quanto pare ha esteso a Milduta un invito sempre valido per andare a trovarlo in America. Cosa che lei ovviamente non ha ancora rifiutato. È abbastanza chiaro che hanno anche parlato molte volte per telefono. Sembra piuttosto aggiornato su buona parte della sua vita intima anche se, con sollievo di Jack, costui non sembra essere informato delle sua presenza nella vita di Milduta.

Poi Jack cerca cautamente di sondare l'interlocutore per scoprire altri segreti dei trascorsi tra Milduta e l'architetto, adottando perfino il suo cattivo inglese e le sue espressioni sgrammaticate per aumentare l'illusione che sia realmente lei: a un certo punto viene finalmente smascherato e l'altro si disconnette.

Persevera nel suo errore e il giorno dopo assume nuovamente la sua identità in Internet. Viene contattato da "infinito e oltre". Un altro, evidentemente un patito di *Star Trek*, che anche lui conosce Milduta. Attraverso un processo lento di deduzione e di domande e risposte, Jack scopre che lei e l'uomo sono ancora in contatto regolare e si sono perfino scambiati messaggi di Natale di natura intima. Il tizio è appena ritornato da un viaggio di lavoro in Giappone ed Estremo Oriente e vorrebbe incontrarla di nuovo. Vorrebbe chiamare, invece che continuare a chattare con difficoltà. Jack mantiene viva la conversazione muovendosi a tentoni e facendo finta, in quanto Milduta, che la batteria del suo cellulare sia scarica e che per il momento sia impossibile raggiungerla. Cosa che in Estonia non può effettivamente fare, nel caso il tizio chiami lo stesso.

A poco a poco, Jack cava altre informazioni dall'uomo.

Diventa presto evidente che Milduta se lo scopi regolarmente. In un albergo di un posto chiamato Aalmark.

L'uomo racconta in modo totalmente privo di eleganza, quanto adori la vista del suo culo aperto e apprezzi la sua maestria in fatto di sesso, che lo lascia senza fiato. Le ricorda del loro accordo per un futuro incontro a tre, dato che vuole vederla (ma lei ha accettato?) con un'altra donna. Pensa di aver trovato la ragazza giusta per farlo con loro. I primi di gennaio, stesso posto di sempre, propone. Lui potrebbe passare da Amsterdam sulla strada per andare a sciare in Svizzera e ci sarà da divertirsi un sacco.

Jack è rimasto senza parole.

Si disconnette in preda a una rabbia feroce mentre il suo interlocutore è ancora a metà della lunga elencazione di quello che vorrebbe fare con Milduta quando l'avrà sotto di sé sul pavimento di quel bagno. Vergognandosene, Jack riconosce alcune delle fantasie perverse che anche lui vorrebbe esplorare con Milduta.

Era stata lei a sussurrare questi dolci eccessi nelle orecchie di quell'uomo? Preferiva farlo con lui piuttosto che con Jack?

Sapere che le sue ossessioni sessuali sono tutt'altro che uniche lo infastidisce profondamente.

Tanto quanto le frecce della gelosia.

57

Sapeva che non poteva essere l'unico uomo nella sua vita.

Lei era giovane, con appetiti normali, si sentiva certamente sola, intrappolata com'era nella campagna olandese con un bambino piccolo al seguito e praticamente senza soldi, mentre si trovava ancora nel fiore della sua vita sessuale. In più, lui non era sempre disponibile.

Doveva aspettarselo, dopo tutto.

Era lui a non essere ragionevole, Jack se ne rendeva conto.

Ma la compiaciuta, arrogante rassicurazione da parte di "infinito e oltre", o come cazzo si chiamava nella vita reale, che lei era una che scopava da dio (in risposta alla domanda indagatrice di Jack «Ti piaccio veramente?») e la promessa di fuochi d'artificio ancora più scoppiettanti quando sarebbero riusciti a organizzare l'incontro dopo Natale, invito a cui ovviamente si aspettava una risposta entusiasta, mise a dura prova fin nel più intimo tutto ciò che Jack aveva fino ad allora condiviso con Milduta. Gli faceva male: al cuore, al suo orgoglio.

Non era solo il fatto che non era l'unico a portarsela a letto al momento. Adesso si chiedeva seriamente se tutto questo tempo l'avesse mai soddisfatta sessualmente, visto che un coglione come questo tizio era riuscito a farla eccitare a questo livello. Cristo, sembrava perfino che una volta gli avesse consentito di infilarle dentro tutto il pugno, se Jack aveva capito bene tutte le volgari allusioni tra le righe alle loro perversità, nel corso della chattata in cui aveva illecitamente assunto la personalità di Milduta per cercare informazioni compromettenti.

Si sentiva molto male.

Ed era furioso nei confronti di Milduta.

In mezzo a tanta rabbia, rievocò spietatamente tutte le immagini ossessionanti di lei con altri (adesso ricordava anche di come lei avesse accennato distrattamente ad altri due che aveva conosciuto l'anno prima: un tizio di origine coreana che viveva in zona, al quale aveva dato lezioni private di russo, e il proprietario di un garage, olandese, che si chiamava anche lui Jack ed era nel mezzo di un brutto divorzio. Questi le aveva confessato di amarla. Magari continuava a vederli, dividendosi in un'intensa attività sessuale tra tutti loro, a differenza del gioco virtuale di Rachel, fatto solo di bugie e finzioni. Ricordò che qualche mese prima, durante le loro tranquille cenette sul porticciolo del Mediterraneo, lei aveva accennato la sua attrazione sessuale per un cameriere che zoppicava vistosamente e, il giorno dopo, per una cameriera che si era divertita a usare quel poco inglese che sapeva mentre li serviva, ma che per il resto aveva un aspetto assolutamente ordinario. Milduta aveva detto che in un certo senso provava pietà per loro, sentiva una forte spinta a ricompensarli, magari sessualmente. Era un segno della sua natura lasciva che lui aveva forse ignorato, cieco com'era alla realtà della loro precaria relazione a senso unico? O forse era semplicemente eccitata dal dover stare seduta al tavolo di un ristorante con quella gonna corta, inconsistente, tirata su a mezza coscia, e sotto la fica liscia che provava il dolce e seducente assalto della brezza marina in mezzo alle gambe?

No, si rese conto che doveva avere preso in seria considerazione l'idea. Senza dubbio i loro discorsi a letto non l'avevano appagata, così immaginava selvaggiamente che una terza persona potesse unirsi a loro per divertirsi e giocare in mezzo alle sgualcite ma accoglienti lenzuola bianche dell'alberghetto. Ma non aveva capito che le diceva quelle cose folli solo per farla eccitare? E pensare che lui era ben consapevole del potere delle parole. Tra tutti, proprio lui non avrebbe dovuto giocare con il fuoco in questo modo.

E allora con chi doveva prendersela?

Jack aveva forse aperto per errore le sue porte segrete spingendola così a trovare piacere con altri?

Oppure era solamente una puttana per natura, o semplicemente una giovane donna senza cuore dalla moralità dubbia che non si rendeva conto di quanto potesse far soffrire gli altri?

Forse, tutto considerato, Henk non era stato così pazzo. Adesso che ci pensava, Jack aveva sentito solo la sua versione dei fatti. Magari esisteva anche l'altra faccia della medaglia.

E che dire del ragazzo belga che le aveva preso la verginità a Bloomsbury e poi l'aveva perduta? Un altro fesso, o l'ennesima vittima sul cammino dell'odissea sessuale di Milduta?

58

Covando ancora uno strano sentimento che mescolava stupore confusione e rabbia in egual misura, Jack sentì il bisogno di confrontarsi con Milduta. In condizioni normali, si sarebbe scatenato in una sfilza di e-mail o lettere vendicative (le parole gli venivano fuori più facilmente per iscritto che per telefono), ma sapeva che non avrebbe ricevuto alcuna risposta esplicita alle sue domande farneticanti. Solo la solita rassicurazione che lui era sempre la sua anima gemella e che quello che faceva con il corpo non era importante perché alla fine era lui che aveva nel cuore, e non avrebbe mai dimenticato il ricordo dei giorni trascorsi insieme. Sapeva esattamente quale sarebbe stata la sua reazione.

In quel momento, però, non era sufficiente.

Si trasformò in un investigatore privato e scandagliò il Web per ore. Mettendo insieme i pezzi della sua storia, localizzò il vecchio indirizzo dei nonni ormai defunti a Tallinn, perché sapeva che sarebbe andata a stare lì, visto che suo fratello era tornato ad abitare l'appartamento quando era ritornato in città dal suo esilio temporaneo. Così adesso sapeva dove trovarla.

Prenotò il primo volo per l'Estonia. Era un periodo calmo tra Natale e Capodanno e c'erano molti posti disponibili. Mise in valigia gli indumenti più pesanti che potessero bastargli per qualche giorno e chiamò un taxi che lo portasse a Heathrow.

Tallinn si dimostrò inaspettatamente carina, o quanto meno lo era l'area negli immediati dintorni dell'albergo che aveva trovato tramite l'ufficio turistico dell'aeroporto. Le strade di ciottoli scintillavano e riflettevano la luce della luna che si stagliava bassa sui vecchi edifici.

Non c'era neanche neve per terra. Si era convinto che si sarebbe ritrovato ad arrancare goffamente fra immensi banchi di neve nella capitale estone, attirando l'attenzione di tutti per il suo procedere difficoltoso. La temperatura dell'aria era fredda ma tonificante, l'aria più pulita rispetto a quella in Occidente, ancora non contaminata dagli scarichi urbani e dai fumi invisibili.

Il portiere dell'albergo gli aveva trovato una cartina della città e Jack uscì a esplorare.

Camminando più o meno in direzione dell'area della città nella quale Milduta era cresciuta e dove si trovava adesso, la sua mente venne ferocemente assalita da un tumulto di sentimenti contrastanti.

Sentiva ancora il bisogno di avere un confronto con lei, arrabbiato per le sue scoperte.

Ma era anche consapevole del fatto che si era volontariamente collegato alla chat con il nome di lei per svelare le prove del suo tradimento, come se nel suo cuore lo sapesse già e ne cercasse unicamente una conferma, orridi dettagli di carne e fluidi, per potersi torturare ancora di più. Era stata come una malattia che non era riuscito a evitare.

Per cui lui era colpevole almeno quanto lei.

Ma sentiva anche il desiderio smisurato di prenderla

teneramente fra le braccia e proteggerla dalla dura realtà del mondo e degli altri uomini. Va bene, gli era stata infedele. E allora? Non gli aveva mai fatto promessa di castità. E lui non aveva mai neanche pensato lontanamente di chiederglielo.

In un certo senso, c'era qualcosa di veramente morboso sepolto nel profondo del suo essere, che gli faceva desiderare di condividere quella toccante bellezza con altri. Ma non in quel modo. Se doveva succedere, doveva essere alle sue condizioni. Con la sua approvazione, organizzazione, direzione, presenza.

Altrimenti la marea acida della gelosia avrebbe aperto un buco profondo al centro del suo essere.

Localizzò l'edificio con facilità, ma era già buio ed era stanco per il viaggio. Sarebbe ritornato presto il giorno dopo, decise. Anche se non aveva un piano preciso su cosa avrebbe fatto o detto una volta incontrata Milduta. Soprattutto qui a Tallinn, dove senza dubbio era l'ultima persona che lei si aspettava di vedere. Probabilmente lo avrebbe accusato di spiarla.

Cosa che poi era esattamente quello che stava facendo in realtà.

Che fosse su Internet o a Tallinn.

Il mattino dopo Jack fece la guardia al portone del grigio palazzo per quasi metà giornata, pazientemente fermo all'angolo della strada, le mani inguantate ficcate nelle tasche del cappotto e una sciarpa di lana legata con poca eleganza intorno al collo e al mento. Sicuramente doveva avere naso e orecchie di una qualche insolita tonalità di scarlatto, per la lunga esposizione al freddo pungente.

Milduta uscì dal portone nel primo pomeriggio.

Teneva per mano un bambino e procedeva con fatica,

reggendo una valigia che sembrava pesante nell'altra mano, in direzione della vicina fermata dell'autobus, dietro l'angolo. Jack aspettò finché non arrivò il tram, che si fermò con un brusco stridere di freni. Quando lei salì a bordo, chiamò velocemente un taxi. Chiese a gesti al taxista di seguirla. Dove diavolo stava andando adesso? Si rese anche conto che era la prima volta che vedeva il piccolo Ivo in carne e ossa. Il bambino, avvolto in numerosi strati di indumenti pesanti, sembrava così piccolo e fragile che gli faceva stringere il cuore. Fino a ora aveva pensato al bambino solo in termini di un potenziale problema, che si frapponeva tra loro due e un possibile futuro insieme. La sua andatura mentre seguiva sua madre sul tram, gli ricordava quella di uno dei nanetti di *Biancaneve*, nella versione di Walt Disney che Jack doveva aver visto per la prima volta alla stessa età di Ivo.

59

Il tram si arrestò a una fermata vicino al porto con altre proteste dei freni troppo consumati. Jack chiese al taxista di fermarsi. Ma certo – gli venne in mente all'improvviso – quello era il giorno in cui sarebbe dovuta rientrare in Olanda. Come aveva potuto dimenticarlo? La dittatura della gelosia gli aveva indebolito il cuore e gli aveva messo la mente sottosopra.

Per un po' osservò Milduta e il bambino che le trotterellava dietro, vide che salutavano un'altra giovane donna tutta imbacuccata che li stava aspettando e che, tutti insieme, si dirigevano verso i cancelli del porto e passavano velocemente il controllo passaporti.

Si avvicinò al recinto protetto da filo spinato e le guardò procedere lungo la murata di un traghetto ormeggiato al molo, la vide imbarcarsi, inerpicandosi sulla passerella con le immense valigie. Lesse il nome della nave e corse alla biglietteria per controllarne la destinazione: Kiel.

L'impiegato automaticamente chiese a Jack in inglese se voleva acquistare il biglietto. Il traghetto non sarebbe salpato per altri novanta minuti. Sì, certo, poteva pagare con carta di credito. Senza pensare, dopo aver dato un'occhiata all'orologio, Jack comprò il biglietto per Kiel.

Il taxi che aveva preso per seguire Milduta e Ivo al porto era ancora fermo al posteggio, dove l'aveva lasciato. Jack salì e ordinò al conducente di tornare indietro al suo albergo, dove fece in fretta le valigie e saldò il conto, prima di ritornare al porto.

Quando salì a bordo e cominciò a cercare la sua cabina in mezzo alla calca dei vacanzieri che tornavano a casa, mancava ancora mezz'ora alla partenza.

Ancora non aveva bene idea di cosa avrebbe detto o fatto quando si sarebbe imbattuto in Milduta e il bambino, una volta partiti. Era mentalmente esausto e si addormentò vestito sulla cuccetta, pochi minuti prima della partenza.

Quando si risvegliò era già buio. Navigavano in mare aperto, la costa baltica ormai non si vedeva quasi più. Il suo primo pensiero fu di ricordarsi che soffriva di mal di mare. Fortunatamente l'emporio del traghetto era ancora aperta e poté comprare delle pillole.

Quella sera intravide Milduta, la sua amica e il bambino al baretto affollato, ma decise di non avvicinarsi ancora. Non li seguì nemmeno per scoprire in che cabina stavano. Adesso che ci pensava, poteva anche non avere una cabina per la traversata, visto che viaggiava con un budget limitato. Notò che il piccolo teneva in mano un libro sui treni come se la sua vita dipendesse da quel libro: era uno dei regali che gli aveva mandato Jack.

L'uomo che mandava al suo bambino libri pieni di disegni di treni. Era così che Milduta pensava a lui, così avrebbe ricordato Jack in futuro?

Il giorno dopo, per la seconda e ultima notte di traversata, sulla nave era programmata una grande festa danzante dopo cena. Seduto in un angolo, distante dall'enorme salone decorato con gusto discutibile, Jack osservò

Milduta da lontano mentre dava un tenero bacio di buona notte a Ivo, poi la sua amica prese il bambino per mano e insieme tornarono in cabina o là dove dormivano.

Sola, adesso, Milduta si avviò verso il bar, ordinò un bicchiere di vino rosso e cominciò a sorseggiare lentamente il suo bicchiere, mentre la musica disco rimbombava dagli altoparlanti che si trovavano all'altro estremo della grande stanza, su un palco vuoto dove gruppi di veri musicisti dovevano aver suonato in tempi migliori, ma ora c'erano solo la cabina del disc-jockey e un paio di giradischi.

Il frastuono della musica e il suo ritmo insistente dominavano la sala, spingendo i passeggeri più anziani a ritirarsi e i più giovani ad aumentare il livello di urla delle conversazioni.

Le melodie erano insulse e assordanti, un miscuglio di ritmi frenetici e pura cacofonia.

Jack vide un uomo che si allontanava dalla folla percorrendo il perimetro della stanza. Si avvicinò a Milduta al bar e la invitò a ballare con lui. Lei gli sorrise radiosa. Maledizione, perché sorrideva sempre in modo così invitante? Jack si rintanò nel suo angolo buio e osservò, in trance, il modo in cui si muoveva leggera sulla pista, senza far caso al suo partner, ballando come se fosse isolata nella sua bolla personale, i fianchi che ondeggiavano morbidamente alla carezza della musica. Ballava bene.

Un altro bicchiere, poi un altro anonimo compagno di ballo e un giro in pista.

Verso mezzanotte si accorse che Milduta cominciava a risentire dell'alcol che aveva mandato giù abbondantemente, a ogni nuovo partner di ballo pronto a offrirle un altro giro. Aveva ormai bevuto un certo numero di bicchieri di vodka. I suoi passi di danza erano diventati pigri e scoordinati, e visibilmente meno sensuali.

Ma sembrava contenta, con quel sorriso stampato sul volto che metteva in mostra tutti i denti, senza mai iniziare una vera conversazione con nessuno dei suoi fugaci compagni di ballo, persa nei suoi pensieri, lasciandosi andare al calore dell'alcol, della musica e dell'attenzione maschile.

Jack finì la sua Coca-Cola. Aveva perso ormai tutto il gas e aveva un sapore orrendo, diluita dalla montagna di ghiaccio che ci avevano messo dentro. Proprio come in America o da McDonald's, pensò. Osservò l'ultimo compagno di ballo di Milduta che le sussurrava qualcosa all'orecchio e la prendeva per mano. Lei non fece resistenza. La coppia attraversò la pista da ballo e si diresse verso una delle porte che conducevano al ponte inferiore.

Jack li seguì ma perse un po' di tempo a lottare per farsi largo in mezzo alla massa di ballerini epilettici che si dimenavano al ritmo di un pezzo dei Chemical Brothers. Erano passate ore da quando aveva preso l'ultima pasticca contro il mal di mare e si sentiva già abbastanza in preda alla nausea.

Quello che vide quando finalmente emerse nella notte, e gli occhi gli si abituarono all'oscurità illuminata solo dalle stelle, non lo fece di certo stare meglio.

C'era Milduta, in un angolo distante del ponte, in ginocchio, che succhiava il cazzo dell'uomo con un appetito che gli sembrò assolutamente indecente. L'uomo le afferrava i capelli fra le mani, costringendola a prenderlo ancora più a fondo. Lei non mostrava segni di resistenza.

Dal suo nascondiglio nell'ombra, Jack non riusciva a vedere se avesse gli occhi aperti o chiusi.

Sciocсato, si girò e vomitò sul ponte di legno.

60

Con la bocca ancora piena di bile, Jack non riusciva a staccarsi dall'orrido spettacolo di Milduta che faceva un pompino al suo ultimo compagno di danze della serata.

Era stato lui a suggerire la cosa, oppure era stata sua l'iniziativa?

Adesso aveva tutto il corpo percorso da brividi di freddo, inchiodato alla triste inevitabilità della sequenza porno di cui era testimone. Come un brutto film, con una produzione scadente: il ponte deserto della nave, i glutei bianchicci dello sconosciuto, un sottile spicchio di luna che non permetteva di vedere chiaramente e offuscava i dettagli della scena che si svolgeva davanti a Jack. Sulla faccia dell'uomo era stampata una smorfia soddisfatta. I movimenti di Milduta erano nascosti dal buio, anche se c'erano ben pochi dubbi su cosa stesse facendo.

A un certo punto, nella crescente oscurità di mezzanotte, Jack notò che l'uomo accennava a una impercettibile ritirata (stava per venire?) ma Milduta si impalò ancora più a fondo sulla sua asta e lo tenne fermo attaccato a sé. Il corpo dell'uomo si scosse visibilmente, con Milduta ancora strettamente attaccata a lui.

Jack, vincendo il disgusto, immaginò che in quel momento le stava riempiendo la gola di sperma.

Alla fine l'uomo si staccò dalla sua bocca, si ricompose, borbottò qualcosa che Jack, da dove si trovava, non riuscì a sentire e si allontanò lentamente dalla donna ancora inginocchiata ai suoi piedi, sparendo velocemente all'interno della nave.

Finalmente Milduta si rialzò.

Il silenzio del mare era assordante.

Jack trattenne il fiato.

I pensieri gli turbinavano nel cervello con tutto il clamore della disperazione e dell'impotenza.

Milduta rimase immobile per un po', scrutando il mare che si stendeva fino alla fine dell'orizzonte scuro, persa nei suoi imperscrutabili pensieri.

Jack si chiese che cosa potesse passarle per la mente in quel momento.

Percepiva forse la poesia del paesaggio notturno? La tristezza nel silenzio opprimente che ora li circondava, rotto solo dal rumore sordo delle onde contro lo scafo metallico della nave?

Jack si fece incontro a Milduta.

La sua sagoma risaltava al chiarore della luna.

Con la maggior delicatezza possibile (non voleva spaventarla) le poggiò una mano sulla spalla sinistra.

Lei fece un balzo.

Forse pensava che l'uomo di prima volesse dell'altro da lei?

Si girò e se lo trovò davanti.

Si rese conto che lei stava piangendo.

«Tu?» ansimò.

«Sì» le rispose con un nodo che gli stringeva lo stomaco. «Perché queste lacrime? Ti vergogni di quello che hai fatto? Di quello che sei, nel profondo, Milduta?»

«Cosa fai qui?»

La pallida traccia di un sorriso sprezzante sulle labbra secche e fredde.

«Sono qui. Nient'altro. Sono venuto per vedere te. E così ho visto. Che altro dovrei dire adesso?»

«Non dovevi venire.»

«Adesso lo so.»

Sospirò. Una debole brezza arrivava dal mare. Nessuno dei due indossava il cappotto per proteggersi dalla notte invernale.

«Ti amavo» disse Jack piano.

«Non me lo hai mai detto prima» rispose Milduta. «Forse dovevi avere il coraggio di dirlo.»

«Ma Milduta, perché fai queste cose?»

«Sono così, Jack. Non sono perfetta. Per me è così facile cedere ai bisogni, alle voglie. Non sono sempre orgogliosa di questo, credi.»

«Davvero?» Non riusciva a essere ironico.

«Sono confusa, Jack. Sono tanto sola. Così faccio cose di cui poi mi pento. Sono solo una ragazza estone perduta...»

«Ti amavo» ripeté Jack scioccamente. «Non l'hai mai capito, non te ne sei ancora resa conto, Milduta?»

«Non funzionerebbe mai» disse.

«Lo so» confermò.

«E adesso è troppo tardi, no?» Non era una domanda, stava solo sottolineando lo stato delle cose.

«Sì» disse.

Milduta abbassò gli occhi, come se avesse già accettato il suo destino.

61

Rimase immobile e in silenzio a pochi centimetri da lui, lo sguardo rivolto al pavimento di legno del ponte della nave, umido.

Jack alzò le braccia e improvvisamente le diede una spinta.

Milduta non oppose resistenza.

Il suo corpo fu scaraventato oltre il corrimano e sparì nel mare nero. Il tonfo del corpo inerme che colpiva la superficie dell'acqua sottostante si perse in mezzo agli altri rumori che filtravano da tutti gli angoli della nave che sfrecciava verso la costa.

Sapeva da una conversazione passata che Milduta non sapeva nuotare.

Jack diede un'occhiata al quadrante illuminato del suo Tag Heuer: era quasi l'una del mattino. Domenica.

Improvvisamente un'ondata di terribile stanchezza si impossessò di lui e Jack si diresse verso la sua cabina. Sapeva che avrebbe dormito a lungo.

L'orizzonte era a duecento miglia di distanza dalle coste della Danimarca e della Germania.

Regine Sands
LE PREDE DI DIANA HUNTER

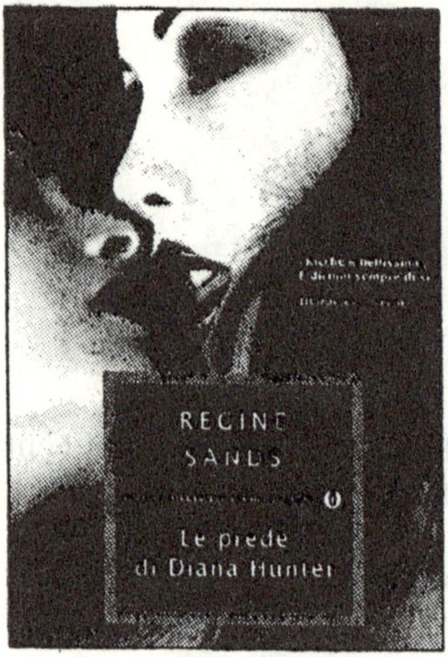

(n. 323), pp. 252, cod. 451833, € 7,00

La diciottenne Diana Hunter, cacciatrice di nome e di fatto, scappa dal paesino natale per intraprendere un'odissea di amore, sesso e risate lunga vent'anni. Dal primo innocente solletico fino all'orgasmico finale, un percorso personale, anche se raramente solitario, capace di farci rimescolare il sangue.

Ann Bannon
LESBO PULP

(n. 321), pp. 252, cod. 451831, € 7,00

Siamo negli anni Cinquanta. Laura fugge dalla natia Chicago per andarsene a New York, dove troverà l'amore e la libertà che desiderava. Romantico, tenero, sexy e morboso, *Lesbo Pulp* è una storia indimenticabile, testimonianza della vita e dell'immaginario gay nell'era della clandestinità.

LATEX

Fantasie sessuali, riti, sfide, sensazioni forti, creatività sfrenata, in una serie di racconti di giovani scrittori anglosassoni, che varcano con coraggio, ma anche con un sorriso, il labile confine tra maschile e femminile, convenzione e trasgressione, piacere e dolore.

(n. 226), pp. 304, cod. 447744, € 8,40

SEXTOYS

Venti racconti di giovani scrittori anglosassoni, dedicati ai "giocattoli del piacere": oggetti comuni o bizzarri, protagonisti di questo divertente viaggio alla scoperta di una sessualità audace e scanzonata, sfrontata e intensa, ma sempre irresistibilmente ironica.

(n. 256), pp. 192, cod. 449136, € 8,40

SPICY

La premiata ditta Berbera & Hyde ci accompagna in un intrigante tour alla scoperta del sesso nei cinque continenti, attraverso una raccolta di racconti di autori e autrici internazionali e un'inchiesta piccante e divertente, ricca di notizie curiose, alla scoperta della geografia dell'erotismo.

(n. 293), pp. 216, cod. 450563, € 8,40

SEXBOX

Un cofanetto "bollente" in cui si trovano riuniti i volumi *Latex*, *Sextoys* e *Spicy*.

(n. 317), 3 voll., pp. 712, cod. 451418, € 25,06

«Kiss me»
di Maxim Jakubowski
a cura di Berbera & Hyde
Piccola Biblioteca Oscar
Arnoldo Mondadori Editore

Questo volume è stato stampato
presso Mondadori Printing S.p.A.
Stabilimento NSM – Cles (TN)
Stampato in Italia. Printed in Italy

51832
2003